絵師の魂 渓斎英泉

増田晶文

草思社文庫

絵師の魂　渓斎英泉 ❖ 目次

第一章　前夜　9
第二章　美人画　61
第三章　裏の絵師　103
第四章　世間　149
第五章　暗雲　185

第六章　災厄　227
第七章　青の時代　281
第八章　絵師の魂　329
終　章　富士越龍　395
あとがき　400
文庫版あとがき　407
解説――日野原健司（太田記念美術館主席学芸員）　412

＊おもな登場人物

渓斎英泉（けいさい・えいせん）

寛政三年（一七九一年）～嘉永元年（一八四八年）

本名・池田義信、俗称・善次郎。二十歳で武家を捨て、浮世絵師に転身し北斎に私淑する。絢爛頽廃の文化文政時代に美人画で一世を風靡。風景画や挿絵にも足跡を残す一方、春画、艶本を量産した。英泉の美人画は、ゴッホの『タンギー爺さん』の背景にも描かれている。

葛飾北斎（かつしか・ほくさい）

宝暦十年（一七六〇年）～嘉永二年（一八四九年）

浮世絵史に燦然と輝く巨人。その名は広く海外にも轟く。春朗、戴斗、為一、画狂老人、卍など名号、改名は多数。英泉を慈父のごとく導き、彼の半生にわたって見守った。

曲亭馬琴（きょくてい・ばきん）

明和四年（一七六七年）～嘉永元年（一八四八年）
江戸後期を代表する戯作者。『椿説弓張月』『南総里見八犬伝』など読本の話題作を連発する。八犬伝をはじめ著作の挿絵に英泉を起用した。

お栄（えい）

北斎の娘。画号は葛飾応為（かつしか・おうい）。英泉と組んで北斎工房で、多数の艶本を描く。画業では英泉の好敵手。

為永春水（ためなが・しゅんすい）

寛政二年（一七九〇年）～天保十四年（一八四四年）
人情本の第一人者。文政期に『春色梅児誉美』が大当たりをとった。英泉と親交が深く、英泉いわく「腐れ縁の関係」を続けた。

茜（あかね）

英泉の腹違いの三人の妹の長姉。細面の美人ながら武家気質が抜けず、かたくるしいところがある。

常盤（ときわ）
三人姉妹の真ん中。早くに嫁ぎ、子宝に恵まれる。おっとりした肝っ玉母さんでもある。

紺（こん）
三姉妹の末子。家に寄りつかず、水商売に身を投じて兄の英泉をやきもきさせる。

寅吉（とらきち）
深川の芸者。粋と張り、婀娜（あだ）が自慢の美女。英泉の無名時代から深い仲となる。

第一章　前夜

一

大八車が本屋の前につくや、わっと店の者がとびだしてきた。

小僧や手代たちが「待ってました」「なん時だと思ってる」と口々にわめきながら縄をとく。

おっとり刀で主人もあらわれ、大八車の人足に文句をつけた。

「地本問屋には、うちを一番先にしてくれ、とあれほど口を酸っぱくしていったのに」

主人はこれみよがしに天を仰ぐ。お日さまは、もう大空の真ん中あたりまできていた。

車の前を引いていた、若い人足が手ぬぐいを額にあてながら、もぐもぐといいわけをする。

「いや、旦那、そのことは重々わかっておりやしたが……」

濃いひげから玉の汗がしたたっている。後ろを押していた年かさの人足も頭をさげた。

「何しろ、えれえ人気だそうで」。いってから人足は若手と眼をあわせ、うなずく。

「この野郎、いやその画工の美人画は、本や絵双紙を扱いなさるお店だけじゃねえ、江戸のみやげ屋や小間物屋までひっぱりだこって具合で」

本屋の主人は「だからこそ、ウチを最初にしてほしかったんですよ」とボヤきつつ、さっそく荷の包紙をていねいにはずす。

みごとな色彩の錦絵が陽の光を受けあらわれた。主人は感にいった声をもらす。

「ほう、前作にもまして艶やかだ。この画工はぐんぐん腕をあげている」

花魁に芸者、町娘とさまざまな江戸の美女たちが大首絵になって描かれていた。面長の顔にすっと通った鼻筋。すこし斜め先をみつめる視線は物憂く、意味ありげだ。小さいが厚めの唇はやや受け口で、小粒の白い歯がみえる。上唇は朱、下には笹色の緑あざやかな紅が刷かれているのは当世の流行りというやつ。

そして、女たちはこぞって豊満かつ妖艶だった。むっちりと肉づきのいい手からは、着物の下にかくれたぼってりとした乳房や腰、尻まわりが想像できる。

主人の肩ごしに、人足や店の者たちも浮世絵をのぞきこむ。

「こいつは艶っぽいや。なんだか、ぞくぞくっとしちまうぜ」

「岡場所に絵のとおりの女がいたら、入れ揚げちまいそうだ」

「今度のも飛ぶように売れるだろうな」

「何日で売り切れるか、いっちょう賭けてみるか」

主人は声を背にうけながら、コホンと空咳（からせき）をうつ。

「お前たち、手がとまってますよ。ほれ、早く絵を並べなさい」

へーいと不満げな返事があって、また浮世絵が運びこまれていく。

店主はようやく笑顔をつくって人足にいう。

「とにもかくにも、ごくろうさま。台所へまわって水でも呑んでおいき」


主人はあらためて連作の美人画をめくった。

「浮世絵を扱ってもう二十年近く。これほど癖のつよい美人画があったろうか」

と、主人が手にした絵がぱちん、指先で弾かれた。不意をくらってのけぞると、ちびでずんぐりした男がニヤついている。隣には、彼より頭ふたつは背の高い細身の男が所在なさそうに突っ立っていた。背の低いのが、かん高い声でまくしたてる。

「絵は世の気分をあらわす鏡ってね。美人の絵はその最たるもの。菱川師宣（ひしかわもろのぶ）がつき鈴木春信がこねた美人餅、鳥居清長が餡コをいれ天下の喜多川歌麿がくらってみせた」

主人はあからさまに不審な表情となる。

「なんですか、あなたたちは？」

この小男、水牛の角から削りだしたものか、高価そうな黒い丸眼鏡をかけているけれど、貧相なうえヘラヘラと品がない。とても学者や医者、大店の商人にはみえない。おまけに、分厚い眼鏡は手脂で汚れ、それ越しの眼はひどい眇であった。さっきの人足に負けないくらいに日焼けしている。

どことなく狸か貉を連想するのは、風貌ばかりか物いいや振るまいがうさんくさいせいだ。

長身の痩せたほうは黙りこくっている。

女子のように白い肌のうえ、ととのった目鼻だちをしていた。伏せたまつ毛が濃くながい。男くさくはないが、ヤワな伊達っぷりというわけでもない。

黒一色、どこでしつらえたのか、生地に撓みや歪み、捻りをくわえた、めったにない着物をまとっている。だが、珍妙になるどころか気品めいたものが漂い、背丈のある彼によく似合っていた。もっとも、気位が高そうなうえ、神経も細やかな感じは否めない。

そして、この男も堅気ではなかろう。まともな勤め人のもつ律儀さとはちがう、鬱屈や危なげなものがみえかくれしていた。

両人の風貌はえらく差があるけれど、ともに齢三十くらいだ。

小男は、どこをみてるのか焦点のあわぬ眼つきでベラベラとしゃべる。

「もとに戻って歌麿、こちとら、憚りながらウタマルさんって呼び習わしているが」

「確かに、私たち本屋稼業のものはウタマルとお呼びしておりますが」

だからといって、あんたみたく正体不明の醜男がこの名を口にするのはいかがなものか――よっぽどいってやりたかったが、店主はぐっとのみこんだ。かわりに、小男を睨みつける。だが、蛙のツラになんとか、まったく気にするようすもない。

「ウタマルさんの女絵がまた格別で特別、そこいらの絵師とは区別がはっきり、個別にしとかなきゃいけねえってくらいの艶っぽさだ」

「画工の系譜なんぞ、教えてもらわなくてもけっこうですよ」

主人は片手をひろげ、男を阻止するように前へつきだした。何しろ、こちとらは浮世絵を売っておまんまを食べている。だが男は話をやめない。

「ウタマルさん亡きあと、文化の世だから今から十年ほど前、美人画は歌川豊国や菊川英山が台頭した。もちろん葛飾北斎御大の別嬪もいい」

ここまでいって、小男は本屋の主人の手から美人の大首絵をひったくった。

「しかして！　当代、文政の御代で女を描かせたら、あだっぽさじゃウタマルさんも北斎御大も逃げだすのが、ご主人が眺めていた絵師さ」

「これ、なにをなさる。ちゃんとお代を払ってくださらないと」

「おやおや、誰にそんなことをいってなさるのかえ？」

ちび眼鏡はニヤニヤ顔になった。長身の色男は明らかに当惑し「もうよせ」とでもいうように眼鏡の袖を引いている。

そんな最中にも客はやってくる。

女房らしい年増ふたりが暖簾をはらった。ひとりが背の高い男に気づき、連れの女の肩をつつく。女たちは振りかえったうえ、無遠慮に長身の男をみやった。

「いい男だね。あれだけの男前だよ。ここの若主人かい」

「まさか。あれだけの男前だよ。店にならぶ錦絵にかかれた役者かもしれない」

「編笠もかぶらずに、役者が外へでるわけがないよ」

「この先の茶屋でお待ちしてますって、落とし文でもにぎらせようか」

「ちょっと癇性っぽい感じの男だからね、下手な口説き文句じゃポイされちまうよ」

「ふふふ。そこがまた、女心をそそるってもんじゃないか」

女たちのあけすけな会話を耳にして、ちんちくりんがいっそう勢いづく。

「奥さまがた、この人は役者じゃござんせん」

「おい、もういい。はやく用件をすまそう」。男前がはじめて声をだした。

「しょうがねえなあ」。小男は指で眼鏡のずれを指先でなおしてから「じゃ、お披露目を」と色男の背をどやしつけるように押しだす。

店主のまえへでた男は律儀に深々とおじぎをした。

「はじめまして。いつもお世話になっております——絵師の渓斎英泉と申します」

眼鏡が下心たっぷりに両手を揉んでみせる。

「この絵を描いた本人が御挨拶にまいった次第でございます」

二

渓斎英泉は盃をいっきにあけた。

さすがに灘の銘酒だけに、江戸近在の地酒のように麹の悪臭や苦み渋みがうきあがってはこない。凜とした辛口で杉樽の薫りもかぐわしい。風味の奥行きだってたしかなものだ。

しかし量をこすと、ありがたみが薄れてしまう。それは、江戸でも五本の指にはいるという、ここ深川仲町「巽崗 尾花楼」の料理とておなじことだろう。

「贅沢になれてしまうというのはおそろしい」

英泉は盃を箸のとなりに置き、酔いをはらうように二度、三度と頭をふる。

今宵は、美人画で売り出し中の彼がもよおした無礼講の大宴会であった。

座敷をみわたせば、板元に本屋、絵双紙屋はもとより絵師仲間、戯作者が呑み喰いしている。幇間（ほうかん）に女芸者もはべる。それどころか覚えのない顔もまじっていた。

「英泉さんは、色づかいが達者さ」

「ここ数年の画工のなかじゃ群をぬいている」

「おっと、あの人に画工は禁句。絵師といわねばご機嫌ななめになっちまう」

「そのうえ、色は色でもあっちのほうだって達者だそうで」

連中は意味深長にわらった。


英泉は座敷をぬけだした。あとから、呑めや歌え踊れの喧騒がおいかけてくる。だが、後ろ手でぴしゃりと障子をしめてしまった。

彼は料理茶屋のひろびろとした庭を一望する縁側にたたずむ。

夜目にさえ紅白の梅が咲きみだれているのがわかる。甘酸っぱい芳香も鼻さきをくすぐった。月の蒼い光が、英泉の横顔をてらす。端正な面ざしは、酒でゆるむどころか、かえってひきしまってみえる。背が高いだけに、影が濡れ縁にながながと伸びていた。

「いったん栄華のきわみに立てば、あとは下り坂を――」

どこか芝居じみたせりふだった。だが、さすがに、つづきを口にするのはためらわれる。彼はそんな己(おのれ)に苦笑した。宴席に眼をやれば、酔客たちの姿が障子にゆらめき、大きくなったり小さくなったりしている。三味線の音や太鼓の響きも、こころなしか調子っぱずれになってきたようだ。

彼はまた夜空をあおいで口をひらいた。

「母上、不肖の息子は江戸の人気をかっさらってみせます」

このところ、皆が自分を褒めそやす。今夜の乱痴気につどった面々も、しかり。そういえば、英泉が駆けだしの頃、さんざん邪険にした本屋も座につらなっていた。

「あの親父め。だが、オレはこうなるのをずっと待っていたんだ」

独りごちてから、英泉はおもわず武者ぶるいした。

渇望しつづけてきた人気絵師という境遇が目前にきている。

「もうだれにも、オレの絵を悪くはいわせない」

絵筆の癖がつよすぎる。世評と自己評価がつりあっていない。気位がたかすぎる。

こう、本屋たちは英泉にいった。

それでも、少しは見込みがあったのだろう。英泉の作はぽつぽつと世に出てはいた。

だが、売れはしなかった。商売にならぬものを何度も開版するお人好しはいない。

「艶本（えほん）をやっときゃ食っていけるだろうに」

そういわれたことも再三だった。しかし艶本、春画「も」という気はあったとして、「だけ」で終わるなどまっぴらごめんだ。他の絵でも誰にも負けぬ気概があった。

「思い切って、あの人のいうことをきいたのがよかった――」

ここへきて、英泉の絵はかわりつつある。そして、それが功を奏しそうだ。この裏には「あの人」からのありがたい助言があった。

「もう少しで歌川の奴らにも描けない、オレだけの美人画が完成する」

文化から文政、当代の人気浮世絵師といえば歌川派の総大将こと豊国がいる。その弟子の国貞も師にせまる勢いだ。とにかく歌川一派は役者や美人画、相撲に風景画、挿絵とさまざまな分野に人材を得ている。

「もとより、オレは歌川派の世話になんかなる気はなかった」

寄らば大樹の……という発想を意地でもしないのが英泉という男であった。

「世の中に、いったいどれだけの目利きがいることやら」

絵の神髄なんて、世間の連中にわかるはずがない。人気を呼ぶのは高尚なものではなく世俗におもねった駄作ばかり。

「人気なんてバカにつく虱（しらみ）のようなものだ」

こんなことを、平気で口外してしまうのもまた英泉なのだった。そのくせ、胸の奥では己の絵が高く評価され、どんどん売れることを夢みている。はたして、矛盾は焦りをうみ、自家撞着が自暴自棄をつれてくる。英泉の日々は理想と現実がくいちがったうえ、つりあいをうしなっていた。

それでも、彼には目標とする大きな存在があった。

ニャーゴ、チリンチリンと小さな獣が、庭から板張りのうえにとびのった。

三毛猫は人懐っこく男の足もとへ頰をすりつけるから。首に鈴をぶらさげているから、料亭で飼っているのかもしれぬ。

「くすぐったいじゃないか」。男は眼をほそめる。

「そういえば、ふたりの母とも猫好きだった」。男は頬をゆるめながら小さな獣に問う。

「お前は少しやせているな。ということは、最初の母上のお使いなのか？」

猫が返事をするわけはない。だが、逃げだすこともなく座りこんだ。男は膝をまげる。

「母上、私の描いた美人画がえらく評判なんです」

猫は「そう、よかったね」とでもいうように鼻先をつきだしてみせた。だが、男はちょっと口ごもってからつぶやいた。

「でも、絵のなかの女たちは母上とは似てもにつかない」

男は猫をのぞきこむ。そのとき、彼の酔眼に火がともった。猫の瞳がひどくうつくしい青色をしているのに気づいたからだ。

「草染めの青じゃないし、玉の瑠璃（るり）でもない。はれた空よりずっと濃いんだが、縹（はなだ）色や茄子（なす）の紺ともちがう」

みたことのない青だった。彼は仕事場にそろえた顔料のあれこれを思い浮かべた。どれを、どう調合しても猫の瞳のような鮮烈でいながら深く沈潜し、底光りする青にはならないだろう。

この色を写しとりたい。錦絵にしたい。英泉は強烈にねがった。

「酒のうぇのまぼろしなら、ずっとさめずにいてほしい」

彼にとって青は特別な意味をもっている。

青色の記憶はふたりの母親にむすびつく。そのうちの一人、英泉を産んだ母は、彼が六歳のときに亡くなった。記憶のなかの母は、清楚で美少女の面影を宿したままだ。

母が蚊帳をめくってはいってきたのは稲妻がはしった夜だった。

「こわくて、眠れぬのではありませんか」

雨はふらず、それこそ猫が喉をごろごろいわせるかのような雷鳴も遠い。雷光だけがまっくらな部屋を昼間のようにした。しかも、閃光は一瞬にして消え、またしばらくすると燦然とかがやく。

「男の子だもん、こわくなんかない」。おさない英泉はつよがった。

「えらい、えらい。それでこそ武士です」

にっこりした母は、めくれた息子のふとんをなおしてくれた。

英泉は寛政三年（一七九一年）に江戸で生まれている。

文政四年（一八二一年）のいま、数えで三十一歳だ。渓斎英泉は画号、本名が池田義信で俗称を善次郎という。ここへきて、善次郎より英泉の名で呼ばれることが多くなった。

池田家は軽輩ながら武士の家系、父も二本差しだった。英泉は長子で嫡男、当然のごとく武家をついだ。しかし、それもいまでは過去のことになる。

そして、このことが英泉の心に巣食ういくつかの翳のひとつになっていた。

「なにが江戸の人気者だ。あんな絵ばかり描いて、一門の恥さらし！」

池田の血筋のものたちの悪口が、英泉にとどかぬわけがない。それればかりか、かつて父の養家だった松本家の面々からも英泉は忌まれ、縁切りされている。英泉の父は若くして松本家に養子入りしたものの、家督問題のこじれで籍から抜け池田姓にもどった経緯があった。それでも、父の生前はもちろん、英泉が武士だった頃は盆暮れの挨拶を欠かさぬ程度の穏健な付き合いがあったのだ。

「淫画のたぐいに手を染め、放蕩三昧の痴れ者」

これが絵師・渓斎英泉に投げつけられる親類縁者たちからの石礫であった。

「またそんなことで、心を痛めているのですか」

どこからか生母の声がする。だが、その調子はいつも甘くやさしい。

生母はひとり息子の英泉を愛情いっぱいにつつんでくれた。あの鈴が鳴るような可憐な響きはいまも英泉の耳の奥でいきづいている。

「母上——」

英泉は母を想い、再び頑是ないころの、雷の一夜へわが身をはこぶ——。

また稲光がまたたいた。ほほえむ母の顔といっしょに浴衣が英泉の眼に大写しになる。つゆ草の花模様を散らせた寝間着、その明るくもあえかな青色を英泉は、いかにも母らしいと思い、すなおに美しいと感じた。

「母上」。英泉が腕をのばすと、母は華奢な手でうけとめ握りしめてくれた。

「安心しておやすみ」

また稲妻が闇をやぶった。つゆ草が二枚の可憐な青の花びらだけでなく、もう一枚の白い花びらをもっているように、母のまとった浴衣の青、彼女のほそい首からうすい胸もとまでの蒼白な肌がうかびあがる。英泉は、そのさえざえとした色合いにも胸をうたれた。

つゆ草を手折ると、たちまち指が淡い青に染まる。しかし、その青は簡単にとれてしまう。それを知っているだけに、生母がはかない野の花のように消えてしまう気がして、英泉は身をおこし母にしがみついた。

「どうしたの。雷なんかこわくないといったばかりでしょ」

こういいながらも、母は小さな愛する息子をそっとだきしめる。英泉は母のうすい乳房のあたりに顔をうずめ、母がまとう、つゆ草の青でわが身がつつまれるしあわせを貪(むさぼ)った。

気づくと、英泉は料亭の庭をのぞむ縁側にいる。

傍らには、えもいわれぬ青い瞳の猫もはべっていた。英泉は、細くしなやかな人さし指をたて絵筆にみたててみる。そうやって、この猫を宙に写そうというのだ。

猫はきょとんとした顔で男をみつめている。

「ふふふ。たいがいの女子（おなご）は、私の前じゃしなをつくったり気取るものなのに」

さっ、すーっと指先が動くたび、彼の胸のうちに猫の絵ができあがっていく。

「いよいよ眼だ。この色をどうするかで値打ちが決まる」

男は眉をひそめて思案する。猫もちょこなんと前肢をそろえた。宴席のけたたましさは男の耳に入ってこないようだ。

じりじりと線香がもえるように、沈思の時がたっていく。

「…………」

痺れをきらせたのか、猫が身じろぐ。それと同時に、男は整った顔をゆがませ吐きすてた。

「ちがう、こんな色じゃない！」。彼は宙の絵を破りすてるように両手を振りまわした。

猫はおどろくばかりか、ギャッと牙をむき、飛びのいた。

「待て、待ってくれ」

チリリン、チリリン。猫はたちまち縁側の端まで走りさる。せめてもの情けということか、ちらり、振りかえって英泉をみやった。彼も二歩三歩とすすめた足をとめる。猫はぷいっと顔をそむけるや、たちまち庭におりてしまった。

春とはいえ、夜気をふくんだ風は冷たい。それが頬をなぜた。風は群雲までつれてきたようで、月と星の灯りに薄絹をかける。

庭はぼんやりとした闇につつまれた。猫の鈴の音どころか気配すら消えてしまった。宴席から女芸者のかん高い、媚びた嬌声がした。遅れて、どっと客どものものの哄笑がおこる。

英泉は縁側の柱につかまり、独りぽつねんと立ちつくした。

三

「こんなところにござったか」

英泉を探しにきたのは、例のちびで小太り、眼鏡の男だ。

「なんだ、あんたか」。男をみとめた英泉は柱から離れた。

猫はどこへいってしまったのだろう。あの青色も消えてしまった。

そのことが丸ぽちゃ眼鏡のせいのようにおもえ、英泉は舌打ちする。

「あんた呼ばわりのうえ、チョッて舌をならすなんてご挨拶だぜ」

この男はさして酒につよくもないくせ、タダだと知れば呑みまくる。おかげで浅黒く日焼けした肌に赤みがさして、漁師そこのけの赤銅色になっていた。

「ちゃんと名前でよんでくれろ」

「どの名がいいんだ」

こやつ、書肆・青林堂主人の越前屋長次郎は、ときに戯作者・南仙笑楚満人ともなのっている。

「そろそろ為永春水って新しい名をお披露目しようかと」

「春水、だと?」

「石ばしる垂水のうえの早蕨の――ってね」

「ふん、志貴皇子か。あれは清廉な名歌、あんたの柄ではないよ」

「オレっちの名は春の雪どけ水の意さ」

彼はぶあつい硝子の眼鏡に手をやった。

「春の水が、はなかやな泉にそそぎこむ。まったく春水と英泉はいい相棒ってわけよ」

英泉は、春水の賢しらぶりに肩をすぼめ、うんざりしてみせる。

春水を名のるこの男、まったくもって食えないヤツだ。

数年前までは、怪談噺の名人・初代林屋正蔵の弟子と称し、講釈師として舞台にあがっていた。ところが声はわるいし、節まわしもなってない。講釈の筋を勝手にかえてしまう。おまけに容姿までひどい。たちまち干されてしまった。

「あんたと出逢ったのは、その頃だったな」

英泉がいうと、春水はうんとすなおにうなずく。

英泉は二十代だった文化年間、男と女の秘め事を描く艶本でたつきをたてていた。しかし、天下の絵師としての名声は遠い。英泉の鬱屈は深かった。

ある日、英泉が浅草寺界隈の矢場でとぐろをまいていると眼鏡の男がやってきたのだ。

矢場は揚弓屋（ようきゅうや）ともいう。表むきは、おもちゃのような弓矢で的を射る遊び場だ。文化から文政に世がかわったあたりから、ぽつぽつと姿をあらわし、英泉のような、新しいもの好きな道楽者の口の端にのぼるようになっていた。

「ずいぶん女の数がふえたな」

春水は、飛び交う矢をくぐって行き来する女たちをみやる。

矢じりは、たとえ女に当たっても、けがをせぬよう丸くしてある。それをいいことに尻や胸もとをねらう客がいるのだから始末がわるい。もっとも、ここは弓の腕前をきそうのではなく、矢場の女と戯れるためにある。女と軽口をたたきあい、気があえばねんごろな時間を過ごせる、という趣向なのだ。

やがて矢場は飛躍的にふえ江戸の悪所として隆盛をきわめる。

「弓矢あそびにかこつけ、若い女と乳繰りあうなんてうまく考えやがった」

まったく、商売上手は悪知恵が働く。男はぶつぶついいながらも、人を探しているようす。

「そのうち奉行所から眼をつけられ、手入れにあうかもしんねえな」

矢場だけに、それを称して「ヤバい」という。春水、こう独りごちてニタリと笑った。

「コウ、英泉先生はいらっしゃらねえか？」

春水は声高によばわった。英泉にしなだれかかっていた女が身をおこす。

「先生、お連れさんよ」

「知らない顔だ。放っておけ」

だが、春水はめざとく英泉をみつけ、ずかずかと近づいてきた。

「手前、青林堂という書肆の主人でございます」

「はあ」。要領をえぬ返事をしながら英泉は身をただす。本屋というからには絵の話だろう。

「青、林堂……はて、どこかでお逢いしていますか」

「本日がこけら落とし、初のご対面というこってございますな」

なんだ、こいつ。そうはおもうが、仕事のことなら無礼はできぬ。英泉、遊蕩三昧と陰口をたたかれているものの、もともと武家だ。きちんとしつけられたから礼儀をわききまえている。英泉は女を押して脇へやり膝をそろえた。そんな彼に春水はせまった。

「青林堂で未曽有の本を出していただきたい」

春水の厚い唇はよく動いた。いわく、渓斎英泉先生の春画はすべて拝見している。いや、数はすくないし、評判にもなっていないけれど表の仕事――山本屋、和泉屋、上村屋なんぞの板元からでた美人画もさらってある。

「数が少ないのはともかく、人気もいまひとつとはご挨拶ですな」

英泉は不快さをにじませたが、春水は気にもとめない。

「実は英泉先生にしかできない、とっておきの案がござんす」

指の脂でよごれ放題の眼鏡の奥から、視点のさだまらぬ眼が熱くうったえる。えもいわれぬ迫力に英泉はたじろいだ。

「その、先生といわれるのは片腹いたい。かんべんしてください」

英泉を先生と呼びならわすのは女芸者や呑み屋の看板娘、遊女たちばかり。本屋たちは、決して先生と認めてくれぬ。

「青林堂での成功あらば、こぞって先生どころか御大、師匠、いや貫主（かんじゅ）と呼びますぞ」

「私は坊主じゃないですが」。べらべらとしゃべる男に英泉は小声でつっこむ。

「いずれにせよ、青林堂での仕事が渓斎英泉の名を江戸でいちばんに押しあげまさぁ」

「江戸一の絵師ですか」。英泉はしばらく苦笑してから申しわけなさそうにいった。

「青林堂、私は刊行物どころかお店の名前すら存じ上げません」

春水はつんのめったけれど、すぐ立ちなおった。

「いや、その心配はご無用。本の開版なんぞ紙と墨さえありゃだれでもできる」

春水、えらそうに「書肆・青林堂」と自称はしているが、もちろん店舗をかまえていたわけがない。本にかかわっているとはいえ、大手の板元が摺った戯作や浮世絵を、怪しい筋から仕入れ、売りあるく「せどり」だった。肌が黒いのは、江戸じゅうを駆けまわっているからだ。

だが、このときばかりはマジメな顔をつくってみせた

「大事なのは店の由緒や体裁でなく本の中身。オレっちと心中する気になってもらいやしょう」

そんなこんなの出逢いがあり英泉と春水の付きあいがはじまった。

「まさに、これぞ正真正銘の腐れ縁ってやつだ」

英泉がいうと、春水もまけじといいかえす。

「オレっちのいったとおり、渓斎英泉の美人画は大人気になりそうだ」

余談ながら、春水のいう「未曽有の本」はまだ刊行にいたっていない。英泉はもう、人気絵師の座に片足をかけている。今夜も何軒かの地本問屋から新作の相談をうけた。

「あんたのところから出すのは五、六年ほどあとだな」

「不義理をいってもらっちゃ困る。先生の盛業は軍師のオレっちがいたからこそだぜ」

待て、と英泉は眉をひそめる。彼の美人画が世に出たのは別のきっかけのおかげ。春水はそこに、まったくもってかかわっていない。

確かに、江戸の主なる本屋、絵双紙屋をたずね、渓斎英泉の名を売りこもうといいだしたのは春水だった。しかし、これとて青林堂から英泉の本がでることを知らしめるという下心あってのことなのだ。

「ほかの絵師をつかってもらってかまわん」

「えへへ、それをいうてくださりますなってことよ」

春水に英泉のいじわるなんぞ効きはしない。

「でも、ウチから出る英泉先生の作、こいつは大売れ、男も女も若衆も年増も門前に市をなすぜ。千どころか万も十万も摺って版木の擦り切れまちがいなし。そうなりゃ、オレっちも文政の蔦屋重三郎といわれる本屋になれる」

「ぶ、文政の蔦重だと………⁉」

英泉はあきれるどころか吹きだした。

本屋の蔦重こと蔦屋重三郎は、天明から寛政にかけ、恋川春町に山東京伝といった戯作者、浮世絵では歌麿や東洲斎写楽らを世に押しだした名伯楽。まだ世にでる前の北斎、曲亭馬琴、十返舎一九も蔦重の世話になった。春水ごときが、偉大な本屋にわが身をなぞらえるなんぞ、片腹いたいどころか笑止千万であった。

「まったく、あんたにゃかなわないよ」

「英泉先生は軍師のいうとおりにやっておけば間違いないのさ」

「…………」

「それはそうと御大は、おでましにならないのかえ?」

「あの方か……知ってのとおりの奇人変人だからな」

その人は、英泉が心の師とあおぐ、とてつもなく大きな存在だ。失礼のないようご招待したものの、世事の臭いがふんぷんする場に顔をだしてくれるわけがない、と半ばあきらめてもいる。

庭の樹がごそごそと音をたてた。

「おや、あの子が帰ってきてくれたか」

「芸者それとも町娘、ひょっとしたら矢場のネエちゃんでも呼びつけたのかえ」

「そんなじゃない。青い瞳の……いや、あんたに関係はない」

かかわりないといわれたら、余計に気にかかる。春水はやぶ睨みの眼を闇へやった。

「どれ、青林堂主人こと為永春水が、その女子の品定めをして進ぜよう」

「今夜は板元だけじゃなく、妹やわけありの情婦(まぶ)だってきてるんだ」

そんな場でめったなことはできやしない。女がらみの修羅場は御免こうむる。

「ふむ、ごもっとも」。春水も納得した。

英泉はチチチッと鼠なきしながら、料亭の下駄をつっかけ庭へおりたった。

四

江戸の夜空には北辰の巨星がまたたいている。

その光と満ちる寸前の春の月のもと、男の岩石のような姿がうかびあがる。頑丈そのものの身体だけでなく、顔貌も眼、鼻、耳、口とすべての道具立てが立派でいかつい。

「深川あたりはかわらず繁盛してるじゃねえか」

深川は両国の南に位置し、男は北側の本所界隈を根城にしている。

ここのところ、仕事に根をつめ部屋に閉じこもっていた。深川まで足をのばしたおかげで、凝った肩や足腰もほぐれたようだ。

彼は万筋縞のよれよれの着物をまとっていた。五尺ちかい節くれだった竹の棒を杖にしているが、それを頼りにするわけではなく、足どりはしっかりしている。刈りこんだ髪はすっかり白い。とはいえ老けてはいない。竹杖を振りまわせばやくざ者でもなぎ倒せそうだ。

「花見にはまだ間があるけれど、梅や沈丁花がいいかおりだ」

芳香というのもなんとか絵にできないものか。

においを眼でみてわかるようにする。おもしろい趣向だ。

花にあつまる蝶や蜂、鼻先を咲きかけた蕾(つぼみ)によせる乙女というのはどうだ。

いっそ花弁から妖気をただよわせてみようか。

いや、ただ花を描くだけで匂いたつ絵にしなけりゃ。

この男にかかれば、なんだって画題にむすびついてしまう。

「おや、お供はもう飽きちまったのか。つれないヤツだ」

つい絵のことをおもっていると、前を歩いていた小さな影が、ふいに身をひるがえし板塀の隙間へ走りこんでしまった。

さっき、ひょいと三毛猫があらわれた。男との間隔をうまくとり、少し間遠くなると立ち止るだけでなく、それこそ撫でるように鳴いてみせる。男も興がのり、こいつのあとをついていくかたちになったというわけだ。

「三毛というのはきまって牝らしいが、あいつも器量よしだった」

しゃがみこんで板塀の下の隙間からのぞきこんでも彼女のゆくえはわからない。

「それにしても、妙にきれいな眼をしていたな。あれは青でも、紺でも藍でもなかった」

男は膝を伸ばし、長々とつづく黒い板をはりめぐらせた塀をみやった。あの遠くにある角をまがれば玄関だとはわかっている。しかし、皆がやるように、当たり前に乗りこむというのはおもしろくない。男のあそび心がうずいた。

ニヤリと笑って竹棒の杖で板塀の一画を突き押す。かんたんに勝手口の戸がひらいた。


えらい勢いで障子が左右にわかれた。

敷居の溝をすーッとすべっていった障子が柱にあたって、ごとん、どしゃーんと雷鳴さながらの轟音をたてた。

夜気がどっとながれこみ、靡爛しかけた宴席に冷や水をぶっかけた。

予期もせぬ一喝をうけ酔客どもの動きがとまった。騒然はたちまち静粛にかわる。

全員の視線が一か所にそそがれた。歌舞伎の舞台よろしく、夜あかりのあたった庭を背景に仁王立ちする巨軀の男。まさか天狗が舞いたったのか。それとも夜盗がまかりでたか。

「あ、あ、あなたさまは」

女芸者の衿に手を入れようとしていた大手の本屋の主があわててひっこめる。彼は猿そこのけの赤ら顔で、ろれつのまわらぬ舌を、さらにどもらせた。

「ほ、ほ、ほく……」

箸を二本、頭にまいた手ぬぐいに挿しこんで鬼をきどり、「大江山」の一節をうなっていた別の板元が叫ぶようにいった。

「葛飾、北斎先生！ いや北斎あらため為一（いいつ）先生とお呼びしたほうがいいのか」

ホクサイ、イイツ……天下にとどろく江戸一の浮世絵師。その場の全員が眼を点に、口を「ほ」の形にした。

男は面々の驚愕ぶりに大満足のようすで、厚くて大きな唇をめくって大音声を発した。

「おい渓斎英泉！ せっかくのお招きだから来てやったぞ」

「………」

それぞれが視線をあちこちへ移り英泉をさがす。だが、宴の催主の姿はない――。

「英泉め、もう吉原か回向院界隈へしけこみやがったか」

北斎はその場を睥睨（へいげい）してから、アッハッハと腹をかかえてみせた。数えの六十二歳にはとてもみえない。還暦をすぎてますます壮健だ。

下座で酌をしていた女が、きゅっきゅっと白足袋をならし大北斎のもとへ駆けよる。

「これは、これは先生。いつも兄がたいへんお世話になっております」

女は膝をつくと正座し、三つ指ついて頭をさげた。

「おう、茜（あかね）か。久しぶりじゃないか」

いつまで頭をさげているんだ、はやく顔をあげなさい。北斎の声がやわらぐ。

「ちょっと眼を離すと、そのすきに……」

「まったく、あんたの兄貴は猫みたいなやつだ。犬ならチンと座布団のうえにすわっていようが、猫だけに好き勝手だ」

「でも、私はずっと眼の端で兄を見張っておりした。さっき庭におりたようなんです」

「おや、ワシもそこをとおってきたんだがな」

北斎から親しげに茜といわれた女は英泉の腹違いの妹だ。

二十歳（はたち）をいくつか過ぎている。半分とはいえ英泉と血をわけているだけに、茜も背がすらりと高い。細面であごの先がツンと尖っており、紛うことなき美形だった。ただ、いっかな武家口調がぬけず堅苦しい。かなり、気が強そうだ。

「兄をさがしてまいります」

「女子のところへ逃げ出したんじゃなかったら、そのうち戻ってくるだろう」

英泉、えらく女子にもてる。加えて、若いうちに悪所通いの悪癖を身につけてしまい、いっぱしの遊び人のように思われている。

「兄なんぞ癇癪（かんしゃく）もちの短気もの。お金もありません」。茜は眉をひそめる。

「武家だった尊大さ、いっかな売れぬ絵師の気弱さが同居する実に面倒な男」

そんな兄がなぜ女子たちに慕われるのか、まったくもって合点がいかない。茜は母親が息子を嘆くような口をきく。

「私ならば、兄の嫁には絶対になりませぬ」

「おいおい、そのへんにしておけ」。こういってから北斎はちょっと思案する。

「英泉からは将来の大器という匂いがただよっている」

浮世絵の世界で伸してやろうという渇望がみてとれる。

「あれ、兄は出世できそうですか!」

「ふむ、だからこそ、女子も気になって仕方がないのじゃろ」

北斎は分別くさい顔をつくってみせた。茜は散々に英泉をくさしておきながら、パッと頰をかがやかせる。その無邪気な豹変ぶりをみつつ、北斎は心のなかでつぶやいた。

――ただし、英泉が漂わせる芳香にはあぶなっかしい一面もある。

気をよくした妹は、兄を探しにいく、と立ちあがった。

「すぐ連れて戻りますので、お酒でも」。ここまでいって茜は、はっと気づいた。

「重ねて失礼いたしました。先生はお酒を召しあがらないのでしたね」

「白湯(さゆ)をもらおうか。それにせっせと歩いて腹がへった」

「承知いたしました」

茜はてきぱきと仲居に申しつけると、また足袋をならして庭へむかった。

英泉は庭木の間を斜めになったり、かがんだりしながらいく。

後から春水もおいかける。

「庭をくまなく探しまわるつもりかえ」

「あんたについてきてくれと頼んだおぼえはない」

「いわれたおぼえもねえが、なりゆきってもんがある」

「あんたにとっちゃ、猫の眼の色なんてビタ銭ほどの値打ちもなかろう」

「英泉先生のいくところ、きっとおもしれえことが起こる」

「やくたいもない。オレを騒ぎのもとみたいにいわないでくれ」

　ふたりが、こんなやりとりをしていると、桜の古木の太い幹からぬっと女が。

「ギャッ！　幽霊」

　春水が英泉の袖にすがりつく。英泉はへっぴり腰ながら夜目をこらす。

「兄上、こんなところでなにをしているんですか！」

「茜じゃないか」

　びっくりさせるな、と声こそ尖らせたものの、英泉はいたずらがみつかった子どものようになった。英泉には、茜の下にまだ二人の妹がいる。いまや三人の妹は英泉にとって、かけがえのない肉親だ。三人三様、みんな愛おしい。だが、どういうわけか、長女の茜にだけは苦手のおもいが先にたつ。彼女もそこを意識しているのか、つけつけと文句をいう。

「こんな人とご一緒とは、どうせよからぬ相談でもしてらっしゃったのでしょう」

「とんだ、とばっちりだ。英泉先生の猫さがしにご加勢つかまつってたとこさ」

こう春水が申しわけするのを茜は途中でさえぎる。

「北斎先生がおみえになりました」

しゅん、としていた英泉の顔がよろこびでみるみる上気していく。

「それは、ありがたい。すぐ座敷にもどる」

「宴を催した兄上がおらぬとは、主客の北斎先生に失礼ではありませんか」

「そう、つんけんするな。オレが頭をさげれば先生はゆるしてくださる」

まして、不思議でうつくしい青をもとめて庭におりたのだ。絵にかかわることなら、北斎という人物はたちまち興味をしめしてくれる。

英泉、茜ときて春水がしんがりになり庭をゆく。茜が兄に問うた。

「猫をさがしていたそうですが、北斎先生は兄上のことを猫みたいだと」

「ふふふ。そんなことをおっしゃっていたか」

そこへ春水が、いらぬ茶々をいれる。

「英泉先生が化け猫なら、北斎御大は九尾(きゅうび)の狐というべきか」

英泉はどんな女も、むっちりと脂がのった艶っぽい絵にしようとする。

画狂老人はどんな画題でも変幻自在、妖術をつかうように絵にしてみせる。

「ははは。そうかもしれぬな」。英泉はわらう。茜は春水を無視して兄に問うた。

「北斎先生とめぐりあわれてどのくらいになります？」

「そうだな、文化十年頃だったから、かれこれ八年ほどか」

「先生のご贔屓のおかげで、私たちもなんとか暮らしがたつようになりました」

「本当だ。北斎御大には足をむけられないぞ」

　春水が、また余計な半畳をいれた。

「な〜んていいつつ、いつかは巨星北斎を凌いでやろうと野心いっぱいのくせに」

　茜がくるり、振りかえって眉をひそめた。

「兄は、あなたのような不義理、不忠の者ではありません！」

　春水はたちまち、角を叩かれた蝸牛のように首をすくめる。それをみながら、当の英泉は唇を固くむすんだ。

　妹のいうとおり北斎への思慕と敬意はなまなかではない。

　だが、春水のことばを戯言ですますわけにもいかぬ——それが英泉のホンネであった。

　同時に、はじめて北斎と逢った八年前のことを、昨日の話のように思いだしていた。

五

　ようやく、本屋の主が入ってきた。

　額に一文字の深い皺をよせ、おもしろくもなさそうな顔つきだ。

英泉が部屋に通されて、ゆうに半刻（一時間）は待たされただろう。だが、板元はひとことも詫びなかった。

繁昌している板元だけに身なりはいい。彼は絵や本を摺り、江戸中の本屋や貸本屋に卸す。もちろん自分の店でも売りさばく。

大きな板元は、すなわち大店の本屋を意味した。

まとっているのは上田縞の上物にちがいあるまい。齢は四十半ばときいている。身体ばかりか顔にも余計な肉がつき、たるんだ肌は老いた雄鶏のようだ。

――浮世絵や戯作の目利きというより、米相場の吉凶占いに腐心する札差がにあう。

こう英泉がおもっているともしらず、板元も彼を上から下まで値踏みしながらいった。

「渓斎英泉とおっしゃるそうですが、きいたことのない名ですな」

「菊川英山の門下というかたちで修練をつんでおります」

「美人画で評判の、あの英山さんの？」。板元は底意地の悪そうな声をだす。

「英山さんに、あなたのような弟子がいるとは。それもきいたことがない」

「確かに英山は師ではありますが、齢とて四つほど離れておるだけで、いわば兄事しております」

「……ほう、そうですか」

英泉は、菊川英山を蔑ろ（ないがしろ）にする気はまったくない。だが、なるだけ自分をおおきくみせたかった。それに、英山の一門につらなった経緯を語れば、父と英山の親との交際からはじめなければいけない。この場で悠長なことはいってられない。まずは己の売りこみだ。

さらに、英山は本当に兄のように気さくなうえ、穏やかな性格ゆえ師匠風をふかせるような人物ではなかった。もちろん、師を兄になぞらえた英泉には、このところ美人画随一といわれはじめた英山への対抗心もある。

しかし、それは無邪気な気負いというべきものだった。

ところが、英泉の向こう意気は裏目になってしまったようだ。

板元は片方の眉をあげた。

「近ごろは、師匠のことを弟子が兄弟あつかいするのは流行っておるのですかな」

英泉の笑顔がきえる。板元の心象を悪くしてしまった。ほぞを嚙んだが、もう遅い。

「当世の若い人がどんな絵をものするのか、とくと拝見いたしましょう」

英泉は最敬礼しながら持参の絵を板元へ押しやった。

開陳されたのは十二枚一組の艶本。画面いっぱいに男と女がまぐわっている。

「初手からこんな絵を持ちこむとは」

本屋は画帖をいったんおき、つづけた。

「美人や役者、浅草寺に両国橋あたりの名所絵を吟味してくれろというのなら、ともかく」

英泉は居ずまいをただし、いたってまじめな顔つきになった。

「どうせなら、自信のある画題にしようと思いまして」

男女の営みをうつした浮世絵は艶本や春画、枕絵、笑い絵などと呼ばれている。権現さまが江戸に幕府をひらいて以来、いや、その前から艶本は綿々と描かれてきた。巨魁とよばれる絵師も、たいていが艶本に手をそめている。これは恥ずべきことではなく、むしろ艶本は画術を披瀝する、とっておきの場でもあった。

同時に性を扱う浮世絵は子孫繁栄につながるめでたきもの、笑いをともなう縁起ものという一面も有している。

なのに、四角四面な奉行所は享保、寛政のご改革で禁書あつかいにしてしまった。以来、艶本は地下に潜らざるをえなくなった。

「男と女の顔に身体、画の舞台だてといいどこかでみたような画だ」

板元は底意地悪く英泉が入魂の艶本を斬ってすてる。

「いや、それは、あの……」

指摘どおり、まだ己の画風を確立できていなかった。手を伸ばせばそこに、渓斎英泉ならではの絵が扉をあけ待っているはずなのに、いくらもがいても届かない。歯がゆいかぎりなのだが先達の絵師に似かよってしまう。

だが、ここで怯んではいけない。せっかくの機会を無駄にするものか。英泉はいった。

「若いがゆえ、うんと伸びしろはあると自分を信じております」

これからの研鑽に期待してほしい。北斎ばかりか西川祐信(すけのぶ)、春信、清長、歌麿ら巨星たちだって、己を確立させるまでに時がかかっているはず。

英泉が気色ばむと、主人はわざとらしくため息をついた。

「絵といい、あなたの心がけといい、まったく感心しませんな」

「…………」。英泉の脇を冷たいものがつたっていく。

「ウチだって御禁制の艶本を摺っていることは公然の秘密なんですよ」

だが、艶本をたのむのは一流の絵師の先生にかぎっている。

「二流、三流どころの画工の艶本なんぞ開版したら暖簾(のれん)に傷がつきます」

「…………」

英泉は唇をつよく噛んだ。屈辱が全身をかけめぐる。

うなだれる若い絵師を前に、本屋はますます権高(けんだか)となった。

「ウチで錦絵を開版するのは十年早いってことです」

「…………」

英泉は自分が招かれざる客だとさとった。急に首筋が寒くなってきた。

「役者絵や風景はやらんのですか」。板元はもう英泉の絵から視線を外している。

「ま、そいつをみるまでもないか」

板元はつぶやく態だったが、英泉の耳にはっきり届くことを意識している。

英泉がいる部屋にまで店先のにぎわいが聞こえてきた。

若い女の客たちの華やいだ喧騒だった。

――オレは、名代の本屋に絵を置いてもらうこともなく消えていくのかもしれぬ。

苦くて固いしこりが、喉もとを上下する。英泉は、帰れといわれる前に席をたとうとおもった。あくまで毅然とした態度でこの場を立ち去ろう。

英泉は一礼した。板元は愛想もなく「またの機会に」といった。

長い廊下に出たら、どたどたと床板を踏みならして大男がくる。

「なんだ、先客というのは本当のことだったのか」

大男は英泉をみていった。その後から、「先生、お待ちください」と店の者が追いかけてきた。

「この店の親父は、よく居留守をつかうからな」

てっきり今回もそうだとおもったら、とわめくようにいって大男は英泉と向きあった。

「あんた、絵描きの端くれなのかい?」

彼の視線は早くも英泉の画帖に突き刺さっている。

「ワシは三度の飯より絵が大好物なんだ。よければ拝見させてもらいたいな」

板元が部屋から顔を出し大慌てでいった。

「北斎先生、この人はもう帰るんです」

一方、英泉はあやうく画帖を落としそうになった。

北斎だって！　この御仁が、画狂人と自称する天下の大物なのか――。

英泉の表情がかがやく。板元は野良猫を追い払うようにいった。

「早く帰っておくれ。ご覧のとおり、これから北斎先生とお話があるんだから」

「いや、帰れません」

北斎が眼のまえにいる！　若者は頬に喜色がやどるのを隠しきれない。

北斎は、江戸の男の中では図抜けて長身の英泉とかわらぬ背丈だった。だが、身体の厚みと幅はとてもかなわない。ひいでた額のしたに深く眼窩（がんか）がうがたれ、鼻はたかく、おおきな口にぶあつい唇、鑿（のみ）であらく削ったような顎と身体にみあった迫力のある顔相だ。

「渓斎英泉と申します。若輩ながら絵師でございます」

板元がいらだって「挨拶はいいから」と廊下へきて英泉の肩をこづいた。

北斎は板元と英泉を交互にみやって、胴間声をはなつ。

「名もない駆けだしの若僧だろうが、絵に力さえあればワシは認めるぞ」

六

北斎は指に唾すると画帖をめくった。

まずは首をそらせ絵の全体をながめる。次いで、ぐっと顔をちかづけ隅からすみまで眼をくばっていく。北斎の眼の光は絵の細部を射るようであり、弄ぶようでもあった。

ただ、北斎はなにもいわない。表情もかえない。それが、せっかくもどってきた座敷の雰囲気をことさら重いものにしている。ようやく彼は首をおこした。

「すこしは描けるじゃないか」

北斎のいいぐさは乱暴だが親しみがこもったような気がする。

「だがな、ボボの毛はもうちょっと細かに」

ワシがボボやマラの絵をやるときゃ、紙に息がかかるほど近づいて筆をつかう。

「毛の一本、襞の皺ひとつも、ゆるがせにしちゃなんねえ」

英泉、素直にうなずく。北斎は画帖をゆっくり閉じた。

「ここみたいな大店はともかく、もそっと商いの小さな板元なら、すぐにでも仕事をくれるだろう」

「やはり名のある本屋で大々的に。そう願っております」

北斎の身勝手に苦りきった様子の板元、いよいよ眉を逆だてた。

「いくら先生のご推挙があろうとも、この人の絵は当店では開版できかねます」

「えらく嫌われたもんだ」。北斎は英泉を横目でとらえて笑った。

本屋は細い眼をいっぱいに剝いてみせた。

「売れてもいない画工に手間と銭をかけるほど、ウチは儲かっちゃいません」

北斎は画帖をもったまま腕をくむと、英泉に問わず語りでいった。

「大きな書肆で出すのはいいが、ご覧のとおり料簡が狭い」

おまけに、首尾よくいっても若僧の作を親身になって売りはしない。摺り数だって知れたもんだ。大店ってことでありがたがってちゃ身をあやまる。

「北斎御大、ウチになんぞ恨みでもおありなんですか」

本屋の主人はすっかりむくれてしまった。英泉にすれば、してやったりというところだが、まさか当人の前で快哉をさけぶわけにもいかない。殊勝な顔つきで黙っていた。

「それに、お前の絵にはまだまだ欠点が多い」

矛先が英泉にかわった。彼は身がまえたけれど、敬愛する北斎の指摘を拝聴できるとあって膝をすすめた。

「ご教示をよろしくお願いします」

「みたところ、歌麿さんに執心してんじゃねえのか」

英泉は狼狽した。北斎は、図星かと苦笑しながらぱらぱらと画帖をめくり、改めてすべての春画をさらった。

「ここんとこ美人画でのしてきた、菊川英山の手癖にも似たところがあるな」

英泉、今度は赤く染めた頰を青くした。やはり英山の影響はみてとれるのか。

「それも当たりってことだな」。北斎はまだ英泉が英山の弟子だということを知らない。

「好きな画工の真似をするのは悪いこっちゃない。むしろ、たんと学んでおくことだ」

北斎は一転して遠い眼になった——。

「ワシも歌麿さんとは多少のご縁がある。あの人が、美人画の大首絵をひっさげて江戸をにぎわせたときは正直たまげたもんさ」

北斎がまだ勝川一門で春朗と名のっていた時分、寛政前期だから、もう二十年ほど昔のことになる。蔦重の店でウタマルさんと引き合わせてもらった。

「あの頃のワシは、おめえさんと同じく世にでちゃいない」

ウタマルさんみたいに、絵で江戸を騒がせてやる。気負いが強いぶん、反対にちょっとしたことで落ちこんだりして、明と暗が日替わりでやってきやがる。

北斎は魁偉な面だちをくずして英泉をのぞきこんだ。

「英泉といったか、おめえだって同じだろ?」

「………はい」

「なあに、あせることはねえんだ。いい絵を描くには、それなりの年月がかかる」

手持ち無沙汰の板元が、これみよがしに大あくびをかました。

「もう、よろしいですかな。北斎御大との打ち合わせにはいりましょう」

英泉にも異存はない。彼はあらためて板元に一礼する。北斎には、遠慮がちに画帖を返してほしいと眼でうったえた。

すると、北斎が意外なことをいいだしたのだ。

「ご主人、あんたは本気で、この若いのを売りだす気はねえのか」

「ええ、何度も申しあげたとおりです」。本屋も意固地になってしまったようだ。

「そりゃ残念なこっちゃねえか」

北斎は、いったん差しだしかけた画帖をもったまま再び腕をくんだ。

「どうだ、英泉。ワシのところで本格的に艶本を描いてみんか」

「えっ、私が？」

英泉はただただ驚くばかり。

「あっちこっちの本屋どころか、金持ちの好事家から注文が引きもきらねえんだ」

「それはそれは、商売繁盛でよござんす」。本屋の主人は皮肉をはなつ。

「ワシとて身ひとつ。とても全部の艶本まで手がまわらん」

弟子どもを使ってはいるが、出来あがった絵がどうも納得できない。

「マシなのはアゴ、いやお栄くらいでな。正直こまってんだよ」

お栄、女の名のようだが、そんな弟子がいるのか。いぶかる英泉をよそに北斎はまくしたてた。

「艶本をうまく描くには持って生まれた画才が必要なようだ」

北斎の言葉はいっそう勢いづく。

「歌川豊春なんて古狸だって、春画はさほど手をつけてねえだろ」

豊春は豊国の師で、北斎一門をしのぐ浮世絵派閥の総帥だ。遠近をうまく表現する遠視画、浮絵が得意で、老境にはいってからは肉筆画に専心している。

「あれは豊春にボボやマラを描く才がねえからだ」。北斎はにべもない。

「また歌川一派の悪口がはじまった」

本屋はわざと耳をふさいで横をむいた。しかし、英泉はそれどころではない。

「私には艶本の才がございますか」

「うむ。この北斎のお墨付きってわけだ」

英泉を北斎の工房に引きいれたい——面とむかって誘われ英泉は絶句した。だが、胸をよぎるのは戸惑いよりも、歓びのほうが断然おおきい。

若き英泉にとって、葛飾北斎は霊峰富士山にも匹敵する、仰ぎみるべき巨峰であった。

歌麿、英山の域ですらまだ未踏の峠だが、そのかなたに北斎がそびえている。

「もちろん、お世話になります」

「そう、しゃちほこばらんでもいい。もそっと気楽にやんなさい」

思いもよらぬ巡り合わせから、英山の北斎への私淑がはじまった――。

七

ようやく酔客たちが帰っていった。

脚付きのお膳の列は蛇がうねったごとくみだれ、銚子や盃、皿の散らかりようは、嵐のあと落ち葉が湖面に散ったようだ。

がらんとした座敷に英泉と北斎、春水が残っている。

「あの猫を北斎御大もご覧になったとは」

英泉は、みたこともない眼の青さを熱っぽく語り、北斎も応じた。

「江戸どころか日の本のどこにもない青だったな」

「南蛮や清国には似た色目の顔料がございますか」

「ううむ」

「長崎あたりにいけば、なんとかなりましょうか」

英泉は絵のことになると、子どものように、なぜ、どうしてを連発する。

「そうかもしれんし、そうでないかもしれん」

英泉はあの青を現実のものにしたいと意地になりかけている。北斎はもてあまし気味に首筋をぼりぼりと掻いた。

「ウチのお栄も顔料の吟味には一家言もっておるぞ」

「では、明日にでもお栄さんに相談してみます」

英泉はお栄の名を北斎との最初の出逢いで耳にした。女弟子かと見当していたら、やがて北斎の娘だと知れた。親父がつけた、ひどいアダ名がアゴ——しかし、北斎がその腕前をみとめているだけあって、いい絵を描く。英泉にとっては好敵手であった。

「北斎御大、ようよう駕籠がまいりました」。帳場から茜がもどってきた。

だが北斎は団扇のような大きな手をふってみせた。

「来たときみたく歩いて帰るから、そんなもんはいらん」

「ならば、私がご近所までお送りしましょう」。英泉がいうと北斎はうなずいた。

茜が斜にかまえて兄をみやる。

「先生をお送りした後は宅へお戻りですか、それとも、どこぞのご婦人のところへ？」

英泉と茜は古い小さな借家に住んでいる。かつては二番目と三番目の妹も一緒だった。今も昔も、女中をおく余裕はなく、長女の茜が家事をとりしきっているわけだ。

「北斎御大の前だぞ、言葉をつつしみなさい」

英泉がたしなめるのを、北斎は豪快な笑いでふきとばした。

「今夜はどの女子にしようか、という顔をしとるわ」

「先生までそんなことを」。さすがの英泉もばつが悪そうだ。

だらしなく横座りしている春水、彼も退け時とさとったようだ。

「そんじゃ、北斎御大の駕籠はオレっちが使わせてもらうとするか」

「ならんぞ。その駕籠は茜が乗っていけばいい」

北斎はじろりと春水を睨んだ。つぎの言葉も語気がつよい。

「お前もいっぱしの本屋を気取るんなら、英泉にいい仕事をつくってやれ」

英泉のまわりで尾っぽを振ってるだけが能じゃないだろ。北斎のいうことは手厳しい。

「北斎御大、英泉先生がニャンコならオレっちはイヌころですかい」

春水はエヘヘと笑いながら、微妙に焦点のあわぬ眼を北斎にむけた。

「オレっちのこと、もうちょいと買いかぶっていただきとうござんす」

「日ごろのおめえのデタラメぶり、とてもじゃないがそんなことできんわい」

「オレっち、英泉先生にはケレンたっぷりの趣向がたりねえと了見してるんでさ」

「どういうことだ」。英泉もききずてならない。

「兄にヘンなことを吹きこまないでくださいな」。茜はきつい口調になる。

春水はまくしたてた。

「箒に一斗樽の墨をしみこませ、百畳敷きの大達磨絵を描いたと思ったら、針の先にて米粒に鳥居の下の土俵で狸と狐が相撲をとる絵をものしてみせる」

北斎は「あん？」と虚をつかれた表情になった。

「どれもこれもワシのやったことじゃないか」

「いかにも。北斎御大は世間の耳目をあつめるのが、ことのほかお上手でらっしゃる」

「芝居小屋の呼び込みのようにいうな」

「いえいえ、それだからこそ、移り気な江戸の衆も北斎御大のことを、いっつも気にとめておるんでがしょう」

なにかを仕掛けて名を響かせることができれば、噂が評判という子を産み、江戸中に散っていった評判は民の買う気を揺り起こしてくれる。春水は得々と自説をのべた。

「名作がいいモンなんじゃありやせん。売れるモンが名作ってことでござんしょう」

春水、まずは手で大魚のひれを真似、それから両腕を鷲よろしくばたつかせた。

「渓斎英泉の名さえ広めれば、その作は海のかなた千里の果ての南蛮まで泳ぎ、千尺の高さに舞いあがって北辰の星にぶつかりますぜ」

富士のてっぺんで美人画の大凧をあげるか。

いや英泉を凧にゆわいて絵筆をふるわせよう。

それとも品川の浜に、すっぽんぽんの美女を三十と六人はべらせ絵巻を描かせるか。

「そんくらいのことをやらかさにゃ江戸の民の度肝は抜けねえってこって」

「もうけっこうです。駕籠をつかってとっとと帰ってください」

茜が眼をつりあげた。北斎は腰をあげることで態度をしめす。

春水という男、信頼からもっとも遠いところにいる存在であった。

「英泉は正念場だ」。北斎の眼はするどく光る。

「こいつは女を描いて必ず世に出る。そのために、ワシんとこで苦労してきたんだ」

「先生のおかげです」。英泉はふーっと息をつき、頭をさげた。

北斎は春水に念押しをする。

「滅多なことで英泉の足を引っぱってくれるな。美人画に専心させてやれ」

「御大それは誤解というもんでござんす」

だが北斎は帰り支度をはじめ、茜も竹杖をもって玄関へと誘う。

英泉、それみたことかという顔つきになり、春水に笑いかけた。

「あんたとはもう逢うこともないだろう。達者でな」

「おいおい、つれないことをいうもんじゃないぜ」。春水は半泣きになった。


北斎は引っ越し魔だ。このとき、本所の蛇山から本所緑町に移っていた。

本所や深川の地は町屋に武家屋敷、寺社があり、茶屋や料理屋も栄えている。この地は明暦の大火（一六五七年）を機に開拓がはじまり、南割下水（みなみわり）とよばれる幅二間（三・六メートル）ほどの水路が開削された。雨水を通すのはもとより湿潤な土地ゆえ水が出やすいことから、道のほとんどを占める水路は大いに面目を施している。

「英泉、本当に送ってくれるつもりかい」

「もちろんです」

英泉は料亭の名が書かれた小田原提灯を北斎の前にかざす。

「今度の長屋はワシの生まれたところの近所。眼をつむっていても大丈夫じゃ」

はいはい、と英泉は相手にしない。しかし北斎も名うてのガンコ爺、いったん口にしたことを曲げはしない。

「じれったいヤツだな。いい女の絵を描く勉強にいけといっておるんだ」

「それは、いったい？」

「野暮をいわせるな」

提灯をよこせ。北斎は勢いよく歩きだした。

英泉はずんずんいく巨匠の背中をみつめる。

「南割下水には、狸や化け物が出るそうですからお気をつけて」

彼が手を筒の形にしていうと、画狂老人は後手に竹杖をふってこたえてくれた。

「さて」。英泉は思案する。こんな夜中に訪ねていける女子は、さしもの彼でも限られてくる。もっとも岡場所や銘酒屋なら一夜の相手に困りはしない。ここからすこし行けば、手を袖にいれて春の夜寒にたえながら男を誘う白塗りの女たちがいることもしっていた。

だが気分としては、女よりもあの青い眼の猫だ。あいつを絵にしてみよう。いっそのこと、瞳だけでなく猫の頭から尾まで青か藍で塗りこめてみるのはどうだろう。

「尾花楼にもどって駕籠をしたててもらうか」

軒をつらねる料亭や呑み屋はとうに行燈の灯を消し暖簾をしまいこんでいる。

夜鳥のしわがれ声が星空にこだまして点々と染みをつくった。

痩せた野良犬がふらりと姿をみせ、クンクンやってから消火桶にしょんべんをひっかける。四半時（三十分）ほど前まで、まだちらほらあった人影が失せ、すっかり寂しくなってしまった。

いきなり、数軒先の店の戸が開いた。英泉は虚をつかれ息をのみ、つい夜目をこらす。

店からぞろぞろと酔客がでてきた。

男が三人に女は二人。英泉にすれば若僧、小娘という年齢だ。

文化から文政、時代が移るにつれ頽廃と堕落の色が濃くなっている。若者の夜遊びもまた、浮世の一面といえよう。

先頭の肩を組みあった男たち二人は商家の若旦那という感じで、酔いが足にきてしまっている。その後についた一人は眼つきが殺伐として、やくざがかっていた。

町娘らしい十七、八の蓮っ葉を気取った娘が、この遊び人風の男にしなだれかかる。男は面倒くさそうに娘を押しやった。だが、彼女はしつこい。今度は男の袖をつよく引いた。

不意に乾いた音が夜道に響き悲鳴があがった。不良娘は頬をしたたかにぶたれたのだ。

「調子にのるんじゃないよ」

手をあげたのは男ではなく、もう一人の娘だった。

先にいった二人の男がたちすくむ。びんたをくらった娘はすすり泣いている。

「あんたら、この子に手を貸すんじゃないよ」

冷えきった態度で、手を出した女がいう。若旦那たちは怯えたように揃ってうなずき、やくざ者は首をすくめた。その女はツンと顔をあげ、うずくまる娘に吐きすてた。

「ネンネのくせ、いっちょまえのツラするんじゃないよ」

勝ち気がまさって気負いになっているものの、いっぱしの姐御の貫禄がある。この年頃なら赤や黄、明るい色を好むだろうに、濃い灰色と細い黒の縞の着物で渋く決めていた。たっぷり衿をみせる着付けは深川芸者の粋を見習っているのだろう。

「どこかで呑みなおしたいね。あんたら、もう一軒つきあいなよ」

「お多恵ちゃんはどうするんだい」

若旦那の片割れが、恐るおそるたずねる。

「放っておきな。女衒がひっさらっていくさ」

若い女はすたすたと橋のほうへ歩きだした。遊び人が雪駄をならしてつづく。残る二人は突っ立ったまま、足早に去っていく男女の影と屈んだまま泣く娘を交互にみやる。

英泉は若者たちの一部始終に顔をこわばらせていた。

「まさか。いや、みまちがえるはずがない」

英泉は急ぎ足で、姐御気取りのやさぐれ娘のあとを追う。

あれは、すっかり家に寄りつかなくなってしまった末の妹の紺だ。

第二章　美人画

一

日本橋界隈のにぎわいは江戸の栄華を語るときにはずせない。

とりわけ、ここ駿河町の繁盛ぶりは卓抜している。

英泉は人待ち顔でたっていた。今日も黒一色。薄手の布を二枚仕立てにし、表のところどころに大きな穴があき下の布がのぞく。もちろん襤褸（ぼろ）をまとっているのではなく、大胆で凝った意匠なのだ。表は絹、裏に木綿と素材のちがいが模様のようでおもしろい。

英泉はこういう妙な仕立てをうまく着こなしてみせる。

駿河町の名物は呉服屋の三井越後屋、江戸本店（ほんだな）と江戸向店（むこうだな）が通りをはさみ左右に競い、往来の中央にどんと霊峰富士の偉容――。

越後屋の、畳二枚分はあるだろう、巨大な紺色の暖簾が揺れ母と娘がでてくる。娘は風呂敷包みをたずさえ、うれしさを隠しきれず頬を朱色に染めている。同じような親子やおかみさん、友だち連れの女子（おなご）なんぞが、入れ替わりたちかわり出入りしている。なかには女芸者に袖をひかれる商家の旦那も――。

英泉はわざと片方の眉だけあげてみせた。

「いかにも江戸みやげの錦絵になりそうだ。とはいえ、ありきたりすぎてつまらん」

皮肉で渋い顔つきもまた、さまになるのが英泉の男っぷり。

「しょぼい絵師ほど、みたまんまの富士と呉服屋を絵にしたがる」

オレはそんな連中とはちがう。英泉、嘯（うそぶ）いてみせる。美人画いっぽんに的をしぼってはいるが、いつか風景画もという気持ちがあるから目配りを怠らない。

そうやって絵のことを考えているのが、いまの彼にはしあわせだった。

ついでに、越後屋の呉服なんぞは身につけたいとおもわない。

流行は大事だが、布や織り、仕立てに創り手の想いが反映されなければ。

ちなみに英泉の着物は一点モノ、川久保屋という、ちょっとかわった小さな呉服屋でしつらえている。

「しかし遅いな。なにやってんだ」

かれこれ四半時（三十分）はここで往来をみやっている。

待ち人を求め、つま先立ちになって高い背丈をいっそうのばした。そんな彼の貝殻骨のあたりを、うしろから女がポンと叩いた。英泉、軽くつんのめりつつ振りかえる。

「お待たせ」。女は艶然とほほえんだ。

齢は三十手前の年増、かなりの美人のうえ、脂の乗りきった女盛りならではの色香がにじみでている。切り前髪の潰し島田に結った髪には、とろりと飴色の大きな鼈甲のかんざしが三本、無造作をよそおって挿してあった。眼もとに紅ぼかし、下唇は笹色の紅。

「お前は、時の約束をまもったことがないな」

英泉は苦虫を嚙みながらも、さすがは色男、次のことばでちゃんと女をほめる。

「しかし、衣装えらびは毎度のことながらみごとなもんだ」

「ふふふ。こういうの、英泉先生は好きでしょ？」

女は上目をつかいながら、すっとさがって全身をみせつけた。

若菜色のやわらかな色目の生地に、黄みがかった白い五弁の小花を散らせ、裾からチラリ眼の毒、朱の襦袢がみえかくれする。

往来に粋な美男と美人がつれそい、そこだけぽっかり小さな空き地ができたようになる。わざわざ立ち止まって、二人をみつめる手合いさえいる。もっとも、誰の眼にも夫婦とはうつらないだろう。どこかワケありの、情夫と情婦の風情だ。

「美艶仙女香がきれたから、南伝馬町まで足をのばしたの」

江戸で人気の白粉だけど、製造元が化粧の商いだけでなく、なんと絵双紙の検閲役もこなしているのがミソだ。この主人が、○に極の検閲印をおさなければ浮世絵は世に出ない。

「渓斎英泉のこと、よろしくお願いしますって頭をさげてきた」

「余計なことをせんでもいい」

英泉は唇をとがらせるが、絵師や戯作者が作中でこの白粉をとりあげ、わざわざ宣伝してやる例はめずらしくない。魚心あれば水心、白粉屋の親父も検閲に手心をくわえてくれる。まして艶本も手がけている英泉、敵にはしたくない相手だ。

「京橋から急いできたから、のどが渇いたわ」

「この近くにまた新しい茶屋ができて、ほうじ茶がずいぶん評判だ」

「私はお酒でもいいんだけど」

彼女はなれた仕草で英泉に寄りそった。二人は小さくうなずき、歩きだす。

皐月も廿日をすぎると、梅雨はあけたのかとおもうほど強い陽射しの日がある。今日がそういう天気だった。しかし、お天道さまの銀色の輝きは、いつしか橙色をおびはじめている。

英泉は腹ばいのまま、たばこ盆をひきよせた。女の煙管に葉をつめる。小ぶりだが銀をふんだんにつかった贅沢品、お熱をあげる客が贈ったものか。

女はけだるそうに朱の襦袢をまとう。さっきまでの裸身の白さが一変し、業火に赤く染まったようになった。

ちぎれ雲のような煙をはきだし、彼はいった。

「寅吉、次はもうちょっとゆっくりしたいな」

「英泉先生が忙しいんだもん、仕方ないじゃない」

「寅吉こそ座敷だけじゃなく清元に舞、三味線の稽古と身が空(あ)かないじゃないか」

寅吉は深川芸者だ。英泉が悔しさと怒りいっぱいで武家をさった二十歳の頃、二人はわりない仲となった。世を拗(す)ねた若き美男子と深川のひよっこ芸者。男は寅吉に愛慕する女の面影をみつけ、芸者は画業で世にでると決意した若者の支えになろうときめた。

その関係が十年以上もつづいている。

「江戸でいっとう先に、この人のことを絵師英泉先生って呼んだのはわっちだからね」

寅吉は、いかにも深川芸者らしく、粋で鉄火肌だが情にもろい。贔屓(ひいき)を引き倒す勢いだ。英泉がいまだに独身なのも、やはり寅吉という情婦がいるから――。

「きのうのお座敷でもね、あんたの美人画のことでもちきりだった」

「吉原の大店の花魁(おいらん)を描いたやつか」

「そうそう『青楼七軒人』って七枚の揃いものだよ」

「ふん、まあまあの出来だったが、それでもけっこう売れてるようだ」

英泉は、ぽんっと火皿をうち、あたらしい一服をつけてやる。寅吉は男の口から離れたばかりの煙管に、ぼってりとした唇をやって、うまそうに吸う。襦袢の合わせ目から、豊かな胸もとの谷間がのぞいた。

「深川の芸者衆にも英泉先生に描いてもらいたいって妓がたんといるのよ」

「いずれ寅吉も像主にして、特別べっぴんに仕上げてやるよ」

英泉は、身振り手振りで筆をもち、紙に女を描くしぐさをしてみせる。

「若い頃ならともかく、わっちを像主だなんて冗談はおといにいっとくれ」

「大年増の艶香、このオレでしか絵に映すことはできん」

「大年増だなんて、いやな人。まだ三十まで何年かあるのよ」

寅吉は拗ねてみせる。美しい横顔につんけんしたところはなく、愛嬌がまさっているのがいい。英泉は、たまらなく寅吉が愛おしくなり抱きよせた。

「ダメ。もう辰巳のほうへ帰らなきゃ」

深川は江戸城の辰巳（南東）に位置する。だから、この地の芸者衆は辰巳芸者ともいわれた。あるいは男の向こうをはって羽織をまとうことから羽織芸者とも。

「心配するな。遅れた分の座敷の金はオレが払ってやる」

「そんな無駄銭、もったいない。お金は絵具や筆につかっておくれ」

寅吉は小さく抗ったものの、そのまま英泉の腕にすっぽり収まった。二人はどちらからともなく唇をかさねる。貪りあうのではなく、しっぽり、それでいて儚げな口づけだった。

「板元の松村辰右衛門の店から、いよいよ美人画の大首絵を出す」

「歌麿さんのような絵かい？」

「天下の名人にも負けるつもりはない」

胸から上の大写しで勝負するのが大首絵、こいつは女の表情を活写しなければいけない。

「文政になって、世の中ぐんと派手になってきた」

「そうだね、お座敷でも贅沢な遊びをする旦那がふえているよ」

「板元は世のうごきに敏い」

寛政の改革で豪奢な浮世絵、なかんずく色目が多い美人画は奉行所から睨まれていた。しかし、ここへきて締めつけのタガが外れようとしている。

「色目も金に銀、赤黒白青緑……遠慮せず存分につかってくれといわれている」

「歌右衛門や團十郎ゆかりの着物、金糸銀糸の刺繡の衿に、帯や打掛けは龍とか鳳凰の柄にする贅沢ずきな芸者も少なくないからねぇ」

「オレは存分に当世の女を描きつくしてみせる」

女が歌舞伎に美食、名所めぐり、高価な着物と騒ぐのはけっこうなこと。彼女たちの細やかな表情と所作、胸のうちまですっくり絵にしてみせよう。

「いよいよオレの時代がくる」

英泉がつよい調子でいいきると、寅吉は上目に情夫をみた。渓斎英泉の名が評判になる。寅吉の願いは、このことひとつっきりだ。

「うれしい。たんといい絵を描いて、鰻のぼりに名をあげておくれ」

深川芸者は絵師の胸に顔をうずめた。

少しひらいた地窓の障子から夕風がふきこむ。

抱擁する二人の横をすりぬけた風が、枕箱からこぼれた懐紙を揺らしている。

二

茶屋の前で、寅吉はなごり惜しげに駕籠の人となった。

「今度は家へいっていい？」

「うむ」と英泉は口ごもる。寅吉との仲は公然だが、妹の茜はどうにもいい顔をしない。ことに寅吉が女房きどりで台所にたったりすると、たちまち機嫌が悪くなる。

「知ってのとおり、ウチはボロいうえに狭い。ほかのところで逢おう」

「そうかしら」と小首を傾げてみせる。だが、英泉を困らせるのが寅吉の本意ではない。

「じゃ、また出合い茶屋ってことね」

「そうだな」。英泉はほっとしつつも表情にあらわさぬよう口をひきしめる。

「でも、絵がいっとう大事だから、都合が悪ければ遠慮なくいって」

「お前との逢瀬とあらば、絵筆もぐんぐんはかがいくさ」

うれしそうにうなずく情婦を見送った英泉、ぶらぶらと歩きだした。

どこかの寺の鐘がなる。もう六ツ（午後六時）だ。

横丁から出てきた町娘は、市松模様の手ぬぐいを肩にかけている。これから湯屋へいくのだろう。手ぬぐいの先に結わえた赤い袋の中身は糠だ。

英泉は娘を眼でおいながらおもう。

——ああいう、なんてことのない風情を美人画に織りこんでやろう。

ひとつの光景が発火点となり、絵に対する想いがふくらんでいく。

松村辰右衛門の注文、英泉にとって、今後を左右するといっても過言ではない大事な美人画大首絵の案はかたまっている。

年増と娘、浮気女房に身持ちのいい女子、寝坊した女の隣には朝早くから働く女……一枚の絵に二人を対比させる。肝というべき、女の表情の工夫もおおかたできつつあった。

「ただし、どの女子も婀娜（あだ）っぽくせんとな」

松村のすぐあとで山田屋からも大首絵の注文がきた。和泉屋の手代は、近いうちに主人と逢ってくれと熱心だ。若狭屋とは開版の約がととのいつつある。

いずれも名うての板元、英泉の心はおどる。

ことに若狭屋与市は、寛政の時代に歌麿ともいい仕事をしている。

若狭屋はわざわざ吉原の名妓楼、扇屋に一席をもうけての発注をしてくれた。一流の絵師扱いに、英泉は尻のあたりがこそばゆくてならない。

痩せて鶴のような風貌から、鶴与のあだ名をもつ目利きの板元は鷹揚だった。

「美人画であればそれでよし。英泉先生には、やりたいように描いてもらいましょう」

「ありがとうございます」。英泉の声はいくぶんうわずっている。

「私のやりかたの女子となれば、あの顔、あの手足、そしてあの身体つきになりますが」

気負いを軽くいなすかのように、鶴与は笑顔のまま細く長い首をさらに伸ばしてみせた。

「おっと、英泉先生ならではの色づかい、これも忘れては困りますな」

「は、はあ」

「英泉先生の絵や色づかいの強い癖が、文政の世の絢爛さにはぴったりですからな」

「それほど私の絵は目立ちますか」

英泉のものする女の絵は、ここ数年で急激な変化をとげ、ようやく着地点をさがしあてたようだった。春信、清長、栄之(えいし)らが得意とした、すらりとした美人姿を素手で叩きこわすような逞しくて短軀の女。むっちり、もっちりとした肉感は他に例がない。

しかも、彼女たちはすっと立つのではなく、身を捩じり歪ませている。

「最初はどう扱えばいいのか悩みましたが、作を重ねるごとに女の妖艶さが際だってきましたからな」

鶴与は、いつ英泉に声がけするか機会をうかがっていたと告白した。

「ウタマル先生の美人も凄かったが、英泉先生の女は別の意味で凄い」

まさに凄艶というべき女だ、と彼は断言した。

「凄味と艶気をご評価いただけるなら、身にあまることです」

「ここにいたるには、よほどの覚悟があったはず」

「おっしゃるとおりです」

あの人の助言で英泉の眼から鱗がおちたのだ。

「英泉先生の絵は時代のうねりにうまく乗りそうですな」

本屋にすれば願ってもない商売になる。若狭屋与市は太鼓判をおしてくれた。

英泉は身体がふるえるのを抑えきれない。

街は薄暮から夜へと移ろっていく。蝙蝠がうす墨色の空に濃い斑点をつくっている。

「逢魔が時とは、こういう時分のことだ」

英泉は四谷箪笥町の家にかえるか、それとも呑み屋、いっそのこと岡場所をひやかすかで迷っている。ついさっきまで情婦と逢っていたというのに――。

「これこそ悪い癖だが、夜がくるとあちこち覗いてみたくなる」

ふふふ、と含み笑いしながら英泉はほっつき歩く。

黒づくめで凝った、これまた癖のある着物をまとっているだけに、酒や料理を供する店の提灯の光にうかぶ彼の姿は魔物のようでもあった。

うまいもの、と墨書した軒提灯に火を灯した女と英泉の眼があった。

美しいが、切れ長の眼と受け口のせいか少しケンがある。そして、背伸びして火をつけていたときにみえたふくらはぎは、白くて引き締まっていた。そっと匂う化粧品は、まさかの美艶仙女香――こういう事々を英泉は決して見逃さない。

「あんたが、酌してくれるのか」

「さあ、どうしようかね」、女はまじまじと英泉をみつめた。

「商売だから酒は注ぐけど、いい男のお相手は本心でうれしいものさ」

「ありがたい」

英泉が眉をすっとあげてみせると、女は含み笑いをしながら同じ所作でこたえた。

さして広くもないが、掃除がいきとどいて感じのいい店だった。

先客は職人風の男の二人きりで、英泉には眼もくれず熱心に話しこんでいる。

英泉の鼻先を出汁（だし）のいい匂いがくすぐった。半時もすれば立てこんでくるのだろう。

英泉が樽の腰かけにすわると、さっきの女がやってきた。

「鰹のいいのが入ってるんだよ」

女は馴染みの客にいうように話す。英泉も初めての店でぞんざいな口をきいた。

「初鰹じゃないから値は張らないだろう」

「ウチは看板のとおり、安くてうまいのだけが取り柄さ」

奥の板場に眼をやると、四十がらみの夫婦者が下ごしらえに忙しそうだ。

「あんたがお女将さんなのか」

「まさか。でも、ここは二年になる」

「看板娘ってことだな」

「口のうまい男は信用しないことにしてるの」。女はわざと怒ったような眼になった。

「徳利を一本、冷やでいい。肴は二、三品おすすめのをもらおう」

「私も呑んでいい？」

「そのつもりで暖簾をくぐったんだ」

英泉はすかさず酒をもう一本追加した。あいよ、と女が板場へいく。なで肩でやなぎ腰、尻に厚みはない。けれど、痩せたなりに背中からは熟した色気がにじんでいる。

——ちょっと前までは、ああいう姿の女も描いていたんだがな。

いま、英泉が絵にする美人はこぞって豊満だ。そこに迷いはない。

——絵師として認められるため、どれだけ道草をくったことか。

錦絵は武家を断念する以前から描いていた。戯作めいたものを書いてみたりもした。芝居の台本で食っていこうかと、座付き作者の門を叩いたこともあった。

二十代で花咲かねば絵師であれ戯作者だろうとモノにはならぬ。周囲だけでなく、英泉もそう心得ていた。

——だが、オレはいっかな売れなかった。

北斎のもとで春画、艶本を量産することで糊口をしのいできた。そうしながら、なんとか英泉ならではの絵を完成させようと躍起だったのだ。

——今年で数えの三十一歳、ようやく運がめぐってきやがった。

「お酒、それに細魚（さより）の膾（なます）。菜っ葉と揚げ出し豆腐の煮もの」

女がなれた手つきで銚子と小皿をならべる。英泉はわれに返った。彼女が腰かけ盃に酒を満たすのを受けてから、返杯してやる。

「暑くなると、このくらい酸味がある酒のほうがいい」

「板場にいる主人夫婦の里が上州でね。そこの酒蔵からとってるのよ」

女の呑みっぷりは堂にいっている。英泉はまた銚子をかたむけてやった。

「膾の味もいい。細魚はそろそろ旬も終わりかな」

板場から女房がこちらを窺っている。英泉が白い歯をみせると、女房は安心したのか、ちょこんと頭をさげた。

「お客さん、堅気じゃないね」。女が袖をおさえて酌をする。

「なにをしてるか当ててみな」。英泉はとぼけた。

「どうせロクなことはしてない」

「お言葉だな」

英泉はうっすら髭のはえてきた顎をなでた。毛抜きがあれば引っこ抜きたいところだ。彼にかぎらず、江戸の色男は白玉のようにつるつるの肌を大事にしている。

「お客さん、自分のことを男前だとわかってるもんね」

「そんなに背負ってるつもりはないぜ」

ほれ、と女は帯に挟んだ手鏡をだして英泉にむける。懐中鏡は文政の流行りものだ。

「遊び人のふりをして、根は堅物なのかもしれないねえ」

小さな円い鏡の中に面くらった英泉の顔が映った。女は世慣れた口ぶりだ。

「確かに、いい男っぷりを鼻にかけないところはいいわ」

「三文役者じゃあるまいし顔で仕事はしてないよ」。英泉はおどけてみせる。

「そうなのかい……」

女は早くも眼もとを桜色に染めている。酒好きだが、さほど強くはないのかもしれない。

「やたら女の数を自慢するバカがいるけど、そういうのでもないね」

「ゲスにはなりたかないな」

また差しつ差されつしていると、がやがやいいながら男たちが入ってきた。

「おや、お雅姐さんには先客がいるようだぜ」

「だから、もそっと早くこようといったじゃねえか」

常連客らしい。お雅といわれた女もにっこりと笑顔をおくった。男たちは奥の席に陣取り、女房が出て注文をとる。先客の職人風の二人連れは、まだ深刻な話が終わらぬようだ。

「いいのか、あっちの相手をしてやらなくても」

「もうちょっと、お客さんのところにいさせて」

鰈（かれい）の煮つけが出た。これも出汁と隠し味の生姜のあんばいがよく、うまい。英泉はあと二本の酒を追加した。女は彼が差しだすままに盃をあけていく。

「お客さん、女にはモテる。けど、心底から女を好きにはなんないだろうね」

「そんなふうに、みえるか」

英泉は、ふいをつかれ、まごついてしまった。女はとろんと酔眼になっている。

「でも、好きで好きで惚れぬいた女がいる。だれか、ひとりっきり」

「お雅姐さんは、おもしろいことをいう」

「いまも、その人に巡りあいたい一心でいるんじゃないのかい」

「…………」

「どうやらあたいは、お客さんの意中の女子じゃないみたい」

「…………」

「お客さんの胸のうちは、いっつも渇いている」。彼女は濡れた瞳で英泉をみつめる。

「だけど、女子という水をどれだけ撒いても潤うことはないよ」

板場から主人が女をよばわった。彼女は、どっこいしょと中腰になり顔を寄せてきた。

「それに、場数を踏んでるわりには、あっちはあんまり上手じゃないでしょ」

「えっ?」

「かわいい。図星なのね」

女は奥の席へすこし腰をふらつかせながら向かった。

どっと男たちの歓声があがるのを、英泉は呆然としてきいていた。

三

皐月二十八日の大川の川開きが間近になった。

両国橋では花火が打ち上げられる。夜空を月や星よりあかるく照らす玉屋、鍵屋の工夫と贅をつくした火花の宴は、江戸に夏が到来することを告げ、その光景は毎年のように浮世絵でも描かれていた。

英泉が川面をみやると、早くもたくさんの舟が浮かんでいる。両国広小路界隈は夜店準備で浮足だち、河岸には誰がどう測ったのか、等間隔で男女が座りこんでいた。

両国橋を行き来する人、立ち止まって欄干から大川をながめる人、いずれもかなりの数だ。

「今から夕涼みとは、江戸っ子というのは気が早すぎる」

英泉は大川をわたって本所にはいり、しばらく歩いた。

回向院の裏手あたりまできて、ようやく喧騒はとおくなった。

「北斎御大のいってたのは、このあたりのようだ」

大川へそそぐ竪川(たてかわ)の両岸には材木問屋が並んでいる。

問屋の若い衆が、勢いよく、短くそろえた角材を放り投げた。ひとの背丈の三倍ほどもあろう、積みあげた材木の上には着物をはしょった職人がいて、木片を器用に受けとり足もとへ並べていく。高いところが苦手なら、みているだけで足の裏がこそばゆくなってしまいそうだ。

そこから少し離れたところでは、もろ肌ぬいだ男が大鋸をひいている。

彼らの右岸、立てかけられた柱材の向こうには白と青色を按配よく刷いた空、はるか遠くに小さく富士の山がみえた。

「なるほど絵になる」

英泉はさっそく小さな画帖をとりだし、この風景を写してみた。

材木屋の男たちの動きだけでなく、「あらよ」「ほいさ」の掛け声のやりとり、ぎこぎこいう鋸の音、頬にあたる風をも絵に封じこめたい。だが、それをこなすにはよほどの才と手練れの腕が必要になる。

「しかも、どうしたって富士の扱いがむつかしい……」

英泉は今日、北斎の長屋を訪ねる。わざわざ遠回りしたのは、画狂老人がしきりと、このあたりからみえる富士の景色がおもしろいといっていたからだ。

「そういえば、初めて御大のところへお伺いしたのはちょっと先だったな」

あのとき英泉は二十四歳、北斎が五十五歳だった。

くすぶっていた若手が、ふとした縁から東都一の絵師に私淑することになったのだ。

「しかし北斎御大は引っ越し魔。あれから何回、家移りされたことか」

御大の娘で、やはり絵筆をとるお栄がボヤいていたのを思い出した。

「あっちが生まれてからでも九回、いや十回かしら。とても覚えてられない」

北斎のように次々と土地を移る人がいれば、帰る家があっても居つかぬ手合いもいる。

「お紺め」。英泉は母ちがいの末の妹の名を口にした。自然と眉もくもる。

紺は、ここ本所両国橋界隈を根城にしている。ぷいと家を出たまま、あろうことか不良どもの姐御におさまっているのだ。

「あいつのところも、みまわっていくか」。しかし英泉の気はおもい。

「お紺は数えでいくつになった。このままだと売れ残ってしまうぞ」

いいながら、茜の顔がうかぶ。茜はそろそろ中年増の仲間入りだ。それなのに嫁ぐ気はさらさらないらしく、どっかと狭い家にいすわっている。

「なまじ職をもつと女は図々しくなってかなわん」

茜は寅吉の手引きであたらしい流行の清元をおさめ、いっぱしの師匠になった。

「あんな武家口調の抜けない女子に、清元を教えてもらうやつらの気がしれん」

だが、反対に勝気さがウケているのか、茜は三味線箱を抱えて方々の会所や大店の旦那衆のもとへ出向き稽古をつけている。

「ま、あいつの稼ぎのおかげで高い画材を買えたんだからな……」

おまけに家事一切は任せきり。売れない絵師で不肖の兄は妹に頭があがらぬ——。

「そんなことより、お紺だ、お紺」

不孝娘をもつ父親の心情とは、こういうものなのだろう。

英泉は腹立たしいような、情けないような気持ちで歩く。それでも、たった三人しかいない家族への愛おしさと切なさは否定できない。

英泉は水茶屋の手前まできて、大きく息を吸いこんだ。

妹に逢うのに気兼ねする必要なんぞないのだが、どうにも、こうにも……。

朱のまじった藤色に「さろん」と流れるような女文字で白抜きされた暖簾、それをくぐると、年端もいかぬくせ化粧の濃い娘たちが黄色い声と媚びた笑顔で客をむかえる。たいしてうまくもない渋茶と団子を出すほか、品書きにはない酒も供する。

こういう店に、娘目当ての男どもが日参するという按配なのだ。

「あら、先生じゃありませんか」

女将がなれなれしく近づいてきた。噂を探れば、どこぞの大店の主人の囲い者だという。艶冶だが、肚にいちもつを抱えていそうな、油断のならない女だった。

「あいにくだけど、めありちゃんはいませんよ」

何が、めありだ。怒鳴りつけたいところを英泉はぐっとこらえた。この店の娘は、こぞって南蛮人や紅毛人の女の名をもらっている。そんな軽薄な趣向に、これまた江戸男たちが「いいね」と口を揃えるのだから……バカにつける薬はない、と英泉は腹立たしい。

「めありちゃん、お客さんたちに連れだされて両国橋のほうへいっちゃいました」

女将はしゃあしゃあという。「べてぃちゃんも一緒よ」と尋ねもしないのに小太りの娘が追従した。めあり、べてぃ、ときたらこいつはなんて名だ。英泉はいよいよ胸くそが悪い。

「めあり……いや、お紺はいつ戻りますか」

「さあ、屋形船で遊ぶっていってましたからねえ」

大川にいつもよりたくさんの舟がでていたのは、さっきみてきたばかりのことだ。

「あれだけ船が浮かんでいるんだから、どこにお紺が乗ってるのかわからんな」

英泉は二重三重に苦々しく、水茶屋さろんの女将をみやった。女将は衿をなおした。

「ウチも稼ぎ頭に抜けられて商売あがったりでござんすよ」

紺が家に寄りつかなくなって一年になる。

月に二、三度はふいに帰ってくるけれど、陽のあるうちは眠り呆け、月が昇ればそそくさと出ていってしまう。茜がぎゃんぎゃんと青筋たてて叱責しても馬耳東風だ。英泉だって意見するものの、どうにも恰好がつなかった。

そも、夜遊びがやまぬ英泉が説教しても天にツバするようなもの——。

だが茜は引かない。

「兄上と紺では事情が違います。紺はまだ二十歳前、ヘンな評判がつくと嫁にやれなくなります」

「それはそうだが……春をひさいでいるわけではなく、悪事にそまってもいまい」

「兄上！」

「いや待て、茜。人気の水茶屋でお紺なりに暮らしはたてているそうじゃないか」

「池田家の娘が水商売に身をおくなんて。亡き母はもとより父上に申し訳がたちませぬ」

「おいおい、浮世絵の絵師だって水商売みたいなもんだぞ」

先般、紺は夜半に若い男女を引き連れ姐御気どりだった。

それを目の当たりにして、さすがの英泉も黙ってはいられない。急ぎ足で末妹を追いかけたのだった。すっかり人気(ひとけ)がなくなった大通り、英泉は一行をつかまえた。

すると、紺はめずらしいものをみるようにいった。

「兄貴じゃない。こんな遅くにどうしたの？」

「それはこっちの台詞だ」

「さっきまで馴染みの酒屋で呑んでたの」

「いっちょ前のことをいうな」。英泉は呆れたものの、兄らしくひとこと添える。

「どこの娘さんかは知らないが、ずいぶん手荒なことをしてただろ」

「あの子のことならいいのよ」

紺は男友だちを紹介した。若旦那風の二人組が交互にいった。

「めありさんから、お兄さんのことはよくきいています」

「めありさんにいわれて、七枚揃えの美人画も買いました」

紺は二人を指さした。

「こいつら、お金は余ってるから何枚も買わせてるんだ。兄貴の上顧客だよ」

えへへ、二人はしまらない愛想笑いを浮かべる。

「お紺の兄貴の絵なら、艶本じゃねえとつまらねえ」

若旦那たちの影から、もう一人の男が粋がってみせる。英泉より低いが、それでも背丈はあるほうだ。野良犬のような、人になれない強情さが眼に宿っている。斜に構えたものいい、態度とも若いなりに板についていた。

「あんた、それはどういう意味だい？」、紺の声がとがった。

「あの絵をみたら、お前と乳繰りあってるのを思い出すってことよ」

「もう一回いってごらん」

「おう、何度でもいってやるぜ。お江戸一の春画野郎、淫乱英泉の妹さんよォ」

「兄貴の悪口はゆるさない！」

紺は歯をむき、やくざ者になぐりかかろうとした。英泉は気色ばんだ妹を抱える。しなやかで、弾む若い肉体がそれを解こうとするのを必死でおさえこんだ。

「夜中だぞ、往来で大きな声を出すな」

妹を制しつつ、英泉はやくざ者にいった。

「艶本もオレには大事な仕事だし、男と女の秘め事を描くのは絵師の業というもんだ」

「へへへッ。女のボボが大好きだから描いてんだろ」

「兄貴になんてことを！」

また紺が手足をばたばたさせる。英泉の頬に紺の爪がかかり小さな痛みがはしった。

若旦那たちは、怯えたように英泉兄妹と男を遠巻きにするだけだ。

「クソおもしろくもねえぜ」。やくざ者はぺっと唾を吐きすてた。

「お紺、おめえの淫乱ぶりを兄貴が絵にしてるって触れ回ってやる」

それをきいて、英泉は紺を放りだした。きゃっ。妹が勢いよく地べたに横座りになるのもかまわず、英泉は無頼をきどる若者の胸ぐらをつかんだ。

「きさま、いっていいことと悪いことの区別もつかんのか？」

「ほう。オッサン、やろうってのかよォ」

思わず左腰に手をやりそうになって、英泉は胸のうちで苦笑する。とっくの昔に武士を捨てたのにこのザマだ。もちろん、そこに刀はない。

英泉の隙をみて若者はぐいと顔を近づけてきた。

「三流の画工が、えらそうに能書きほざきやがって」

「お前のようなトンチキに絵なんぞわからん」

こいつが投げかけてきた言葉の数々、英泉にとってはすべてが禁句であった。荒立つ胸のまま、殴りつけてやろうとしたとき紺が叫んだ。

「兄貴、そいつ匕首をもってる。早く離れて！」

英泉が身を引きかけたら、若者はすばやく腕をはずし二、三歩さがった。

「お前ら、近いうちに二人とも簀巻きにして大川へ沈めてやる」

毒づくと、彼はくるりと回って走り逃げた。英泉は怒りを持て余し棒立ちになる。

「ごめんなさい」。英泉の背に妹がすがる。紺はすすり泣いていた。

あの夜、英泉は紺を家に連れ帰った。寝間着姿になっていた茜が、くどくどと小言を並べようとするのを押しやり、泣きじゃくる紺を寝かしつける。

しかし翌日、英泉が目覚めてみるとすでに紺の姿はなかった——。


「めありちゃんには、先生がおみえになったと必ず伝えておきますから」

流行りの水茶屋さろんの女将は、しれっという。

「明日、またくるとするか」。英泉は癒えかけた頬のひっかき傷のあたりを撫ぜる。

「そうですかァ。でも、ちゃんとお店に出てるかしら」

「…………」

「めありちゃん、先生に似て器量よしだから贔屓にするお客さんが多くて」

体よく追い出された英泉は憮然とした。父親の気持ちがまた強くなる。

――次こそ、無理にでも連れて帰らにゃな。

だが、一方で妹の放埓にもまた、英泉の存在が翳をおとしているとおもう。そして、妹は自分なりに生き方を探しているようにもおもえる。

「ああみえてもオレと半分は血をわけた妹だ。底にはきちんと筋がとおっているはず」

希望をうしなってはいけない。英泉はこう、己にいいきかせる。

そういえば、真ん中の妹の常盤(ときわ)はまた子を宿したらしい。常盤は紺のひとつ上、茜とは四つの差がある。十七で請われて嫁にいき、毎年のように子をなしている。

「たまには兄と妹が四人そろって酒でも呑んでみたいものだ」

いいながら、彼の足はようやく北斎の長屋へむかった。

四

大川の花火大会しかり――梅雨があけ、江戸は一気に夏景色へ模様がえする。

朝顔に涼み台、女子がひろげる日傘。冷や水売りに金魚売り。

彼の眼には、どれもが格好の画題にみえてならない。

英泉は北斎の住まう長屋の木戸口まできて立ちどまった。

裏店(うらだな)がなんとも騒がしい。たすき掛けに姐さんかぶりの女が小走りにきて、木戸の羽目板にかけた看板をはずしはじめた。

「画工　北斎戴斗　改メ　葛飾為一」

達筆の墨書は英泉の手になるものだ。看板のすみに「えぐるいのじじい」と乱暴に書き足したのは近所の悪ガキのしわざだった。女は看板を小脇にかかえ戻りかけた。

「お栄さん、何ごとです？」

「あら英泉、ちょうどいいところへきた。どうせ暇なんだろ、手伝いなよ」

「いや、今日は御大に相談することがあって……」

お栄の齢は英泉より六つばかり下だときいている。北斎の、いまも生きている二男三女の末子で、お栄とすぐ上の兄は北斎の後妻が産んだ。そういう、いきさつもあって英泉はお栄の境遇を身近なものと感じている。

もうひとつ、英泉が彼女を認めるのは絵筆の巧みさだった。

「そのうち、アゴはワシより女子の絵がうまくなるかもしれないぞ」

北斎は最近、存外にまじめな口調でいっている。

「英泉もアゴに負けねえようにするんだな」

確かにお栄の顎は、父親ゆずりで必要以上にがっしりしている。面相も男顔というやつで、たおやかとか楚々、妖艶という類の女子ではない。弟子どもはアゴどころか、「バケモノ」「ヤマンバ」とひどいことをいっている。

だが、英泉は間違ってもそんなことを口にしない。これは彼の美点でもある。

お栄は確かに言葉づかいがぞんざい、格好も身ぎれいとはいえない。だが、立派な技巧をそなえた絵師だし、肚にイチモツを抱えるような人間ではない。

「昨日あたりから、御大のところに泊まりだったんですか」

「おうさ」とお栄は歯茎までむきだして笑う。

「昨日どころか、ここ四、五日はあたい一人で和泉屋の注文の春画にかかりっきり」

父親に請われると、お栄は平気で嫁ぎ先を留守にする。というのも、夫で絵師の南沢(みなみざわ)等明(とうめい)と夫婦仲がよろしくないからだ。

しかも不仲の理由が、いかにも北斎の娘らしくふるっていた。

「あんなヘタクソな絵を描くヤツはみたことねえ」

側にいるだけで怖気(おぞけ)をふるう。お栄は吐き捨てるようにいうのだ。

少なくともお栄は、英泉の周囲にいる女子たちとはまったく別の種類の女だった。

「親父どのがさ、急に家移りするっていいだしてきかないんだ」

「オレとの今日の約束はどうなるんです」

「さあね。本人にききゃいいじゃねえか」

お栄は低い鼻の先で長屋の奥をさす。

「まいったな、御大には」

「移る先を定めないうちから、引っ越すことだけ決めちゃってさ」

「それじゃ家移りのしようがないでしょ」

「親父どのは、鼠がどうのこうのいってた」

「鼠なんか、いつも走り回ってるのに」

「とりあえず、根津にいる知り合いの絵描きン家に居候するんだって」

英泉とお栄は要領の得ない会話をかわす。

なるほど、北斎の家の前には大八車が二台もおかれ、弟子たちが荷を積んでいた。北観、北虎といった入門まもない若者の顔がみえる。北斎には二百人をこす弟子と孫弟子がいて、英泉もさすがに全員の顔と名を知らない。だが今日は蹄斎北馬、魚屋北渓や柳川重信といった高弟たちがいないのは、英泉にとってもっけの幸でもあった。

私淑する英泉と直弟子の間には眼にみえない溝がある。

それを埋めることはできない。いや、埋めることを弟子たちがゆるさない。例外なのはお栄くらいだ。繊細な英泉にはそれが伝わってくる。

英泉は北斎の工房で艶本だけを担当している。

美人画や風景画はもちろん、英泉が北斎と知己を得た頃に売りだされ、今もって版を重ね、ぞくぞくと新編を開版している絵手本の大傑作『北斎漫画』にはかかわっていない。

北斎は英泉に、まったく分けへだてなく接してくれるが、弟子たちの心情を汲んでいるのだろう。こう、英泉は解釈していた。

ただ、春画を描くにはかなりの技量を必要とする。

まして、北斎の名で売られる作となれば、なまじの腕前の弟子では声がかからない。

ここ数年、北斎の艶本は英泉とお栄が代作することになっていた。二人の合作も多い。

そうして、英泉は本屋の間で艶本絵師としての評価を獲得したのだ。

「春画なんて陽の当たんねえもんは、淫乱英泉とヤマンバにくれてやらあ」

英泉とお栄が、男女の秘め事を絵に仕立てている襖一枚むこうから、やっかみの声がきこえてくるのだ。


「もそっと気をつけて荷を運びな！」

お栄の容赦のない叱責がとぶ。北観、北虎とも首をすくめた。

「お前らが逆立ちしたって手に入らない大事なお宝なんだから！」

木箱の中身は北斎が親しんでいる書画だ。日本画に宋画の傑作、南蛮の絵さえあつめている。粉本（ふんぽん）、つまり手本とすべき絵の模写、それも北斎がみずから線に筆の動き、絵の具まで忠実に写したもの。まことに、絵を志すものにとっては宝物だった。

「英泉兄さん、お栄さんは人使いがあらくって」

北観が、痘痕のめだつ頬をふくらませる。

「若いんだから、たんと働きな」。英泉は笑いながらいった。

「お栄さんのいうとおり、御大が描いた粉本は北斎一門の大事な財産だぞ」

英泉が北斎に圧倒されるのは画業だけではない。彼は感にたえぬという口ぶりになる。

「御大がえらいのは、稼ぎのほとんどを書画のためにつかうことだ」

「英泉の親父どの褒めがはじまった」。茶化すお栄だが父への敬慕はつよい。

「こいつに銭をつぎこまなきゃ、今ごろあちこちに別邸がたってたら」

しばらく、英泉とお栄は運びだされる桐箱をみていた。

「それはそうと、御大はなにをしてらっしゃるんだ」。英泉の問いに北虎がこたえる。

「急にいい画題が浮かんだとかおっしゃって下絵にとりかかってます」

お栄が看板を荷車に置きながらいう。

「この分だと、引っ越しは絵ができてからだといいかねないね」

英泉は「勘弁してくれよ」といいつつ、頭をかがめ玄関の鴨居をくぐる。

「あれれ、意外に片付いてる」

三和土で彼は両眼を大きくあけてみせた。お栄がいう。

「おうさ。屑屋が三人がかりで、あらかた浚っていった」

「屑屋も仕事のしがいがあったろうなァ」

「ゴミとガラクタが消えて、先の間が畳敷きだったと今さら合点した具合だよ」

お栄はなにやら誇らしげに二の句を継いだ。

「足の踏み場もねえっちゃ、あのこった」

「ああ、久しぶりに工房が生ゴミ臭くねえや」。英泉も深く息を吸いこんでみせた。

北斎の仕事場は、いつも、どこへ越してもかならず凄まじい乱雑ぶりとなる。

上がり框（がまち）にたつと、英泉は毎度のように浜辺にいるような錯覚をおぼえた。

それも初冬の荒れた海だ。幾重にもなった波、いやゴミに書き損じが、それぞれ異なる表情で押し寄せ返っていく。

丸めた反古（ほご）やちり紙は、いちばん上で白い波濤（はとう）となっている。

その下にうずまくのは、茶色に濃い灰の斑がはいった竹の皮。それから色とりどり、格子や縞に浜千鳥、菊花なんぞを意匠にした紙片が、光をうけ輝く波間のようにきらめく。それらは煮豆に煮魚、客人が土産にした団子や餅なんぞの包み紙だ。

季節になれば柿、蜜柑の皮も仲間入りしいっそう色目がにぎやかに。

こいつらを蹴散らせば、大事な試し摺りを雨から守ってくれた桐油紙（とうゆがみ）が鮫のようにうようよと泳いでいる。しかも、これで海の底というわけではない。さらに煮しめたような浴衣、赤の腰巻き、紺の股引（ももひき）なんぞが伸びたり、丸まったり、つまりは脱いだまんまで放ったらかしになっている。

ゴミの海原に浮かぶ筏は菓子の籠、舟は絵具を溶いたまま固まって亀裂がはいった皿という具合だ。

「試しに足がどこまで入るかやってみたら、ふくらはぎの半分近くまで埋まったっけ」

「バカやってんじゃねえよ。あんなの、ちょいちょいと水鳥みたく渡っていきな」

それも三人の屑屋の大奮闘であらかた片づき、畳表が顔をだしている。

もっとも、長らく陽にあたることがないうえ、不衛生の極みのせいで畳おもてには緑や黒、もわっと靄のような白い黴どもが——癇性できれい好きの英泉はおもわず、眼を閉じてしまった。

「これなら、前のほうがよかったかもしれない」

「あとで、いちばんの新入り弟子がきやがるから、そいつに雑巾がけさせるさ」

なにしろ北斎御大とお栄、弟子ばかりか来客まで包を開けたらポイ、食べたらポイのポイポイ尽くしなのだから……。そも、北斎御大にとって清潔とか整頓というのは埒外のことなのだ。絵に対する執念が人なみはずれて大きな分、掃除や片づけなんてもんが頭の隅ですら入っていく余裕がない。

「御大、英泉です」

英泉はつま先立ちで、なるべく黴の少ないところを選びながらいき、次の間の障子に手をかけた。

「おう、入ってかまわねえぞ」

英泉の鼻腔に、墨や岩絵具を溶く膠（にかわ）の嗅ぎなれた香がながれてきた。

若い弟子のいったとおり、北斎はうずくまって焼筆をうごかしている。

孤独だが気高い老鷲（ろうしゅう）が、高山の岩肌から突きだした松の枝でじっと一点をみつめている――英泉は、そんな絵を連想し粛然となる。

「若狭屋のところから出す美人画の草案をもってきました」

「そうか、どれ、みせてもらおう」

いいながら、小山のようなかっこうの、北斎の大きな右肩が何度もうごいた。

「何の絵ですか。それができるまで待ちます」

「いや、いいんだ。もうあらかた、ひらめいたとおりに描けた」

英泉が覗きこむと、北斎は別にかくしだてしない。

「ほほう、これは屑屋たちの」

「動きに顔つき、やることなすことがおもしろくてな」

英泉は一礼して素描を手にした。屑屋がゴミの波間に挑み、翻弄されつつも次第に荒波がおさまり畳や板間がみえてくる。その様子が次々に絵になっていた。

まるで、彼らの声がきこえてくるようだ。

「うわぁ、こりゃひでえや」

「もう二、三人ほど助っ人を呼ぶか」

大海の彼方、次の間では北斎が海神さまよろしく鎮座してござる。

「北斎先生のところへ月があがるまでにたどりつけるもんかえ」

屑屋たちは屈んで紙片をひろげたり、竹ばさみで拾いあげたりと仕事をはじめる。

「北斎の反古(ほご)というだけで高値がつくんじゃねえか」

「でも、お弟子の描いたもんかもしんねえぞ」

「そこらに判子が落っこってねえか。あれば片っ端から書き損じに印をおしちまえ」

そんなこんなの悪戦苦闘や悪だくみまでが絵の中でいきいきと再現されている。

屑屋の表情、手足の肉の伸びや縮み、動作の要諦だけでなく、性格までが封じ込まれている。そのうえ彼らをとらえた北斎の視点が微笑ましく、とことん温かい。

「うまい、見事です」

英泉はうめいた。同時に絵師として、悔しいという気持ちも否定できない。

しかし、北斎は彼の感服に応じなかった。ゴホンと、しわぶく。袂(ふところ)から懐紙をだしペッと痰をはく。それをクルりと丸めるや、ようようきれいになった畳のうえにポイっと投げ捨てた。

「鶴与からの注文、美人画の大首絵の下絵をだしてみろ」

一切の妥協をゆるさぬ、どすのきいた低音が六畳間にひびいた。

五

触ればジャリジャリと音のしそうな北斎の僧形の頭から汗がつたう。汗は太くて真っ白な眉を濡らす。窓から差す陽があたり眉は白刃のように光っている。

「御大、いかがでしょうか」

英泉の遠慮がちな問いに、北斎は黙って数枚の下書きをおいた。眉から下にいきなりボコッと落ちくぼんだ眼窩、三白眼めいた北斎の大きな眸が尋常でない迫力で彼をみた。自信作だからこそ持参したのだが。口もとが乾いて仕方ない。英泉はペロペロと舌先で男にしては赤い唇を湿した。

「ううむ」。北斎は喉を鳴らすように唸る。

「よろしくありませんか?」。英泉は罵倒されるのを覚悟し肚に力をこめた。

開け放した連子窓に低くとぶ鳥の影がさす。嵌めこんだ細長い木の列の端から順に、ゆっくりと陰影が走っていった。この沈黙……若い弟子や女弟子なら、とうに泣きべそをかいていることだろう。

「精進したな」。北斎はぼそっといった。

「はっ？」。英泉は正座の上半身を突きだすようにした。

「いい出来じゃねえか。ようやく渓斎英泉ならではの女子が絵になってきやがった」

北斎工房で男と女が交合する絵を描く。

北斎はそれらの構成を語り下絵をしめす。当初は一枚、一枚、閨の様子や小物から髪型、着物、表情までくわしく指示された。

「男の陽物はデカデカとな。雁首が松茸みたくひろがって、血の脈を浮きださせろ」

だが英泉はそんな程度のことを軽々と飛び越えてみせた。

「ほほう。この女子の足、指をぐいっと痙攣するほど曲げやがって、やけに艶っぽいじゃねえか」

北斎は英泉の絵心、勘所の良さをすぐに認めてくれた。やがて達筆なのをみこまれ詞書を任され、そのうち絵だけでなく文もうまいと序文ばかりか書冊ぜんぶの文章までを……英泉も興がのってくる。

「御大の絵筆の癖、あくどく真似しておきました」

衣装の裾をチリチリと縮緬のように、深爪で形が四角なんてのは素人でもわかる。英泉は工房で北斎の教えをうけながら、彼の特質が線だと納得した。

「オレは色目にこそ絵の神髄が宿ると信じているが……」

北斎の面目は水、波、空、風、雨など本来は形のないものを絵にしてしまうことだ。それを可能にするのが形のなきものを捉える線、この卓抜の画力で絵は躍如する。

「北斎漫画、あれには色がない。線ばっかりだ」

でも――墨の濃淡だけの絵手本は、どの頁にも躍動があり色が生じている。

「世の中のモンはすべて○と□と△よ。それに一本線さえありゃ誰にだって絵は描けらあ」

北斎はこういって呵々大笑する。だが、その真意はとてつもなく深い。

「英泉、ワシの絵を隅から隅まで舐めつくしやがったな」

線を真似ることで寸刻みながら北斎に近づける。英泉は艶本でそれを実践した。この工夫と努力がようやく実りかけてきた。しかし、北斎はいうのだった。

「義理のおふくろさんに手を合わせておけ」

英泉の父はどういう了見だったのだろうか、後添い（のちぞい）には前妻とはまったく異なる風貌の女を選んだ。義母は太り肉（じし）で、濃艶な色香を身体の奥に秘めた女だった。はじめて寅吉が座敷にきたとき、英泉が狼狽したのは義母の女ぶりに似ていたから――。

英泉には北斎にだけ打ち明けた義母との思い出がある。

あれは、彼が小児から少年へ階段をひとつのぼろうという頃のことだった。

英泉は台所仕事をする母を漠然とみていた。彼女の背中には乳飲み子の茜がゆわえられている。

貧乏侍ゆえ、とても婢女をやとう金がない。義母はむっちりした身体をきりきりと動かし日々の家事をこなしていた。

竈(かまど)のそばで義母が薪をくべるのをみていた英泉の眼に、火の粉が飛んできた。熱さのみならず、強烈な痛みが襲う。とっさに眼をとじたものの、瞼の裏はさながら焔のような赤と橙が混じった色で塗りつぶされた。

「善次郎、大丈夫かい！」

母はすぐ甕から柄杓(ひしゃく)で水をくんで眼にあてがおうとした。

「痛い、痛いよう」

泣きながらも水を受け入れようとするが、眼が焼け、あけられない。だが、つむっていても痛みと熱さはいっそうひどくなる。このまま盲目になってしまうのではないか。

幼心に彼は観念した——。

そのとき、衣擦(きぬず)れの音がして、妙に生あたたかいものが少年の眼に注がれた。

懐かしいような、いけないような匂い。瞼から頬をつたい唇に流れてきたそれは、甘く切ないような味だった。

きつく閉じた眼、上下の長くて密生した睫毛のあいだから、それはじんわりと滲んでいく。灼熱と激痛は、ゆっくり収まっていった。

少年がうっすらと眼をあけると、山葡萄のような色合いの乳首があった。

そこから何条にもわかれて、うすく黄をおびた白の母乳が噴出している。

義母は豊満な肉体と子どもにも伝わる色香をもった女だったが、武家の世継ぎたる彼の前では決して肌をあらわにしなかった。放埓な母ではなかったのだ。

英泉は、はじめて義母の豊かな胸のふくらみをみた。女ざかりの肉体がそこにあった。

英泉は義母にしがみついた。白く豊満な乳房に顔をうずめ、おもわず乳首に唇を寄せてしまった。舌先に英泉の指先よりずっと大きな乳頭が……彼は無心に吸いついた。

「もう痛くない？　眼はちゃんとみえる？」

よかった、と嘆息するようにいいながら義母はそっと乳房を英泉の口からはずす。

もう少しだけでいいから、義母の肉体にふれていたい。英泉はそうおもったものの、すぐ幼心にも背徳の気配を察し、急いで身をずらした。

そのとき英泉は、白い乳房に刺青をいれたかのような、桔梗の形の小さな青い痣をみたのだった。生母の思い出につながる、清楚なつゆ草の青とはまったくちがう、濃く鮮明な青――。

「しばらく、眼をいじっちゃいけませんよ」

やさしい声がけに英泉はうなずく。義母に、子をたすけたいという一途な心しかなかったのは間違いない。

彼は血を分けぬ母のふかい情愛をうけとった。

そして一瞬ながら、禁断の深い沼の縁に立ったような気がしていた。

後にも先にも、英泉が義母の乳房をみたのはこのときだけだった。

だが、義母の乳房にまつわる手ざわりや唇にのこったもの、青い痣……これらは英泉の青春に厄介な翳(かげ)をおとしつづけた。

そのことを英泉は北斎に告白していた。

第三章　裏の絵師

一

檜の浴槽にはたっぷりと湯がはられている。

英泉はとっぷりと首までつかった。

「ううぅぅ……ふう～っ」

おもわず、しらずここちよいうめき声が漏れる。格子窓ごしに夏の終わりの朝陽がさし、湯は青白くかがやいていた。湯面から一寸ほどのところから、白い湯気が揺らめきながらたちのぼり、やがて光のきらめきとひとつになり消えていく。

ザブリ。湯をすくって顔にかぶせる。英泉がたてた湯音に混じり、外では雀がチュンチュン、四十雀(しじゅうから)も負けずにツッツチーとさえずっていた。

つい戯れ唄が口をつく。

「チュンチュンメがスズメなら、ツバクラメがツバメでござい。昨夜のお女郎、ありゃオカメ」

品川宿の料理茶屋「御香咲」では上客のために内風呂をわかす。英泉は、四人がとこ入れそうな大きな湯船にひとりで長々と身を伸ばしている。

本来なら、閨の相手とご一緒にという趣向だろう。大仰な構えの料理茶屋とはいえ、べたりと客の横にはべる店の女は宿場女郎とかわりない。英泉も一夜かぎりの妻と同衾したのだった。

「あの女子、三島からきて三年といってたが、田舎くささが抜けきってなかったな」

それでも彼女は、渓斎英泉の名をきくと頬を桜色に染め、声を上ずらせていた。

「本当に、あの英泉先生でござんすかえ」

「いやオレは英池といって双子の弟なんだ」

名が知れるというのは掛け値なしにうれしい。冗談も口をつく。

上村屋与兵衛の板元から『秋葉常夜灯』、松村屋の『浮世四拾八手』、山田屋で開版した『時世十二相』……いずれの美人画も売れゆき上々。これらの錦絵で英泉の胸に秘めた女子の像があきらかになった。いよいよ、年明け早々に出る若狭屋版の『浮世風俗美女競』では、英泉ならではの美人大首絵が炸裂する。

春画でも納得の作がある。屋形船、鏡台の前、炬燵と舞台をかえ男女の秘め事をつづった十二枚揃えは画題、意趣はもちろん摺りにも贅をつくしたものだった。

「今度の絵師番付がたのしみだ」

北斎一門、歌川派の主だった面々が名を連ねるのは当然、だが、そこに渓斎英泉の名も割りこんでいけそうな予感がする。いや、そう確信できるだけの錦絵を開版しているのだ。

「ふん、豊国に国貞はもちろんだが、北馬や重信なんぞにも負けはしない」

英泉の矜持と自信、ここへきてかなりの高みに達しつつあった。

湯気のむこうに人影がうつった。

「コウ、英泉先生。ずいぶんおはやい目覚めで」

ガニ股で太短い身体、さながら蟹（かに）のような男とくれば、やっぱり為永春水だ。

「青林堂、昨日のお女郎さんと一緒じゃないのか」

「あやつはオレっちの秘術に腰が抜け、朝風呂どころじゃござんせん」

春水は風呂でも眼鏡をはずさない。ついっ、と看板がわりのそいつを指でおしあげた。

「それもこれも、すべては先生の名著傑作名作の御指南のおかげ。南無淫乱斎法悦華経、南無淫乱斎愉悦華経……なんまんだぶ」

「朝からバカなことを。湯じゃなく、浜へおりて冷たい潮でもかぶってこい」

「へへへ。しかしながら、だ。オレっちのいうことは満更（まんざら）でもねえぜ」

アチチ、アチチと春水は、尻やら腹やら湯に浸る順で手をあてがい、最後はぽっかり顔だけ浮かばせる。

品川の沖に出没するという海入道みたいで、英泉は声をだして笑った。

「ま、あの本が売れたのは海坊主の祟りかなんかだろう」

「だれが海法師でござんすかえ。コウ、淫乱斎先生は感謝ってモンが足らないね」

春水は唇をとがらせる。湯のせいで赤みもまし今度は蛸になった。英泉はますます大笑い、春水はどんどん頰をふくらませる。

「しかしなあ、あんな本をだれが買っていくのやら」

「えれえ口をきく。板元として、お江戸百万人のお客さまに申し訳がたたねえや」

「春水、いくら版に版を重ねて大儲けしたとはいえ大袈裟すぎるぞ」

この文政五年（一八二二年）、英泉は春水が主人の書肆青林堂から『閨中紀聞 枕文庫』を刊行した。足かけ数年、いやもっと前になるか——とにかく春水の熱望したとおり、英泉が絵も文章も手がけ一冊をものしたわけだ。

『枕文庫』は江戸の歴史でもまれにみる性百科全書、性愛文化を網羅した珍書だった。

春水は身体とそっくり、短くて節太な指を折っていく。

「序文で倭の国づくりこそが、男女和合の事始めだと説いてくださった。ついで女護が島の異国美人が風に女陰をひらいて受胎と意表をつく」

春水は本の内容を数えあげてた。

「本編では男女秘部の上中下の品定め、閨房の秘術を開陳とくらあ」

そして、この男は湯の中の股間をのぞきこむ。

「男女の顔相で玉茎と女陰の良し悪しがわかるなんて、罪な章もござんした」

「ありゃ吉原の美人衆、深川の鉄火芸者のあいだでも大評判だからな」

「ブフフ、粋を気取った上客でも、あっちは下の下だなんてね。ざまあみろっ！」

英泉は時にまじめくさった調子で、あるいは軽妙な文章をあやつって筆をすすめた。

「英泉先生の文才が売り物になると見込んだのは、この春水のお手柄ってもんだ」

英泉は文字をつらねただけでなく、絵筆に持ち替え、微にいり細をうがった男根、女陰の挿絵をふんだんに配した。

「あんだけ詰めこみゃ、芝居小屋の幕の内弁当よりぎっしりってもんでさ」

「戯作、絵を食い物と比べるな。しかし、思いもよらず春画の技がえらく役にたった」

湯あたりしかけて、英泉は上半身を湯からあげた。そんな彼を春水はみあげる。

「まことに、先生の長年の修練が『枕文庫』で花咲いたってわけだ」

「バカ野郎、あんな本のために苦心して女の姿を追い求めたわけじゃないぞ」

英泉、本気で怒ってざぶざぶと湯を春水にかける。眼鏡の玉をすっかり濡らされた春水、柄にもなくしかつめらしくいいつのった。

「お待ちなせえ、英泉先生。『枕文庫』をそうそう悪くいうもんじゃありませんぜ」

打ち合わせの日、春水はかちかち山の大きな薪をかついだ悪狸（わるだぬき）さながら、背丈の倍はあろうかという包みをおぶってあらわれた。

「これを、ぜんぶオレが読むのか」

日の本はもとより、唐土（もろこし）や南蛮渡来らしい書物までたくさんあるのに驚く。

「洋の東西の閨房の秘術を網羅していただきたい」

唐土の漢文には苦労しないものの、南蛮の書はとっかかりがない。

英泉は顎に手をやった。

「とりあえず挿絵だけでもみておくか」

「いわば南蛮の春画でやんすから、絵心伝心ってことで」

「しかし、どの書も御禁制じゃないのか」

「エヘヘヘ、蛇（じゃ）の道はヘビっていうじゃござんせんか」

春水の毎度のやり口にごまかされた感、なきにしもあらず。しぶしぶ、英泉は古今東西の性典をひもといた。しかし、もともと彼には学究肌なところがある。性愛術や性奇譚のあれこれをすっかり呑みこんでみせた。

「春水、おもしろい案が浮かんだぞ」

題して「性交中の腹中を看る図」——陰茎が女陰に挿入しているところを、女の身体の内側から描く。奇想にして奇天烈な絵だ。

「そりゃすげえ。しかし、見もしねえでそんな絵が描けるもんですかい」

「大丈夫だ、ちゃんとアテはある」

英泉は北斎御大がいっていたことをおぼえていた。

「毛唐には仰天の絵師がいるぞ。ダ・ビンチだかいう御仁らしいが、人の臓腑や骨格をあらいざらい絵にしてる」

なにしろ画狂老人と自称する北斎、むらむらと対抗心がわきおこったのだろう。さっそく阿蘭陀（オランダ）の医書を手にいれた。英泉はそれをみせてもらったことがある。

このことを念頭におきながらも、英泉は眼を光らせ春水に迫る。

「なんなら焼き場に裏から手をまわせ。玄白さんみたく死人の腹を割ってみよう」

「……そんなことしちゃバチがあたります。ええもう、クワバラクラバラ」

「あんた、悪人のくせに意気地のないやつだな」

「コウ、オレっちを悪党だとおっしゃる。けど、悪党の前には小の字を冠してくれろ」

英泉は「懐胎の腹中の図」とて、母の胎内でそだつ赤子の絵も描いた。そいつに、春水があざとく注文をつける。

「ついでだ、母御をくじる男の指や突っこんだマラの頭も描いておくんなさい」

「ふむ、すくすく育っているというのに、かくなる不埒な行為は赤子にとって迷惑だと知らせてやろう」

「赤ン坊をどんな顔つきにするのか、そこがキモですぜ」

こんな本は江戸に一冊もなかった。

英泉ならではの遊び心を加え『枕文庫』は開版された。文章、絵とも並の戯作や艶本の水準をはるかに超えている。

そこには、春水というこすっからい現世利益の塊ならではの算段が、蕎麦屋の七味のごとくひりひりと効いていた。

「性の手ほどきの書は嫁入り道具に欠かせねえ。いやいや女房に年増、婆にも。日がな女子のことばっかり考えてる若僧はいわずもがな。親父に母御、お子さまと家族全員ことごとく枕の下に忍ばせてもらいましょう。医者もこれで学問のやり直しだ」

江戸では、食べ物屋一覧やら呉服屋に小間物屋の人気番付、愛玩動物の飼い方、料理本、人生教訓書と庶民の暮らしにまつわる案内書、啓発書が大いに人気を呼んでいる。

「ありそうでなかった性の指南書。これが評判にならなきゃオレっちは首をくくる」

春水の鼻息は荒い。英泉、いつものように話を半分にきいていたのだが——なんと『枕文庫』は開版早々から売れに売れたのだ。

夏が終わろうという頃、春水は英泉を招いて祝宴をはった。

「めでたくも版木は擦りきれ寸前。謹んで御礼申し上げたく候」

ただし、世の一流本屋のように吉原ではなく品川というのが春水らしい。

しかも、春水が駕籠代を惜しんだから、英泉はこやつと二人して江戸の西端まで歩いてきた。

「国貞の野郎は、本屋の払いでひと月も吉原に居続けという噂だぞ」

「他人の真似はよろしくない。かえって品川あたりのほうが粋ってもんでござんすよ」

料理茶屋では、玄関わきに芝居小屋の招き看板よろしく大仰な木板を掲げている。

英泉はこいつをみるや、たちまち眉をしかめた。


「東都に名高き書肆・青林堂主人　為永春水」


この字はとにかくでかい。その隣に少し小さく「淫乱斎主人」ときて、この下にもっと小さく「こと、渓斎英泉先生ご一行様」

「こりゃナンだ？　結局はあんたと青林堂ばかり目立ってるじゃないか」

しかも渓斎英泉ではなく艶本でよくつかう淫乱斎の名が大きい。

「おもしろくない。オレはもう艶本の淫乱斎じゃなく美人画の英泉だ」

だが春水は眼鏡を指で持ちあげシレっといってのけた。

「売れると売れねえじゃ極楽と地獄」。春水は空から糸がおりてくる身振りをする。

「この一本の蜘蛛の糸にすがって、ようやく先生は地獄から極楽へのぼりなさる」

「それほど、オレの絵師の命運はあやういってことをいいたいのか」

「いいえ、そうじゃござんせん」。春水は不敵に笑ってみせた。

「絵や本を売るには名がいる。少しでも世にとおった名で商うのが定法（じょうほう）ってもんでござんしょう」

二

さっき英泉の白い頬をなでたのは、凜としたものを感じさせる涼風だった。

残暑こそつよいものの、秋の到来は間違いのないようだ。

「季節の変わり目というやつは、ふとしたことで気づいたり身にしみたりする」

自宅の仕事場の花挿しにも、小枝の百日紅（さるすべり）が活けてあった。茜の心くばりだろう。

英泉はいつものように黒を基調にした着物をぞろりと纏っている。

ただし、肩から裾へ袈裟をかけたように鈍色（にびいろ）の別の布が走って、縫い合わせた二色がそれぞれ目立つ奇抜な意匠だ。しかも、それが長身で細身、三十歳をいくつかこえ甘い顔に苦みが加わった彼によく似合っている。

「まだ暑いが、洒落者を気取るからには、仕立てたばかりの羽織をもってくればよかった」

四谷簞笥町にある家をぷいっと出たのは一時(いっとき)（二時間）ほど前のこと。

「どの本屋も美人画、美人画とうるさいことだ」

矢継ぎばやに舞いこむ注文の数々、なるほど売れっ子とはこういうものか——他人事(ひとごと)のように感心しつつも、そうそう次々と妙案が浮かぶわけもない。

考えあぐねたあげく、仕事を打っちゃり内藤新宿まで足を延ばしてきた。

「いつもなら両国に深川、浅草と吉原……こっちは不思議と足が向かないからな」

内藤新宿は江戸と武州、甲州をむすぶ物流の要所、荷駄を積んだ馬がぽっくりぽっくり頻繁にゆきかう。当然、馬の落とし物もおおい。

「吉原は蝶、新宿には虻(あぶ)が舞うというが……馬の股の間から内藤新宿を覗いて絵にするというのも一興だな」

いや、北斎御大ならもっといい工夫をするだろう。錦絵のことを忘れるために、ぶらりと出たのに、やはり英泉は画想から離れられない。

「おい池田やないか？　池田善次郎やろ」

聞き馴染みのうすい上方言葉のうえ、馬さえおどろく大声。

絵のことに没頭していた英泉も顔をあげた。

「やっぱり！　池田善次郎に間違いない」

美人画で大評判をとるようになって、善次郎と呼ばれることはめっきり少なくなった。

「久しぶりやなあ。かれこれ十何年になるで」

英泉の眼の前に武士がいる。にこにこと懐かし気なようすだ。英泉は、三十恰好でひどく肥えた男をみやる。薄茶の染付の小紋に小豆色の袴、脇差だけを腰に差している。

「おい、忘れてしもたんか」

男があからさまに残念かつ恨めしそうなので、英泉はすこし焦ってしまう。

「佐伯主水に荏原源信らとは年に一、二回は盃を交わしてる。そのときは池田のことも話に出るんやで」

次々と懐かしい名がでた。眼の前の男の眼と唇それに耳の形……ようやく記憶の錠前が開いた。

「おおっ！　さすれば貴様は林慎吾か」

「ようやっと思い出してくれた」

「林、かなり肥ったたな。顔や身体に余計な肉がついたからわからなかった」

「ご挨拶やな。けど、池田のことはすぐにわかったで」

英泉は二十歳まで武家勤めをしていた。主家は水野壱岐守（いきのかみ）、彼は下級ながらいっぱしの藩士だった。

林は、英泉が若かりし頃の悪友というべき存在だ。剣の道場仲間、大坂生まれで近江の膳所(ぜぜ)藩本多家に仕えていた。佐伯、荏原とも道場で知りあった。佐伯は丹波家、荏原は安部家で禄をはむ。おまけに年齢と境遇も似たりよったり。そんなことで、英泉や林たちは主家こそ違え、ときたま酒を酌みかわしたり、悪所がよいをしていたのだった。

「懐かしい……武術の腕前なら林が卓抜だったな」

「いやいや、池田もなかなかの素質やった。正眼の構えは隙がなかったで」

林は近江の本家勤めながら、剣の才を認められ江戸で修行していたのだ。

「新宿で出逢うということは上方ではなく江戸に住まうのか」

「ふむ、いろいろ事情があって江戸屋敷詰めになったんや」

「そうか。オレにもいろんなことがあった」

「ここで逢うたが百年目、どや、一杯つきあえ」。林は相好を崩して酌の手まねをする。

「ううむ………」

旧友との再会はうれしい。だが武士だった日々は決して愉しい思い出ばかりではない。英泉はあまりに感受性がつよく、ややもすれば繊細すぎる。話題によっては、錆びた鋸(のこぎり)で生身をひかれるようなことになりかねない。

売れっ子絵師になれたからこそ、彼はこのことをひどく警戒していた。蟻の一穴によって、大きな堤防が崩れてしまうのではないかと――。

だが、林は英泉の袖をつかむや、とっとと歩きだした。

「ちゃんとついていくから、飯盛り女みたいなマネはよせ」

馬方にひかれる荷馬のようになりながら、英泉はいった。


林に引っぱられ、英泉は小料理屋にはいった。

二十畳はありそうな広間を、衝立で七、八つほどに区切っている。

英泉は林たちと登楼した、小見世といわれる、吉原の安上がりで遊べる廓の風景を重ねた。割り部屋といって、大座敷に小さな屏風を引きまわして壁がわりにしてある。その狭いところへ夜具をのべ遊女と同衾するのだ。当然、両隣のあれこれは筒抜け……。

英泉と飯台を挟んで向かい合った林は、人のよさそうな笑顔をみせた。

「善次郎はやたらと女にモテたな」

「そういう林だって、いつしか吉原に馴染みの女ができてたじゃないか」

かつての林は中背ながら筋骨たくましく生気に満ちた好青年だった。

いまは醜悪なほど太り、剣豪の名をほしいままにした面影はない。

もっとも、身なりはそれなりに整っている。着物の生地や縫製も悪くない。横においた脇差だって、鞘と鍔からして逸品とみえる。藩ではそこそこの地位にあるのだろう。

「やっぱり、こっちで重宝されているのか」。英泉は刀を構えるまねをした。

「うむ。しかし、もう剣術で出世するような時代やないからな」。林は遠い眼になった。

小柄だが胸のはった女が注文をとりにきた。

「あら、お久しぶり」。女は林に流し目をおくると英泉にも会釈する。

「十ン年前、同じ道場で汗をかいた仲だ。さっき大通りで偶然にであった」

林は上方訛りのつよい、妙な抑揚の江戸言葉をつかった。

女の視線はあからさまに英泉を値踏みしている。

もっとも、こんな態度には慣れっこだ。

「オレは女衒なんだ」。英泉はニヤリとしてみせた。

「回向院裏や洲崎が得意先でね。なんなら、いい女郎屋を紹介しようか」

女は切り返すことができず絶句している。林が慌てて酒と肴を注文し、その場を取り繕った。

「さっきの、ほんまなんか?」。女がさがるのを見送ってから林は小声になった。

「そんな、ろくでなしにみえるか」

「いや、こっちの仕事をしてるときいてた」。林は筆を動かす真似をした。

「浮世絵や戯作に手を染めていたことを知っていたのか」。あえて艶本とはいわない。

「噂や、噂……」。その噂というやつに含みがありそうだが、林は口にしなかった。

「いきなり道場は辞めるし、藩の長屋を訪ねたら、もぬけのからやった」

英泉は憮然とした。人生が織物とすれば、文化の世になってほどなく、縦糸と横糸の交錯がにわかに乱れ、せっかくの柄がめちゃくちゃになってしまった。

彼の落胆と失望は、まさに憮然というにふさわしいものだったのだ。

三

池田善次郎英泉、生まれ育った家は貧しかった。

飯に豆や大根の葉がまじっていることも珍しくはない。それでも義母は、父と英泉の膳に干鱈(ひだら)であれ魚をつけてくれた。雑味のつよい安物の地酒だが晩酌の準備も怠りない。義母と妹たちは椀汁に芋の煮もの、漬物という具合なのに。

「兄の目刺しをわけてやろう」

英泉が妹たちにいうと、まっさきに末妹の紺が喜色満面で皿を差し出す。長女の茜はそれを強くたしなめる。それが毎度の食卓の光景だった。

真ん中の常盤(ときわ)は姉と妹のやりとりを横目にむしゃむしゃと豆飯をほおばっている。常盤が箸をとると、質素な食事も不思議にうまそうにみえた。

もっとも、貧困は英泉たちだけにとり憑いていたわけではない。

大名とはいえ一万五千石にすぎぬ主家、さらに下士という身分からすれば当然のことであった。父は道楽もせず、義母は内職を掛け持ちし、御長屋の空地を畑にして働いた。

両親にとっては子の成長がなによりの心の支えだったのだろう。

改めておもえば、貧しくとも家族六人は仲がよく、しあわせな一家だった。

人生を織物に喩(たと)えるでんでいえば、糸の紡ぎをあやまったのは文化二年（一八〇五年）の冬――父の茂晴が床についてしまったことに端を発する。

「善次郎、筆と紙をもて」

父によばれ英泉は枕元にすわる。火鉢の炭が赤くいこり、暖気が病人と薬草のにおいをいっそう強くしている。医者の見立ては心の臓の病ということだ。

「そなた、父に代わって水野家に仕えよ」

父は息子に墨をすらせ、主家に提出する書類の代筆を命じた。

英泉はもう十五歳だ。義母からも、このことをほのめかされていただけに動揺はなかった。父の口舌をまとめ達筆でしたためる。

「本来なら家督も譲ってしまいたいが」といってから父は力なく笑った。

「父とて病に打ち負かされてばかりでは情けない。医者と薬の力を得て、春には床上げといきたいものだ」

「はい。また剣の稽古をつけてください」

「道場には通っておるのか」

「膳所藩の使い手に負けぬようがんばっております」

父は満足そうに眼をほそめた。「で、絵習いのほうは？」

義母は絵や書、音曲といった事々が好きで、自らも琴を達者に弾く。英泉は彼女のすすめで狩野派に学んでいた。教授は狩野栄川（典信）の流れをくんでいる。

栄川は将軍のおぼえめでたい奥絵師で、最強派閥といわれる木挽町狩野家の統帥だ。

「絵のほうが剣より見込みはありそうです」

英泉の画才はともに絵を学ぶ同輩はもとより、狩野派絵師の若い弟子に伍していた。

「今の侍に剣はあまり役にたたぬ」。父は肩にかけた綿入れをなおした。

「強いものにおもねり、口先とおべっかで世を渡ろうという輩ばかりが出世しよる」

「…………」

父の弁舌は巧みといいがたく、生真面目で世渡りのヘタな人だった。

もとは松本家に養子入りしたのに、親類縁者の横やりで家督を継げず、池田姓にもどった来歴しかり――。息子たる善次郎英泉もまたご機嫌とりが苦手、好きなものなら痘痕もえくぼだが、嫌いとなれば宿敵のようにふるまう。

「善次郎、それでいいのだ。媚びずに生きよ」

父は体調がいいのだろう。普段は話すのも大儀そうなくせ、今日はよくしゃべった。

「しかし、木挽町狩野家に身を投じれば、安い俸禄の藩士よりいいかもしれぬぞ」

「……………」

長男の道場と絵ばかりでなく、茜と常盤も三絃や太鼓を習っている。この費用をひねり出すため、義母は内職に一所懸命だった。そこに父の治療費が重なってくる。

——毎月の謝儀(しゃぎ)の額をかんがえたら、両方ともやめたほうが家は助かる。

殊勝なことをおもう英泉だったが、その後も習い事はつづいた。

「善次郎さん」、義母は藩邸に上がると決まった日から呼び捨てにしなくなっていた。

「あなたには、すぐれた画才があります。それに、ご近所より道場のほうがお友だちは多いでしょう」

義母は白くむっちりした首を衿にうずめ、上目に息子をみやる。

「お金のことは心配いりません。母がなんとかします」

父にかわっての出仕はすぐ受理された。

だが勝見という組頭は、父と仲のよくない男だっただけに息子も疎(うと)んだ。

善次郎英泉は己が歓迎されざる者だとすぐ察知した。しかし、彼は諂(へつら)わない。意地でもおべっかをつかうものか、という態度をとった。

「親父が親父なら、息子も息子だ」。勝見はあからさまに不快そうだった。

英泉の不幸の要因は容貌にもあった。

抜きんでて美男、長身ゆえに女子の注目をあびやすい。茜に紺も、兄の眉目秀麗を自慢にしているのが、みてとれた。まして御長屋の娘たち、それどころか淫蕩な妻女までが色目をつかい恋文を届ける。男たちはそれを激しくやっかむ。

ある上役の子女は、わざわざ番士の住まいまでやってきた。女子から誘惑するのは珍しいことではないし、女がそれを躊躇する理由もない。男女の関係は、おおむね女子が主導権をにぎっている。ただ、厄介なのは体面や露見にともなう風評であった。

縁側で紫陽花(あじさい)のつぼみを写生していた英泉に、彼女は話しかける。

「善次郎は絵が達者だときいていますが、ほんとうにお上手ね」

「いささか心得はあるつもりです」。彼は絵筆を休めぬどころか、顔さえあげない。

「両国の川開き、花火がきれいだし、それを絵にしたらどう？」

一緒にいこう、という誘いなのは明白。おまけに上席の娘とくれば、同輩なら喜々として餌針にくいつくところだ。ところが、英泉は邪険にことわった。

「私が描きたいのは、花火のような、誰にでもわかる美しさではないのです」

彼は筆をおき、射るように娘をみた。女子の身体から滲む想い、心の奥にひそむ本性を描きたい。

「残念なことに、まだそういう女をしりません。どの女子も理想とはほど遠い」

娘は一瞬、呆然としたものの満面が朱となり憤然と踵(きびす)をかえした。

彼女のみならず、袖にされた女どもは逆恨みした。なかには父や兄、あるいは夫に彼の悪口を告げた者もいる。

加えて善次郎は文才に恵まれ、書物好きだから漢籍も苦ではなく知識はひろい。大人にまじり、あれこれの話題で互角にわたりあう。論破もいとわない。

——どいつも、まるで歯ごたえがない。

祐筆や御納戸役ならば、英泉の伊達男ぶりと才気が、藩主や重役に気に入られ出世できたかもしれぬ。だが、父を継いだ御徒士組（おかちぐみ）の一員となれば宝の持ち腐れでしかない。

上役や同役はもちろん、年齢もおっつかっつの者どもは口を揃えた。

「池田の若僧、まったくもって鼻もちならんヤツだ」

たちまち、彼は浮いた存在になってしまった。

ほどなく露骨にいじわるされ、鞘当てをくらうこと度々となる。

持参した弁当を隠され、仕事の心得を記した忘備録は盗まれた。宴に呼ばれたものの席がないこともあった。

「ふん。大のおとながガキみたいなことをしやがって」

英泉はますます、頑（かたく）なになった。この態度が皆の反発を呼ぶ。彼が挨拶しても返さず、つるんで白い歯をみせていても彼がくると話をやめる。

そんなことが日常のことになった。

——幼くして母を亡くした身、一人でいることなんか慣れっこだ。

だが強がってみせても、出仕が愉しいわけがない。まして彼には、驕慢なほどの矜持と、繊細で脆い純真すぎる心根が同居している。

同輩には褒美がでたり、昇進があったりしたものの、彼には縁遠いことだった。

組頭の勝見は取りまきどもにいっている。

「池田の息子の手柄は芽のうちにむしりとってやる」

——一生、このまま冷や飯をくらうのか。

ある日、元の上司が父を見舞ってくれた。

父はいっかな病が癒えず、日がな一日、床につくようになってしまっていた。

帰る際、玄関の軒先で老人は忠告した。

「勝見には気をつけろ」

己が疎まれ嫉まれていることを知っているのか、と英泉は眉をひそめる。しかし、老人が意味するところはもっと意外なことだった。

「あの男は、ずっと前からお前の母にいらぬ懸想をしておる」

老人のしわがれ声が雷鳴のようにおもえた。

同時に、子を三人なしても、いっかな容色おとろえぬ義母の豊かな胸もと、揺れる尻、裾からのぞく白い足首が浮かぶ。

英泉は、勝見と剣を構えてやろうかと思いつめるまでになった。

時期を同じくして、英泉の悪所がよいがはじまった。

酒に酔い、女子の胸に顔をうずめる。若者はその甘美さに蠱惑された。

指南役なんかいない。だが、山東京伝の洒落本をはじめ戯作が、遊郭のようすや遊女とかわす人情の機微を知る手立てとなった。英泉には、それを読み解く感性がある。

酒はあまく、女の肌はあたたかい。

藩邸で毛羽だった心が癒され、ふんわりとふくらむ。

「夜になるのが待ち遠しい。酒と女だけがオレにやさしい」。英泉は嘯く。

「だが、朝になったらすべてが元のまま。憂きものがまた眼の前にあらわれるのさ」

二十歳を前にして、英泉は早くも人生の一部を悟ったようだ。

しかも、英泉に渦巻くのは自暴自棄ばかりではない。弱い己を責め、家族への背信を悔やむ気持ちが、ねじれてからまる。

堕ちていく自分が奇妙な具合に愛おしく、生きている実感にもなった。

しかし、思いもよらぬ苦悶に突き落とされることも間々あった。

酩酊し脇にはべる女の裾に手をさしいれ、まさぐれば、ふっとあの残像が襲ってくる。

義母の白く豊かな乳と桔梗の花の形をした青い痣――英泉は頭をはげしくふった。

「善さま、そんなに強うしてくりゃさんすな。痛うありんす」

遊女は急にきつくなった愛撫をとがめる。英泉は快楽から遠いところで、なさぬ仲の母の姿態を消そうと、のたうつのだった。

カネはすぐ底をついた。だが若者の、尋常でない屈託の翳（かげ）と男ぶりは玄人女をいたく刺激した。吉原での後朝（きぬぎぬ）、女は臆面もなく英泉を背中から抱きしめる。

「善次郎さま、あちきは主（ぬし）を帰しとうありませぬ」

半分は商売でも、もう半分は本心のようだ。

洲崎の岡場所には二の腕に「善命」と彫る女まで現れた。

芝明神前の、俗にいう芝海老芸者は財布をまさぐる英泉の手をおさえる。

「善ちゃん、あんたの支払いくらい、この姐さんがもってあげるさ」

なるほど出世払い、というものがあることをしった。

「存分に剣を振った後は、呑みの猛稽古といこうじゃないか」

林をはじめ道場の仲間も色気づく年頃、遊びの相談はすぐにまとまる。

悪友には役付きがいたり、高禄の家の次男坊がいて金回りがよい。なにより英泉と一緒なら酌婦や女芸者、遊女たちのウケが違うのだ。

「夜の稽古にはいきたいが、情けないことに懐（ふところ）がさびしい」

「わかった。池田の分はオレがだす。そのかわり、あの女をなんとかしてくれ」

荒れた彼の所行は御徒士組でも問題になった。勝見はますます彼をいびった。

そんな中、義母だけがかばってくれた。

「遊び過ぎは身体によくありませんよ」

義母は、息子が不行跡に溺れる理由を、御長屋の女房連中からきかされているようだ。

義母は息子をたしなめつつ、憐れんでくれた。あろうことか、へそくりの中から遊興費を渡してくれることさえあった。

義母は裁縫の手内職だけでなく、朝顔を栽培し鳴く虫や小鳥を飼育した。いずれも生活費を稼ぐ手だてだった。幼い妹たちは習い事をあきらめ母を手伝っている。

呑み代を渡され、英泉はひどく叱責されるよりもつらい。頬のひとつでもぶたれたほうがよっぽど楽だ。

――そうしたら、オレはうれし泣きしながら義母の胸に飛びこんでしまうだろう。

だが、それは許されない。

「善次郎さんには、確かな絵心があります」。義母はほほえんだ。

「女子や酒よりも、そちらを心の置きどころにしてほしい」

そんな夜、女をかたわらに呑むと酒は、ことさら苦い。

「どれだけ女を抱いても心は満たされない」。だが、英泉は実感していた。

「この哀しい渇望がオレの絵をずいぶん底上げしてくれているらしい」

牽強付会というなかれ。実際、彼の画力はこの自堕落の時代に著しい伸長をみせた。ことに女を描いたら、兄弟子たちも舌を巻く妖艶な絵ができあがったのだ。

四

おっとっと。肘にあたった徳利が転がりかけるのを、林があわてておさえた。

林は手にした酒器をふりながら、ニッと笑ってみせる。

「もう一本、いこか」

英泉は軽くうなずく。もっとも、もっぱら盃を重ねているのは十数年ぶりに再会した道場仲間、英泉はほとんど酒を呑んでいない。

「オレばかりが、しゃべりすぎたようだな」

「いやいや、若かりし頃も知らんかった池田の苦労、ぎょうさんきかせてもろた」

林は茄子の煮びたしにも手をつけた。卓には秋刀魚の塩焼き、鮪と葱のぬた、冷奴などの皿が並んでいたが、それらもほとんど彼の腹に収まっている。

「勝見とかいうオッサンな。いうてくれてたら、この林慎吾が闇討ちしてやったのに」

「あんな下衆（げす）、斬るだけで刀の穢（けが）れになるぞ」

「そうやな。しかし、池田が武士を捨てた理由がなんとのうみえてきたわ」

「うむ。だが、オレが主家を去ったのは、もっと直截（ちょくせつ）で決定的なことがあったからだ」

「ほな、それもきかせてもらお」

内藤新宿の小料理屋はたてこんできた。

英泉と林の席の横、衝立をへだてた隣には二十歳くらいの男女が案内された。女は赤みのまさった臙脂に縦と横の黒格子縞の着物で、みるからに蓮っ葉、派手に装っている。男は女に輪をかけて目立つ。かまわぬ模様の着物に、朱の煙草入れときたからには、町奴だか七代目市川團十郎を気取っているのだろう。

「ふん。歌川豊国が錦絵にしそうな連中だ」

英泉がつぶやくと、林も隣に無遠慮な視線をやった。若僧は立膝、小娘が横座りになっている。若僧が、なんだこの野郎とでもいわんばかりに睨みかえしてきた。

「このごろの若いもんは、どもならんのばっかりやな」、林が猪首をすくめる。

「オレもあんなに粋がっていたのかな」

英泉は苦笑しながら、またぞろ末の妹の紺とやくざ者の二人が思い浮かび、嘆息した。

ほどなく、徳利が運ばれてきた。林が差しだす酒を受け、英泉は一気に呑みほす。

「どや、うまいやろ」。林は英泉の返杯の手を払うようにして独酌した。

「この店、下りもんの灘の銘酒をおいてるんや」。林は手にこぼれた酒の滴まで舐めた。

「上方にあって江戸にないんは、お天子さまとうまい酒やで」

「上方といえば商人がつよい。江戸でも町人がのさばって武家なんか歯牙にもかけん」

「ほんまやで。池田は思い切って侍をやめて正解やったかもしれん」

ふむ、とうなずきながら英泉はいった。

「オレはいま、渓斎英泉と号して浮世絵師をしている」

林は唇にもっていきかけた杯をとめた。厚ぼったい一重の眼が落ち着きなくうごく。

「おおっ。えらい人気の、えげつのう艶っぽい。あの、癖のつよい女子の絵の」

「そうだ、蛇の化身のような女子どもを描いているのがオレなんだ」

「マジかいな」

「旧友に嘘をついても仕方がない」

林は盃を宙にしたまま、岸にあげられた鯉のように口をぱくぱくしている。

英泉は、ふっと鼻先で笑って手酌した。

渓斎英泉は文政の美人画を牽引し、開版すれば必ず重版のかかる人気絵師となった。彼がうかべた薄笑いには、余裕と自信ばかりか、うぬぼれと驕(おご)りが潜んでいる。

林にはたっぷりと灘の酒をふるまってやろう。財布には持ち重りするほどカネがはいっている。明日、きっと林は絵双紙屋へ走り英泉の美人画をあさることだろう。懐かしい道場仲間にも、絵を片手に、内藤新宿での邂逅をふれ回るにちがいない。

「世間じゃ、粋なら国貞、英泉は婀娜(あだ)といわれているようだ」

北斎、豊国を左右の旗頭に、浮世絵の世界は国貞と英泉が張りあっている。

「池田が英泉になってたんや」。林はようやく酒を流しこんだ。

「ということは……『枕文庫』たらいう、あれの作者の淫乱斎とか白水ちゅうのも？」

「変名をつかっているけれど、オレの作ということが知れわたっている」

「池田、けったいなというたらええんか、ナンギなもんで名を売ってしもたな」

「はあ？　貴様、いまなんといった」

「渓斎英泉ちゅうのは、どないもならん色狂いと江戸中の評判やないか」

「……………」

「あんな本、人前では読まれへん。まして作者が旧友なんて恥ずかしゅうて……」

「ううっ、そうには違いはないだろうが」

今度は英泉が虚をつかれ口を半開きにしてしまった。林は、浮世絵師となった旧友におどろくよりも、やっかいな男にかかわってしまったという後悔さえ感じているようだ――。

英泉は呆けたような口もとに気づき、あわてて弁解する。

「確かに春画、艶本はやるが、このところはもっぱら美人画を……」

きまりの悪さに気後れしつつ、卑屈な調子にならぬよう苦心しなければいけない。

「いいか、春画なんてもんは絵師なら誰だって手掛けている」

「そやけど、狩野派や琳派ちゅう、将軍さまや大名にお目見えする絵師は描かへん」

「本絵と浮世絵はまったく違う分野じゃないか。描く対象や流儀、買う人も別々だ」

ついさっきまでの悠然とした態度はすっかり失われてしまっている。

「浮世絵の名人たち春信、清長、歌麿……いやもっといるぞ、京伝こと北尾政演に勝川春章。あの北斎御大だって艶本はいっぱい刊行している」

「そないにいうが、錦絵の画工でも今をときめく歌川の一派は春画をやらんがな」

あれは文化元年、歌川豊国は秘画の咎をうけた。このときは豊国のみならず、ついさっき英泉があげた歌麿に春章も罰をくらっている。以来、豊国は弟子たちにも淫画の制作を禁じてきたという。

「歌川の連中は腰抜けばかり。北斎御大なんか、そんなもの気にもとめちゃいない」

「池田、ちょっと待て」。林がしゃべり続けようとする英泉を制する。

「話を戻すけど、渓斎英泉は春画でえらい有名やから、ついでに美人画も出してもろてんのやろ」

「そんな………」

英泉の過敏すぎる心の風向きは、逆巻いてしまいそうだ。

「それに池田が北斎とか歌麿のつもりでおるんやったら、えらい思いちがいやぞ」

林は説教するかのようにいった。

「北斎には、子どもですら絵の手本にする『北斎漫画』がある。歌麿は別嬪さんの中でも飛びきりの美人で一世風靡した。それと同じにしたら怒られるで」

英泉は愕然とした。

しょせん『枕文庫』はキワモノでしかない。当然のこと、それを描いた己もまた——。

はじめは、生きるために。その後は、美人画の腕を磨くために。

たかが方便でしかない艶本が、いつのまにか英泉の首にきつく巻きついている。

英泉に格好の手内職があると耳打ちしたのは、狩野派の絵の塾にいた男だ。

「池田の腕なら、けっこうなカネになる」

米屋の次男坊の彼は、絵の稽古より賭場に入り浸っていて塾内の評判はきわめて悪い。酒色にまみれつつも才の冴えをみせた英泉と違い、画力も低迷したままだ。

「もぐり同然の本屋だが、浮世絵を描く絵師を探している」

陽がとっぷり暮れてから、英泉と米屋の次男坊は浅草で落ちあった。

馴染みの呑み屋や岡場所が並ぶ横丁をいくつかやりすごし、足を踏みいれたことのない裏道にはいる。とうに五ツ半（午後九時）を過ぎ、あたりの家々はあらかた灯りを消し寝入っているようだ。もっとも、英泉と次男坊にとっては、まだまだ宵の口だったが。

稲荷の社の横を抜けると、ちょっとした空き地がひろがり、その端にぽつんと、くたびれた一軒家があった。

柴を編んだ簡素な戸を押す。次男坊は、なれたようすでほとほとと玄関を叩いた。

「例の絵師を連れてきたぜ」。戸の向こう側で心棒を外す音がした。

「この若いのか?」。色黒の五十がらみの男が英泉を上から下までみた。

「木挽町狩野の六代目、典信の高弟んところの有望株だ」。次男坊が仲人口をきく。

「それじゃ、おめえとおっつかっつじゃねえのか」

「おいらなんかよりよっぽど絵はうめえ」

「おめえに比べりゃ、誰だって北斎なみにみえらあ」

初老の男は眼で英泉を招き入れる。居間らしき一室にはいくつかの版木が並べてあった。皿には赤、青、黄の絵具と墨、大小の刷毛と馬連もある。机の横には半紙の大きさに切り揃えた紙の束が積まれ、本屋の工房さながらだ。

「彫りは外へ出すが、摺りは自前でまかなってるのさ」

男は自嘲気味にいうと、鴨居から鴨居へとわたした紐に干した摺りあがりの一枚をとり、英泉に示した。英泉は鼻先に皺をよせた。

「ひどい出来だ。これでも歌麿の『歌満くら』のつもりですか?」

歌麿の艶本は本画を学ぶ者も驚嘆している。

「お前、なにがいいたいんだ?」

男が語気をあらげた。英泉はすずしい顔。次男坊が二人の間に割ってはいる。

「まあまあ、ここで揉めるこたァねえだろう」

潮がまわりでうずまく岩の上に、深紅の腰巻ひとつ、豊かな乳房をさらして立て膝になった海女。水中では、別の海女が二匹の河童に犯されている。

この『歌満くら』は、江戸の艶本の中でもピカ一と世評に高く、奇抜な発想に構図、筆致とも飛び切りの傑作だ。

「これを上回る錦絵はないとまでいわれる逸品なのに」

しかし、渡されたのは明らかな贋作、模写した原画に彫り、摺り、色づかいとも本作に比べようもない駄作だった。

「若いの、えらそうにいうんなら、これをちょっと写してみせろ」

男は陰気な顔をゆがめて英泉に別の絵をみせた。

それも歌麿の作で『ねがひの糸口』、中年の夫婦が、馴染み具合のいい互いの肉体を、これからたっぷりと愉しもうという春画であった。

英泉は紙を置き、さらさらと筆をすすめる。反りかえった足の指、丸くて張りのよさそうな尻、そして亭主と女房の秘部……。

「ほう。筋はいいじゃねえか。少なくとも米屋のバカ息子より上手だ」

「バカは余計だぜ」。次男坊はニタニタしながら手を男に差しだす。

「ほうら、けっこう使えるだろ？　約束どおりに紹介の銭をいただきたいね」

「どうせ、今夜のうちに丁半にさらわれちまうさ」。一朱銀が二枚、掌におとされた。

「チッ、たったこれだけかよ」

「文句をいうなら返せ」

英泉も、そういうことだったのか、といわんばかりに次男坊を睨みつけた。だが、彼は英泉と眼をあわせることなく、あばよといって出ていってしまった。

「さて、明日からでもきてくれるかい」

男は英泉の絵を、ためつすがめつ見入りながらたずねる。

「急な話ですね。それにオレはまだここで働くとはいってない」

「銭に困ってるんだろ?」

遊び歩くカネはもちろんだが、絵の塾と道場代は自分で捻出せねばならぬ。かさむばかりの父の薬代しかり。そして、義母の愛情に報いたい。いや母だけでなく、幼い妹たちにも浴衣くらいは新調してやりたかった。

「紹介料よりは、たくさんいただけるんでしょうね」

「あんた、他人の絵を真似るんじゃなくて新案で艶本を描けるかい?」

男によると贋作は、ハナから客に見破られて安く叩かれるそうだ。

「でもな、新作で飛び切りスケベな春画ができあがれば話は別だ」

名のある絵師の裏の作品だ、死んでしまった絵師の蔵からみつけた逸品だと値打ちをつけ、法外な価格で売り飛ばすことができる。

「まかせてください」

英泉はこうして、艶本の世界に身を投じることになった。数えで十九の春だった。


その後も彼の悪所通いは止むことはない。

だが、女と二人きりになると、妙な注文をするようになった。

「あれ、襦袢も脱いで膳さまに肌をすっくりさらすんでありんすか？」

「オレの絵の像主（ぞうしゅ）になるのはイヤか」

「そんなことは、いうておりんせん。けど……」

英泉は絵になると必死の想いが先だつようになっていた。

馴染みの女を裸にしては、舐めるように写していく。股間に顔をうずめ、女陰のようすをつぶさに描くことも再々だ。

しかし、吉原の遊女は床入りのさいも襦袢をまとい全裸になることはない。それを知っていながら、英泉はごり押しする。しかも赤々と灯りをともすのだから、遊女がつよく恥じらうのも無理はなかろう。

「善さま、もう堪忍しておくんなまし」

「もう少し。こっちも生活がかかっている、我慢してくれ」

五

ばさっ、捨てなげられた冊子が乾いた音をたてた。

広がった絵のうえを夏の風が這う。紙の端が痙攣するかのように細かくゆれた。

「池田、今さらの申し訳は見ぐるしいと心得よ」

徒士組の長である勝見は、ことさら大仰ないいかたをした。

「このようなものを、密かに描いて売りさばいていたとは」

勝見はいったん息を継ぐ。でんと座った獅子鼻の両の穴がふくらんだ。

「水野の家臣にあるまじき行為。殿さまに申し訳がたたぬ」

英泉はじっと平伏して、勝見の叱責をうけている。

一年余のあいだに、ものした艶本は板の間に放られた作を優にこえていた。粗雑な彫りと摺りの毒々しい春画がめくれ、その下の、青の色づかいが目立つ絵もみえた。

——どうせなら、よっぽど出来のいい、この絵を上に置いてほしいところだ。

その春画は、大年増の美熟女が前髪の美少年を抱きよせている。妖艶な女は藍色の浴衣の前をしどけなくはだけ、こぼれる大きな乳には青い痣があった。

「武士が内職するのは、昨今の諸色高騰の事情も鑑み、みてみぬふりもしてやろう」

勝見は四角い顔を、板の間に伏したままの英泉に近づけた。息がかかり、ひどく臭う。

「しかし、このように風俗を紊乱し、ひいては水野家の汚辱となる所業は許されん」

英泉の額から汗がしたたり、春画のうえに濡れた水玉模様をつくった。


父が亡くなったのは文化七年（一八一〇年）のことだ。

朝、義母が薬を飲ませようと寝間にはいったら父は息絶えていた。

悶絶のようすはなく、眠ったように死んでいたのが、せめてもの救いだった。

「せっかく善次郎さんが、高い薬代をだしてくれたのに……」

義母はずっと前から覚悟を決めていたのだろう。取り乱すことはなかった。

しかし英泉と妹たちが心配したのは、むしろ母の身体であった。

「お腹に変なしこりがあるみたい」

父の死がきっかけのように母の容態も急変をきたした。

「銭ならいくらでも出します。だから、母の身体をもとに戻してやってください」

英泉は医師にすがった。だが、医師とて、しょせんは手を拱くしかないようだ。

今や、家計は英泉の微禄と艶本で稼いだ銭で賄われている。

義母は、息子が狩野派の本画に精進するのではなく、裏でさばかれる男女の秘画に染まっていることを承知しているようだ。それでも、彼女はなにもいわなかった。

父が逝ってわずかに半年、義母も召された。

あれだけ豊満で嬌艶さえ秘めていたのに、みるみる痩せ細り、最期は骨と皮だけに変わり果ててしまっていた。義母は、こういい残してこと切れた。

「善次郎さん、あなたは、自分の道をいきなさい」

英泉は二十歳、妹たちは十三を頭にまだまだ幼い。

兄としてだけでなく、父にもならねばならない。

――一家を抱え、オレはちゃんとやっていけるのだろうか。

「春画から手を引くことは無理というものだ」

蟬しぐれは波のように、強くなったり弱まったりしていた。

勝見に召喚をうけた池田善次郎は、酷暑のなか吟味をうけている。

窓ごしに夏の陽光が差しこみ、英泉の頰を斬るように鋭く照らしてきた。

「艶本の一件は捨て置けぬ。徒士組頭のわしだけでなく大目付の判断も仰ぐ」

詮議の結果は最初からみえていた。まさか切腹はないだろうが、蟄居や差し控えは喰らいそうだ。勝見との日ごろの関係からすれば禄を減らされることもありえる。

――やりたいようにやればいい。

英泉は半ば開き直り、もう半分はふて腐れていた。

――春画が武士の体面を穢すものなら、江戸中の侍の家を探ってみろ。

藩主や奥方でさえ、艶本を隠し持っているかもしれない。それほど、性を扱った錦絵はひろく親しまれているのだ。

「そも、水野家は権現さまとのご縁も深い。その藩士に、かような絵を描く者がいるとは」

勝見は閉じた扇で、頭をさげたままの英泉の肩を小突いた。

「池田にはこの件のほかにも、数々の不行跡の嫌疑がかかっておる」

「うぬっ。なにをおっしゃる」

思わず顔をあげた英泉と、憎々し気にこちらをみやる上役の眼があった。

「ひとつは、藩内の何人かの女房との不義密通」

「だ、誰がそんなことを」

「黙らっしゃい。火のないところに煙はたたぬわ」

あまたの娘御たちに、むやみと誘いをかけておることも明白。

くそっ。英泉は舌打ちしたいのを、ぐっとこらえる。邪険にした女子どもの報復だ。

「まだ、あるぞ。その、武士にあるまじき奇妙な着物、当世流行に惑わされた軽薄な言動と眼にあまる酒色。何より、徒士組の統制を乱す生意気な態度はなんじゃ」

勝見はねちっこい。

「そなたの父も不快な男だったが、あやつの嫁に息子、ことごとく恥知らずのようだ」

「それがしへの叱責は甘んじて受けますが、父と母のことは聞き捨てなりません」

英泉は噛みつかんばかりに吼える。だが、勝見は不敵に笑うと、今度は扇を英泉の顎に押しあてた。

「愚かな義理の息子のため、池田の母親は何度もわしのところへまいっておった」

「母がそんなことを……まさか」

「知らぬは病に倒れた亭主と、淫蕩放埒な息子のみじゃ」

勝見がいうには——義母は息子の無礼な態度や遊蕩を詫びに足繁くやってきた。

「哀れよのう。上役に頼みごとをするには、賂が不可欠というのに、池田の家には銭がない」

「それ以上、侮蔑されると……」

白皙の英泉は、たちまち鬼さながらの面相となった。

しかし、勝見はいっかな怯まない。てらてらと脂光りする頬をゆるめてみせた。分厚い唇がめくれ、どす黒い歯茎と乱くい歯がのぞく。

「土産とてないからと、色気で迫ってきよったわ」

「勝見、世迷言を抜かすな！」

「むふふ。池田の義理の母親は、もっちりとした柔肌でけっこうな肉づきじゃったわ」

英泉はかっと眼をみひらき、腰の刀に手をやった。殺気が勝見を圧倒する。

その瞬間、後ろの襖がひらいて数人の徒士がなだれこんできた。勝見はあらかじめ、男たちを控えさせていたようだ。

「池田善次郎、藩邸だぞ。控えよ！」

「勝見さまの吟味の最中の狼藉、抵抗すればすぐに斬る！」

男たちの怒声は、また急に強くなった蟬の声にまじり、ひどく遠くから響いてきこえる。

——終わった、な。

英泉は、こう胸のうちでつぶやいた。

ふとみやれば、艶本は蹴とばされ、踏みにじられている。

乳房に痣のある年増女と少年の春画も無残に破れ、散り散りになった紙片は風に吹きとばされた。

六

沙汰がくだされる前に、池田善次郎は主家を辞し武士を捨てた。

御長屋を出ていく、その日も今日のように残暑が厳しかった。

初秋の空は朝から青々と高く、つきたての餅のような雲を散らばらせながら、じめっと不快な湿気が肌にまとわりついくる。

英泉、いや善次郎は額にうかぶ汗をぬぐった。

家財道具は小さな車に収まった。身を寄せる先が手狭なのに加え、当面の暮らしの用足しにと、めぼしい家具や父母の遺品などを売り払った。だが古道具屋は海千山千、英泉はあからさまにみくびられ、二束三文で買い叩かれてしまった。

下士の御長屋は妙にひっそりとしている。しかし、つよい好奇とわずかな憐憫の気配が感じられた。隣近所の者たちは、石もて追われる池田家の兄と妹を、家の中から息をひそめてみつめているのだ。かつての同輩や上司は一人も見送りにきていない。

「いいか、しばらくの間、兄の知り合いのお宅に間借りとなる」

「はい」。茜は唇を噛んだ。十三歳ながら、母亡きあとの家事をけなげにこなしてくれる妹。勝気な茜ながら、さすがに今日は悲壮な顔つきになっている。

末妹の紺は半泣きの態で英泉の腰にすがりつく。まだ八つであった。

「お紺、いいかげんにしなさい」。茜はきつい口調で叱る。

「お前の荷は、自分でちゃんと持っていくんです」

「なんで、おうちを出ていかなきゃいけないの？」

恨めしそうな紺の横で、真ん中の妹の常盤が大きな風呂敷包を背負った。

「お紺の荷物も持ってあげる」

常盤は九つ、姉と妹が瘦せているのに、この子だけ幼い頃から肉づきがよい。つよく義母のおもかげを引いていた。そして、常盤はおっとりとやさしく、ときに茫洋としたところさえみせる。義母も生前は「肝っ玉かあさんになりそうねえ」といっていた。

「紺、めそめそせずに荷台に乗れ。常盤、お前も乗っていいぞ」

「ううん、私は平気」。常盤は荷を背にしたまま歩きだす。

英泉と茜は眼をみかわす。常盤の姿は兄と姉に、なにかしら力強いものを与えてくれたようだ。茜も思いつめた表情をすこしやわらげた。

「近所には行く先を告げなくてよい」

英泉はあたりにきこえるよう大声を張りあげると、行きがけの駄賃とばかりに井戸から水を汲み手酌で呑んだ。井戸端であくびをしていた猫があわてて逃げだす。

口をぬぐった英泉、今度は茜にだけきこえるようにいった。

「悔しかろうが涙はみせるな」

「わかっております」

「兄は必ず、高名の浮世絵師になってみせる」、英泉は瞳の奥に火をともす。

「この長屋どころか藩のお歴々にも、兄の大人気の錦絵を配ってやろう」

茜はうなずく。紺はひとりで荷台によじ乗ったものの、膝に顔をうずめている。

英泉は荷車の梶棒を腹にあてて引き、茜は後ろから押した。車の輪が軋むたび、亡き父と生母そして義母の位牌が揺れ、かわいた音をたてた。

門を出て、しばらく塀にそっていく。早くも数間先までいった常盤が振りかえった。

「お兄さん、新しい家は真っすぐでいいの?」

塀が尽きたところで行く手が二手にわかれていた。

「いや、真っすぐの大きな通りじゃない。曲がりくねっている小さな道のほうだ」

七

内藤新宿の目抜き、大門通りに二人の男が立っている。

夜もふけ、さすがに荷駄を背負った馬の数は少なくなった。

かわって酔客たちが通りにあふれている。

小料理屋を出たものの、話の接ぎ穂をみつけられないまま、英泉と林は並んで立ちながら別々の方をみていた。

「わしは馴染みの妓楼にあがるとする」。林はあやしい呂律でいった。

「そうか、じゃここで別れるとしよう」

英泉がいうと、林もほっとしたようだ。

「池田善次郎いや渓斎英泉殿、久闊を叙したよろこびのあまり、ぎょうさん勝手放題なことをいうてしもた」

林は矢継ぎ早にしゃべりまくった。

「悪い、申し訳ない、気にせんといて――」

「わかっている。道場の仲間にもよろしく伝えてくれ」

「よっしゃ、それは任してとき。池田も、いろいろあるやろけど、ええ美人画を描いてくれ。期待してるで。応援してるで。きばってや」

林はこういって手をあげると、危うい足どりで肥った身体を揺らしながら消えていった。

英泉は、今日という日の巡りあいの悪さを呪いたい気持ちだ。

「しかし、あいつのいうように、英泉の名はしょせん艶本あってのものかもしれない」

沈んでいく心が、さらに深く奈落へ堕ちるような気分だった。

――こんなときこそ、やさしい女子に甘えてみたい。

生母が、義母がいてくれたら。オレは子どもに戻ってむしゃぶりつくだろう。

寅吉、気が置けぬだけでなく身体も馴染んだ深川芸者は、大きな油問屋の宴席に呼ばれ身があかない。あるいは、常盤と話したら、少しはなごめるかもしれない。

「だが、この時刻じゃとてもあいつを訪ねてはいけない」。彼女は商家に嫁いでいる。

「仕方がない。家に戻って、茜の酌で呑みなおすか」

あてのないまま、四谷箪笥町のほうへ歩をすすめていく。

連なる呑み屋の軒行燈や提灯が妖しく光り、酒に女子をもとめる男どもが暖簾を揺らす。今しも、居酒屋から三、四人と職人たちが上機嫌で出てきた。後から店の女が見送り、甘ったるい声をあげている。

「あの連中もオレのことを、裏でしか生きられぬ艶本絵師と嗤（わら）っているのか」

口惜しさと腹立たしさ、ついで自責と悔恨、それから懺悔（ざんげ）と開き直り……同根ながら形をかえた感情がぐるぐると回るばかりだ。

「そうじゃない！」

英泉は夜の繁華な往来の真ん中で、われしらず怒鳴っていた。林の半分も呑んだはずがない。それでも、むしゃくしゃが酒毒を倍加させたようだ。

「艶本の淫乱斎ではなく、一流の浮世絵師の渓斎英泉になりたいんだ」

道行く人は酔漢にかかわるまいと彼を避け足早になる。誰も耳を傾けてはくれない。

英泉はよろよろと角を曲がり、道ばたに植えられた松の木につかまった。

ふと顔をあげれば、夜空に、天帝がおわすという北辰の巨星がまたたいている。

「一番星になりたい。その画力もあるはずだ。なのに、なんでオレは――」

ひときわ強い光をはなつ北辰の星。そのまわりを、名も知らぬ星たちがぐるりと囲んでいる。

「一番星が望外なら、せめて、あの青く輝く星に」

英泉の切実な想いが、言の葉となって放たれ、夜の分厚い帳（とばり）に吸いこまれていった。

第四章　世間

一

楠や公孫樹をはじめ、千古をへた巨木のふとい枝の間から、小高い丘のいただきにおわず日枝山王権現の朱の社が垣間みえる。

文政八年（一八二五年）の初秋――英泉と次妹の常盤は星が岡の森を散策していた。まだ夏の余韻が色濃いものの、いずれ地面に落葉が散り敷かれ、うずたかく積もるはずだ。

「お英坊も、伯父さんみたく浮世絵の絵師になる？」

常盤は赤ん坊を小さく揺らしながら問いかける。

「別嬪さんや歌舞伎役者、きれいな景色を描くすてきなお仕事よ」

「やめておけ。気楽な稼業にみえて気苦労ばかりだ」

「まあ。お英坊、伯父さんは罰あたりなことをいってる」

丸々と肥えた児は、常盤に賛同するかのようにばぶばぶと声をたてる。英泉は、お返しとばかり、小さな姪っ子にあかんべえをしてみせた。

「あら、兄さんみて。かわいい」

常盤の指さす先には栗鼠がいる。頬ばれるだけ団栗を口にいれた小さな生き物は、黒飴のような瞳をきらめかせながら、幹をするするのぼっていった。

「オレが幼かった頃は足もとまで寄ってきたんだがな」

視線を日枝神社へとつづく長く幅広い階段にうつせば、武家の妻とおぼしき年かさの女が小者をつれてのぼっていく。したがう老人は、神饌らしき大きな風呂敷包をもっている。

「お兄さん、星が岡へくるのは久しぶり?」

「気がむけばここで樹々や花、虫なんぞを写生しているよ」

「兄さんには、ふるさとみたいなところだものね」

英泉はこの星が岡に生まれ育った。

幼い彼は、父から剣道や漢籍を学んだ。生母は一人息子をつれ、この森ばかりか永田馬場や赤坂の溜池までつれていってくれた。

「兄さんを産んだお母さまは、スラリとしてらっしゃったんでしょ?」

「うむ。今からすれば少女のように可憐で、まだ青く幼いところもある人だったな」

「じゃ、齢のはなれたお姉さんって感じ?」

「いや、さすがに母親には違いないんだが……どうも、馬酔木の白い花のように清楚な印象ばかりがつよく残っている」

「お父さんは、私の知ってるとおりのお父さん？」

「そうだよ。父上は背丈があったし剣の腕前もなかなか。でも、やさしくて正直な人だった」

うん、常盤は懐かしそうにうなずく。

父は松本家に養子として入り、英泉の生母と結ばれたのだった。しかし、家督を相続する段になって親類縁者から横やりが入り池田姓に戻った。同時に主家も去り、安房北条藩主たる水野家に微禄で拾われたのだ。

そして、英泉が数え七つになるやならずで義母と再婚した。早いもので生母が死して二十九年、父と義母は十五年にもなる。

「えっと、オレが三十五だからお前は二十四か」

「兄さん、いくら妹だって、女の前で齢の話はしないものよ」

三人の親はそれぞれ十三回忌で弔い上げにしているものの、英泉や常盤の兄妹は命日がくれば丁重に冥福を祈っていた。

「最初の母親にまで、ちゃんと手を合わせてくれて、ありがたくおもっている」

「そんなの、ふたりとも私たちの大事なお母さんじゃないの」

常盤は番茶も出花の十代後半で嫁いだ。

夫婦仲はすこぶる円満で長男、長女、次男ときて今春は次女を授かっている。

旦那は五つ年上、三代前に伊勢から江戸へやってきて、大伝馬町（おおでんまちょう）に「布施屋」という小さな木綿問屋をかまえた。

「亭主はあいかわらず仕事ひと筋なのか」

「おかげさまで、この子たちと遊ぶのがいちばん愉しいんだって」

布施屋の四代目、酒はからっきし呑めず、サイコロの目の出方や若い女子どもにもまったく興味がない。

「綿の買い付けで、何日も家を空けるだろ。そのとき女遊びをしてるんじゃないか」

「ご心配無用、あの人、毎日のように文（ふみ）をよこしてくるもの」

「火の用心、お仙泣かすな馬肥やせってやつか」

「文の中身はご想像にお任せします。でも、ずっと兄さんをみてたから、嫁入り前は浮気も覚悟してたんだけど、いらぬ取り越し苦労だったわ」

「兄貴をとんでもない野郎みたいにいうな」

果たして、常盤が女房になるのを待っていたかのように、布施屋はどんどん繁昌し、子宝にも恵まれた。わずか数年で中堅どころの木綿問屋の一角に食いこんでいる。

それを大吉として、舅と姑は常盤を大いに可愛がってくれているのだ。

「布施屋にとって常盤は福の神だからな」

いいながら、英泉は常盤の腰のあたりをみやる。

「やだ、どうせ兄さんは身体も福々しいといいたいんでしょ」

四人目の子を産み、常盤はまた肥えた。たっぷりとした肉づきは、とっくに義母をうわまわっている。もっとも、中妹に義母が秘めていた妖艶さはない。代わって胆力ともいうべき、でんとした性根が備わっていた。

「伯父さんがね、お英坊の母さんのことを悪くいうんだよ。叱ってちょうだい」

常盤が赤子の頬をつっつくと、児は手を伸ばして英泉の袖をつかもうとした。

「ほら、子どもはいつだって母親の味方ですからね」

ふたりはゆっくりした足取りで、星が岡の麓をぐるりと回っている。

日枝権現に仕える神官の家々を傍らに、社の屋根を反対側にして歩く。

「旦那や店の奉公人はオレの美人画や戯作の挿絵をみているのか」

「そりゃ兄さんの錦絵は大評判だもの。舅と姑だって隠居所に美人画を貼ってますよ」

「まさか『枕文庫』も読んでるわけじゃないだろうな」

枕文庫は艶本ながら初版から売れに売れ、続篇、続々篇と新版も出回っている。

「コウ、枕文庫は文政の世でいちばん評判の本じゃありましねえか」

そんな為永春水の口車のおかげで、英泉も調子に乗ってしまったわけだが——妹ばかりか、布施屋の人たちまで手にしているとなると、内容が内容だけに気がひけてしまう。

だが、常盤は平然といってのけた。

「私は読みました。旦那にも兄さんの作だといって渡してあります。店の者だって、気になりゃ手にいれるでしょうよ」

「あんな本だぞ。恥ずかしくはないのか」

「バカなことを」

常盤は兄ではなくわが子に語りかける。

「母さんは、ちっちゃな頃から伯父さんの絵は春画であろうが、下絵からみてるのよ」

「………そうだったな」。英泉は詫びるようにいった。


英泉は水野家を春画のせいで追い出された。

だが、武家でなくなった兄妹の暮らしを支えたのは、やはり男女のまぐわいの絵だ。

英泉はまだ二十歳かそこらの齢だった。

ようやく落ち着いた裏店の長屋で、英泉は昼間から淫靡な絵を量産した。

ふと、気配を感じ振りかえると、少女だった常盤と紺がちょこんと膝を揃えて覗きこんでいる。

「大きなオチンチン」。常盤が眼を丸くすれば、紺が不思議そうにいう。

「女の人、よろこんでいるの。それとも痛がってるの？」

兄はあわてて下絵を覆いかくしながら、大声をあげた。

「おい、茜！　常盤たちをどこかへ連れていけ」

「姉さんは三味線のお稽古にいっちゃった」と常盤。

「だったら、外で遊んでこい」

すかさず、紺が長姉のキンキンとした口調を真似る。

「長屋の子と遊んではなりません。武士の娘ということを忘れぬように」

とはいえ、茜がどれだけ口を酸っぱくしても、常盤と紺は友だちをつくる。英泉も、武士でなくなったのだから、それでいいとおもっていた。茜が婚期をのがし、常盤が適齢で片づいたのは、そういうところも左右しているのかもしれぬ。

「向かいの、おしのちゃんも呼んできて、お兄さんが絵をかくのをみせてあげていい？」

常盤があんまり無邪気にいうので、英泉は焼筆を放り投げ大きく嘆息する。

「友だちをあげちゃダメだ。お前ら、隣の部屋でままごと遊びをしなさい」

だが、兄はすぐに舌打ちした。長屋はわずかに二間、もうひとつの四畳半には、さっき届けられた内職の材料が山積みになっている。しかも、この部屋は食事の場となり妹三人の寝室にも早変わりする。常盤はのんびりとした口調でいう。

「お兄さん、絵がとっても上手だから、みているだけでたのしいんだもん」

「わかった。それなら画紙と筆をやるから、部屋の隅で紺とお姫さまでも描いておけ」

「やだ。私は絵が下手だから紺もつまんないよう。それより、兄さんが絵の工夫をしたり、あれこれ、いろんなのを描くのをみてていいでしょ」

常盤はにっこりとした。隣の紺もつぶらな瞳で兄をみつめている。

——艶本をみて育った娘なんて、将来が末おそろしいぞ。

大工に日雇い、通いのお店者……長屋の連中も兄妹がどういう仕事で生計をたてているのか感づいているようだ。親たちはあいまいな笑いを浮かべる程度だが、彼らの子ときたら、遠慮会釈なく「スケベ絵描きの妹」と意地悪を仕掛けてくる。

しかし、常盤はまったく動じなかった。

「みんな、大人になったら春画と同じことをするんだよ」

紺は違った。兄の悪口が耳にはいるや、いきなり袖をまくり相手につかみかかる。

気位の茜、泰然は常盤。鉄火が紺——英泉は妹たちをこう評したものだ。


赤子がむずがりだした。

「お腹がへってるんだとおもう」

「茶屋へはいろう」

緋毛氈を敷いた床几台に腰かけると、常盤はためらうことなく衿をひらき、たっぷりとした乳房をだした。児は夢中で乳首に吸いつく。英泉は、みてはいけないものを目の当たりにしたような気になり、不自然な形で顔をそむける。

茶屋にいあわせた、品のよい初老の婦人が笑顔でたずねてきた。

「まあ、かわいいこと。お名前は？」

「お英ともうします」。常盤がこたえる。英泉から一字をとって彼女が名づけた。

「大きくなったらお父さまに似て美人になるわ」

「いや、この人は夫じゃなく兄なんです」

「それはごめんなさい。でも、そういえば皆さんどことなく似てますものね」

「この子のうえに三人の子がいるんですが、みんなちがった顔をしています」

常盤は気さくに話している。長男と長女は隠居所で預かってもらい、次男は店で雇った子守りが面倒をみている、ということまで披露した。

英泉は茶屋のおやじが運んできた団子の串を手にしながらいった。

「この子の口もとは、私たちの亡き母にそっくりです」

三人の妹たちでは、常盤が体型のみならず全体の雰囲気を色濃く継いでいる。どこが、どうというわけはないのだが、なんとなく義母を彷彿させるのだ。

――ただ、あの人は色香や艶然としたところをつよく羞じ、隠そうとしていた。

地味な色柄を好むだけでなく、いつも衿元をきつく合わせていたのはそのせいだろう。

——艶という点でいえば、紺が姉二人の分をもっていってしまったかな。

茜は性格さながら身体つきもギズギスしたところがある。常盤は成長が早く大人びていたが、色気ではなく母性がつよく滲んでいた。布施屋がひと目で常盤を気にいったのも、そこが大きかったのだろうと英泉は睨んでいる。

婦人が「お先に」と出ていってから、常盤がつぶやいた。

「この子の口もとって、お母さんに似てるかしら」

「オレはそう思うけどな」

常盤は赤子の口から乳首を離すと、もう一方の大きな乳房をだした。英泉はあわてて眼を閉じる。常盤のからかうような声がきこえてきた。

「兄さんは、女ときたら赤ん坊でも、どこかお母さんに似てほしいんじゃないの」

「ヘンなことをいうもんじゃないぞ」

英泉は狼狽した。常盤は知らん顔で乳をやっている。

茶屋を後にした途端、腹がくちくなった赤子は眠ってしまった。

「寝た児は重いというじゃないか。オレが抱いてやろう」

「無理無理。筆より重いものを持ったことない人に大事なわが子は預けられません」

「なんだい、オレだと信用ならんというのか」

兄妹が冗談をいいあううち、めだって公孫樹（いちょう）の多い場所にさしかかった。樹々の枝が交錯して陽をさえぎり、あたりはしっとりとしている。名も知らぬ小禽（しょうきん）が、軽やかに鳴きかわす。

「あの樹の裏に大きな洞（ほら）があるんだ」

英泉に導かれ常盤も森の中にはいる。大人が両手を広げてもかかえきれないほどの公孫樹の前にきた。なるほど、子どもがすっぽり入れるような空洞があいている。

「オレを産んでくれた母が死んだとき、そこにうずくまって、ずっと泣いてたんだ」

「お兄さん…………」

「お前たちはどう思っているか知らないが、本当のオレは弱虫だ」

常盤はしゃがむと、洞のなかに手を伸ばす。天鵞絨（びろうど）のようにあつく苔がむしている。

「兄さん、いまでもここに逃げこみたいことがあるんじゃないの」

「…………」。今度は英泉が黙りこむ番だった。

「弱虫だっていいじゃない」。妹は兄をみあげた。

「兄さんは算盤（そろばん）をはじく商人じゃないし、お城勤めするお武家でもないもの。絵師って特別な才がなきゃダメでしょ。そういう人は心の中も普通の人とはちがうはず」

常盤は片腕に娘を抱きながら、器用にもう一方の手で帯に挟んだ緑色の懐中鏡を取りだす。英泉が贈ったもので、銀の鎖につけた飾りには泉の字が彫ってある。

「兄さんは鏡と同じ。気持ちがちょっとでも曇ったり、傷がはいったらいい絵が描けない」

「…………」

「納得のいく絵ができれば、世間のことなんでどうでもいいんじゃない?」

「…………」

「私は兄さんの絵なら、春画であろうが挿絵、美人画もぜんぶ好き。それは茜姉さんやお紺だって同じですよ」

「家族というのは、ありがたいものだな」

英泉は胸がつまった。ひょっとしたら、この真ん中の妹がオレのことをいちばんよくわかっていてくれるのかもしれない。

「それに、兄さんもいい齢でしょ。身体にはくれぐれも気をつけてくださいな」

「そうする」

「だけど兄さんには茜姉さんや寅吉姐さんだっているから大丈夫ね」

前年、英泉は住み慣れた古い借家を出て新橋宗十郎町に新居を購った。

人気絵師としての収入があってのことだ。それに、茜は清元のお師匠さんとして、大店の商家やほうぼうの会所で教えていた。英泉と妹は、ようやく銭の心配なしに暮らせるようになった。

「そろそろ寅吉と所帯を持ちたいんだが、茜が横やりをいれやがって」

「ふふふ、それはたいへん」

深川芸者の寅吉もいつしか大年増になった。ところが、身請け話はことごとく蹴って英泉ひと筋だ。情夫と情婦、身も心も通じあっている。それなのに──茜は寅吉のことになると、工藤祐経に出逢った曽我兄弟、吉良上野介の居場所を知った赤穂浪士のようになる。

「茜がいるかぎり、オレは好きな女子と暮らすこともできんぞ」

茜は引っ越しのときも大張りきりだった。英泉を差し置き、島田髷を手拭いでつつみ、襷がけして人夫たちを陣頭指揮する。

「まさか、お前もついてくるわけじゃないだろうな」

「母上の遺言で、兄上の面倒をみるようにいわれております」

「いや、その点はもう充分にお世話になった。感謝している」

「深川のご婦人はお酌や踊りはお上手でしょうが、兄上の身の回りのことなぞ、なにひとつできるわけがありません」

兄と長姉のやりとりをきき、常盤は衿に顎を埋めころころと笑う。白い首には幾重にもくびれができた。

「寅吉姐さんは色っぽくていい女」。常盤はまだ頰をゆるめながらいう。

「私なんかより、そういうところはずっとお母さんに似てるもん」

だから、いっそう茜は彼女が気にいらない。常盤は姉の心のうちを謎解きしてみせる。

「いいにくいことも平気でいってのけるなあ」

英泉は感にたえないという口ぶりになった。常盤はまた笑いがこみあげてきたようだ。

「兄さんが、なんで美人画や春画を描くのか知ってるつもりですよ」

「えっ、なんだと」

「お母さんを絵にしたいんでしょ」

いきなり話の切っ先が英泉にむけられた。彼は見苦しいほどあたふたしてしまう。

「お前、いつからそんなことを思ってたんだ」

「でも、いくら女の人を描いてもお母さんにはならない」

剣の名人から一刀をくらったかのように、英泉の動きがとまった。

「なんてことを」——彼はうめくのが精いっぱいだった。

二

英泉の着物の裾がふれ、彼の腰の高さほどにつまれた書物の山がくずれた。

「これは失礼しました」

英泉、しゃがみこんで本をひろいあげる。その拍子に尻が別の山にあたり、今度は書籍のなだれを起こしてしまった。足の踏み場もないとは、このことだ。

「ありゃ、重ねて申しわけありません」

「かまわん。そのままにしときなさい」

座敷の奥、文机から塩辛声がかかる。

「乱雑に重ねてあるようでいて、大事な順にしてある。わしじゃないと整理がつかん」

声の主は筆をおくと眼がしらに指をあて、ぐいぐい揉んだ。

「わしの仕事場を器用にとおってくるには年季がいるんだ」

「私だって、師匠とお仕事をさせてもらうようになって二、三年になりますが」

「ふん。まだまだ修業がたりんわい」

英泉、畳に散らばる本を踏まぬよう抜き足差し足ですすみ、文机の前で正座する。

「本の山は崩しちゃいかんが、足はさにあらず。楽にしなさい」

英泉がむきあう老人の狭い額には、何本も深い皺がうがたれている。

眉は八の字、すぼみ気味の小さな唇という道具立てが揃って、困り果てたような、梅干を放りこんだみたいな顔ができあがる。

だが、この老人こそ曲亭馬琴、東都一を自他ともに認める大作家なのだ。

「第五輯はまた重版がきまった」

「江戸の皆が待ち望む第六輯のほうはいかがですか」

「三歩すすめど、二歩さがるという調子かの」

馬琴が壁にはった暦を横目にする。

「文政十年丁亥(ひのとい)には必ずや発刊してみせましょうぞ」

馬琴はまた眼がしらに指をやる。そうしながら、いつものようにもったいをつけた。

「英泉にだけ打ち明けるが、六輯からは板元をかえようとおもっておる」

「とはいえ山青堂にとって馬琴師匠は千両箱と同じ。簡単には手を引きますまい」

「そうかのう」。馬琴は意味深長な笑いを浮かべたが、すぐもとの顔つきに戻った。

「次の挿絵は英泉にも頼むから、よろしく」

「ありがとうございます」。英泉は膝に手をおき、深々と一礼する。

　ふたりが話題にしているのは『南総里見八犬伝』だ。

英泉は、空前絶後と大評判の読本(よみほん)の第五輯から馬琴と仕事をするようになった。

　こなた犬山道節は「忠」の珠をもち左肩に牡丹の痣ある犬士、そなた犬川荘助も「義」の珠と背に牡丹の痣ある犬士。はしなくも両人が田文(たぶみ)の地蔵堂で刃(やいば)を交わす名場面！　これなんぞは、英泉ご自慢の挿絵というべきだろう。

「ほう。よく物語の光景をつかんでいる。けっこう、けっこう。まことによろしい」

　こわごわ下絵をみせたとき、馬琴は眼を細めてくれた。

「北斎翁からは英泉の美人画を渡されていたが、あれにも負けぬ出来ばえだ」

英泉はほっと胸をなでおろした。

それほど馬琴は尊大、気難し屋で有名だった。だが、馬琴の作で話題にならぬ読本はない。本屋や絵師たちは腫れものにさわるようにして、この大作家とつきあっている。

——例外は北斎御大くらいなものだ。

「おい英泉。馬琴のジジイと仕事をやってみるか」

北斎から声がけされたとき、胃の腑のあたりの気の塊がすーっと舞いあがっていった。

文政初年あたりから、挿絵を描いてくれという依頼がふえている。文章の心得もある英泉だけに、行間まで読みこんだうえで画紙にむかう。

それを知った為永春水なんぞは、ぬかりがない。

「本屋巡りをしてみたら、どの本を手にしても先生の名画がこぼれ出るじゃございせんか」

「おおげさなことをいうな」

だが、気のいい英泉は結局、青林堂の怪しげな出来の戯作の絵を引き受けるのだった。

しかし、曲亭馬琴と組むなら同じようにはいかない。

——それに、オレだってヘンコツぶりでは負けはしない。

つい最近も、やはり名のある作者の挿絵を頼まれた。戯作者は下絵をさしだし、このとおりにしろと命じてきた。さっきもいったように、じっくり原稿を吟味し構想を練るのが英泉のやり方だ。しかし、戯作者は高飛車だった。

「戯作は書き手あってのもの。絵師はいうことをきいておればいいのだ」

たちまち英泉は激昂し、眼の前で下絵を破りすてた。

「渓斎英泉に絵を託すんなら、素案からすっくり任せろっていうんだ。それが不満なら、てめえのヘタクソな絵でも載せておけ！」

本屋は右往左往、戯作者だって怒り心頭、当然ながら仕事はおじゃんに……。

美人画の人気が、この態度をとらせているのか。

——違う。オレはどんな仕事だって精いっぱい、力をこめてやりたいだけなんだ。もっといいものを。裏の艶本の評判を吹き飛ばすくらい充実した表の仕事を。

——すべては、たった一歩であろうが北斎御大に近づくため。

だが、富士にたとえるべき巨峰の存在はとてつもなく大きい。

画業を積むほどに、むしろ北斎から遠ざかってしまうような気さえしている。

——富士は噴火するたびに丈を増したという。オレも見習わねば。

その願いは、悲鳴のように胸の内でとどろき、日々大きくなっていくばかりだ。

「御大、馬琴師匠は難しい人ときいています」。英泉は己のことを棚にあげていう。

「私と仕事をしたら、ぶつかってしまうんじゃありませんか」

「馬琴のジジイと英泉か」。北斎は深い眼窩の奥で目玉をぎょろぎょろさせている。

「しかし舞台は『南総里見八犬伝』なんだ。まさか役不足とはいわねえだろう」

「えええっ！　新作ではなく、売れに売れているあの本に私が？」

英泉がおどろいたのには、いくつも理由がある。

『南総里見八犬伝』の第一輯が世に出たのは文化十一年（一八一四年）のこと。

当初、挿絵の担当はほかならぬ北斎で決まっていた。

当時、文化文政の北斎は、活躍の場を浮世絵から長編の読本の挿絵に移していた。文化十年までに、なんと百九十三冊もの本に絵を提供している。とりわけ北斎と馬琴の組み合わせは話題を呼んだ。文化四年の新春には、馬琴との共作を七冊も上梓している。

北斎はこう述懐した。

「一時は馬琴のジジイん家に寝泊まりし、毎日顔をつきあわせて仕事をしたくらいだ」

その精華が『椿説弓張月』——この読本は文と画の巨匠の競演作の白眉となった。

北斎は錦絵や肉筆画で磨いた、大胆な構図と展開力をみせつける。

英泉だって大いに啓発されたものだ。

「たった墨一色。その濃淡だけで何色もつかう錦絵にも勝る傑作をものしてらっしゃる」

北斎は黙して語らず、だが馬琴をしても認めていること——北斎の尋常ならざる画力、発想、教養と読解力。そこに人生経験と長年にわたって培った木版画の知識があいまって、小さな本のなかに、絵の大きな世界が現出した。

「馬琴師匠は気を悪くするだろうが、北斎御大の力と名声なくして、読本はこれほどまで世にひろまることはなかっただろう」

なにしろ、文を読まずとも北斎の勇壮な絵だけみれば物語の内容がわかるのだ。

しかも北斎は挿絵だけでなく絵手本にも進出する。

それが名高い『北斎漫画』。鳥獣草木から人の動き、表情のあれこれ、風に波、雲までをあまねく完璧に描いてみせた。その初篇の発刊が文化十一年であった。

つまり漫画の準備と馬琴の新作は重なってしまったのだ。北斎は痛し痒しの態だった。

「なんでも『南総里見八犬伝』とやら、起筆前から累世の名作と決まった読本らしい」

北斎の絵が加われば、これはもう前代未聞の出来になること必定なのに。

仕方なく、八犬伝の挿絵は北斎の高弟の柳川重信が担当することになった。

北馬や辰斎、北渓、北寿ら同門の面々からはずいぶん妬心(やっかみ)をうけたらしい。

重信は馬琴から怒鳴られ、気が遠くなるほど何度も描きなおしを命じられながら仕事をこなした。そうやって八犬伝は第五輯まで漕ぎつけたのだ。

ところが、第五輯の途中で重信は上方へ遠出してしまった。

「馬琴の注文に耐えられず逃げだしたに決まっている」

本屋、絵描きが寄ればこう噂した。重信は大坂の板元と昵懇になり、弟子も募って当地で名士気取りだという。

「そこで、だ。英泉、あいつの代わりといっちゃナンだが、ひとつ馬琴と組んでみろ」

第五輯の完成は文政六年。何ごとも、きちっと思いどおりに進まねば気がすまない馬琴は、新たな絵師を切望していた。

「いまの英泉なら、重信の野郎よりよっぽどいい挿絵ができるだろうぜ」

北斎にここまでいわれたら断ることはできない。何より功名心がくすぐられる。

重信は四つ年上、挿絵に風景画、美人画と手広くこなす。北斎の先妻との間に生まれた長女のお美与と結ばれ、男児をなしている。一門では、このことでも大きな波風がたった。

さらに、北斎から雷斗の号まで譲られていたのだから、有力な後継者候補と目されたのは当然だった。しかし、義理の妹のお栄は、いつもけちょんけちょんに貶（けな）している。

「人の機嫌を取り持つのはうまいが、絵はどうにも窮屈で伸びが足ンねえぞ」

英泉も同じような評価をしている。重信が北斎はもとより、あろうことか歌川豊国や国貞の影響も簡単に受け入れているのは明白だ。絵は達者なのだが、重信の作だという個性が決定的に欠けている。

「英泉の美人画の毒が、あの男にはねえんだ」

爪の垢でも煎じてやれ。お栄は唾をとばす。

「いや、ここんところのあいつの描く女の顔つき、ありゃ英泉の女子の引き写しだな」

悪いことに、重信は文政初年にお美与と離縁してしまう。北斎は娘と孫を引きとった。

「重信の運もあれで尽きたというもんだ」。お栄は断じた。

——だが、いくら北斎御大の口利きといってもなあ。

自分の代わりが英泉だと知ったら、きっと重信は気色ばむだろう。あわてて上方から戻り、文句のひとつ、ふたつはいってくるかもしれない。

「英泉なんぞはボボの絵だけで認められたヤツ」

重信がこういっているのを知っている。他の弟子たちだって、なんで重信の代役が英泉なのかと不満を並べるはず。しかも、それらは北斎に向かってではなく英泉に降りそそぐ。

——世の中というのは、本当に塩っからくできているよ。

英泉は、無類の頑固者で無比の完璧主義者たる馬琴を気にかけ、重信の憤懣をおもう。そこに北斎一門の怨嗟が加わるのだ。

「おい英泉、なにをぐずぐずしてるんだ！」。お栄は浮かぬ顔の英泉をどやしつける。

「木乃伊とりがナントカっていうけど、馬琴のジジイに取り入ってやれ」

横できいている北斎もうなずく。

「あのジジイはめったにない物識りだし、世事にもくわしい。何かと得るものは多いぞ」

ちなみに父娘とも馬琴を老人扱いしているが、北斎のほうが七つも年上だ。

「馬琴には、英泉は抜群の画工だが、ひと筋縄ではいかんと吹きこんでおいてやる」

だが、案ずるより産むがやすしとはよくいったものだ。

文政六年になると、すんなり『南総里見八犬伝』第五輯が発刊された。

ただし挿絵の半分が上方へ行く前の重信、残りが英泉という変則ではあった。

それでも茜や寅吉は、天下の曲亭馬琴と仕事したことをよほど誇りにおもったのだろう。ご近所や清元節の弟子、贔屓(ひいき)の旦那衆にこの読本を配ってあるいていた。常盤の嫁ぎ先の布施屋まで大量に買いこんでくれた。

「世間というのは、そういう具合にできているんだな」

英泉はうれしいような、どうにも呑みこめぬような複雑な気持ちだった。

望外のこととして、馬琴は英泉の絵の力だけでなく、人となりも気にいってくれた。

奇抜な身なりに放蕩三昧の英泉を、石部金吉の馬琴がなぜ可愛がるのか。

周囲はこぞって首をひねった。

――オレだって、そのわけを馬琴師匠にきいてみたいよ。

「ほほほ。少しく生意気ではあるが、わしへの敬意を先にたててくれるからの」

知ったかぶりせず、わからぬことには耳をかたむけるのもよい。奔放だ、矜持（きょうじ）が高いといわれておるが、それもこれも画力に自信がある証拠。悪いこっちゃない。

「負けず嫌いで勉強熱心、存外に真面目なところがある」

そして、こう付けたしたらしい。

「女子に袖を引かれるのは、細かく気がつくからじゃろう」

馬琴は超がつく多忙な身にもかかわらず、英泉とあらば筆を脇へやり世間話に応じてくれる。新しい本屋も何軒か紹介してくれた。

かくして英泉は、また一段上の高みへと登っていった。

曲亭馬琴は最近になり神田明神下の住人になっている。

黒光りする瓦をかぶった、白い漆喰の築地塀がめぐらされた邸宅は、旗本屋敷にもまけない立派な構えをしている。英泉も最初の訪問では気圧（けお）されてしまった。

北斎の長屋が「まさか」といったきり絶句してしまうほど貧相なのとは好対照だ。

馬琴の書斎は、母屋から廻り廊下でつながった離れにある。

大き目の窓をあければ、わざわざ亀戸から運んだ紅梅と白梅の老樹の枝ぶりが見事だった。とはいえ、この季節ともなれば梅紅葉、強い風がふくたび葉は散っていく。

「ふむ。毎度のこと、時刻を違えず約束どおりに来るとは感心、感心」

馬琴は英泉をほめた。さっき、近くの上野寛永寺の鐘が鳴ったばかりだ。

英泉はちょっと早めに到着し、門の前で時刻がくるのを待つという、手のこんだやり口をつかう。そうして、なにくわぬ顔で馬琴の前にあらわれる。

行儀作法には、ことのほか気を配った。

——女子の気性や好みにあわせるのが色事の定法、それを応用したまでのことサ。

「英泉とこれほど気があうとは、わしも予想だにしておらんかった」

英泉は品よく微笑する。敬慕の念さえあれば、馬琴の度外れた謹厳実直ぶり、気難しさなんてさほどのことではない。あとは自然に、無邪気にふるまうのがいちばんだ。

「また御本が増えましたね」。英泉は自分が崩した本の山をふり返る。

「わしの新刊は多いし、あれこれ資料もたんと集めねばならぬ」

北斎の工房は引っ越した途端、ゴミ屋敷になってしまう。馬琴の書斎も本、本、本……。

だが、北斎の野放図な乱雑と馬琴の過剰な横溢は根本からして異なる。

「本屋が勝手に書物を置いていきよる」

馬琴は一冊一冊を改め、ビタ銭の単位まで違わずきっちり月末払いする。

「出前もちが勝手に銭をもっていきやがる」

北斎は毎食を店屋物ですます。玄関の上がり框には、たっぷりと銭の入った笊がおいてある。店の小僧はそこから代金を徴収するのだが、たいてい多めにくすねていく。

馬琴師匠に北斎御大、ようもまあ両極端な両雄が並び立っているものだ。

「ちいと小耳に挟んだのじゃが――北斎翁がまたやらかしたらしいじゃないか」

「ハハハ、例の家斉公の御前でのことですか」

「それじゃ、それ。くわしい話をきかせてくれんか」

過日、徳川十一代将軍の家斉は浅草伝法院に北斎を呼び出した。鷹狩りの帰途のことだったらしい。

「花鳥風月という題で好きに描いてみよ」

将軍直々に声がかかった。北斎は平伏から身を起こすや漫画の神髄、みごとな線を操って品よくうねる川をものしてみせた。せせらぎがきこえてくるような出来映えだ。

「あっぱれじゃ、画狂老人」

家斉は驚嘆する。だが北斎は不敵な笑いを浮かべると脇にかかえてきた籠から鶏を出す。その足に朱の絵具を塗りたくり絵のうえを歩かせた。

コッコッコと鶏がなき、足跡が紅葉となって川の水面を流れていく。

「ちはやぶる　神代もきかず竜田川　からくれなゐに水くくるとは」

北斎は朗々と一首を詠みあげ、悠然たる態度で退出した。

「ふむふむ。いかにも北斎翁らしい趣向よ」。馬琴は感心するが、すぐ腕を組んだ。

「だが。わしなら別の歌を披露するな」

——嵐吹く　三室の山のもみじ葉は　竜田の川の錦なりけり
「業平朝臣より能因法師ですか」

「そうじゃ。抒情は在原業平に分がある。じゃが、あの場なら叙景に卓越した能因がいい」

これをきっかけに馬琴は百人一首についてひとくさり述べた。英泉はいつものことながら、馬琴の博覧強記ぶりに脱帽する。この人は世の事々で知らぬものは皆無ではあるまいか。

「ごめんくださいませ」

障子がひらいて若い女子が三つ指ついて挨拶した。

馬琴の長男宗伯の妻・お路だ。宗伯は陸奥国梁川藩主の松前章広公の脈をとる御典医をつとめていた。息子の医師としての栄達を、馬琴は誇りとしている。

「お茶とお菓子、それに父上の眼薬をおもちしました」

お盆を捧げながら、お路は器用に本の連山の谷間をぬって文机まできた。

伊万里だろう、青で染付けた菊花の湯のみと小皿がならべられる。黄味をおびた茶は上等のものにちがいあるまい。皿の羊羹も手ごろな厚さにきられ、黒文字が添えられている。

これが北斎のところなら、羊羹は丸のまま齧らねばならない。湯は火鉢にかけっぱなしの大きな薬缶から自分でいれる。

「父上、宗伯殿が本日から眼薬をかえると」。お路は義父にいう。

「ふむ。ならば眼を洗ってくれるか」

はい。お路は馬琴の後ろにまわり衿元に手拭いをあてた。英泉がたずねる。

「師匠、まだ眼の具合はすぐれませんか」

「文字の書きすぎ、書物の読みすぎ。毎日、よほど酷使しておるからのう」

「父上、こぼれた薬が口に入りますから、お静かに」

瞼の下に椀があてがわれ、小ぶりの漏斗から眼薬が注がれた。

本屋や浮世絵師から畏怖され、煙たがられている気難し屋が子どものようにお路のいいなりになっている。

三

いつもなら、何足もの履物が乱雑に脱ぎ散らかしてあるはず。

しかし、今日は大きな汚い草履があるだけ。緑の鼻緒のちびた下駄もない。

台所を覗けば丼がひとつ。残した汁に割り箸が突っ込んだままだ。

「北斎御大ひとり、まして絵筆をとってるなら、声がけしても返事がないのは当たり前ってもの」

英泉は上がり框に足をかけた。脱いだ雪駄はていねいに裏返しておく。

「へへへ。後からきた客に、只今は渓斎英泉が御大と面会中だと知らせるのサ」

雪駄の表は畳そっくりにメの詰まった高崎おもて。そいつをワザと裏がえしたのは、上等の革張りだけでなく、真鍮でいれた富士に昇龍の象嵌をみせつけるため。この図案、英泉は美人画の花魁の衣装によく使っていた。もちろん踵には尻鉄が打ってある。

「こいつが鳴れば雪駄ちゃらちゃら、色男のお通りでございときたもんだ」

先の間の四畳半の横をぬけ奥の六畳間へとむかう。英泉はつぶやく。

「お栄さんは、絵の指南にでもいっちまったのかい」

お栄はほうぼうから請われ絵を教えている。

「アゴに女子を描かせたら、もうワシより上手かもしれんぞ」

北斎御大からお墨付きをもらう腕前、彼女が絵筆でつむぐ女子は北斎流の細面ながら、絵具の使い分けが巧みで深い陰影を醸している。英泉の美人画とはまったく異なる趣向、いや、それゆえに彼もお栄の絵には一目おいていた。

「おまけに、近頃は芥子人形も手掛けてなさる」

芥子人形は手のひらの上に、一つどころか二つも載せられるほど小さな木彫人形だ。雛かざりを筆頭に女児の玩具として人気がある。

お栄は絵の手慰みで、器用に手刀をあやつり絵具皿にあまった色を塗っていく。

「こんなのを売ってくれというんだから、江戸は広いや」

お栄はぶっきらぼうにいう。だが、英泉が遊郭や呑み屋の女に渡してやれば、誰もが、かわいいと眼を細めてよろこぶのだった。

「人形をこさえるようになったのは、離縁する前か、それとも後だったかな」

お栄は南沢等明と別れた。同時に北斎との同居がはじまり、これまで以上に父親の画業をたすけるようになった。あれはいつのことだ、と英泉は記憶をたどる。

文政八年早々に歌川豊国が没し、さしもの北斎も葬儀には参列した。英泉とお栄も一緒だったが、等明は同行していない。夏、鶴屋南北の歌舞伎狂言『東海道四谷怪談』が大当たりをとった。この頃、お栄は去り状の準備をしていたようだ。

「三下り半をくれてやった。あんなのと一緒だとヘタクソな絵が感染っちまう」

翌年の秋、お栄の芥子人形が小間物屋の棚に並びはじめた。この文政十年の春には、かなりの人気を博すようになっている。

「とはいえ、お栄さんだって寂しいこともあろうさ」

お栄は英泉より年下だが、子をなさず、男っ気もなく、父の面倒をみながら老いていく……英泉は彼女の胸のうちをおもうと、小さな人形をこさえるお栄が切なくおもえて仕方がない。

「御大、英泉です。お返事がないので勝手にあがりました」

軽口めいた調子で障子をひらく。

だが、北斎の仕事場はただならぬ色に染められていた。

「ぐううぅううぅ」

獣さながらのうめき声。いつものように北斎は炬燵（こたつ）布団にくるまっているものの、片腕だけが布団の縁からはみ出し、細かく震えているではないか。

「御大、大丈夫ですか！」。英泉は顔色を一変させ、敷居を飛びこえた。

「こ、これは――」

布団をめくる。北斎は顔の半分を無理やり上にもっていかれ、四角い輪郭が菱形になってしまっていた。分厚い唇が不細工に開き、涎（よだれ）がだらだらとこぼれている。

英泉は北斎のいかつい身体を、何とか抱え起こした。しかし、とびきり重い。生身の身体がこれほど扱いにくいとは。

いびつになった顔の、歪んだ片目が救けをもとめていた。北斎は動くほうの手を英泉にむけようとする。英泉が触れると、いこった炭のように熱い。そして、もう片方は依然としてこわばったまま。しかも、悪いことに震えの度は増しているようだ。

北斎は何かをいおうとしている。だが、うなり声はでても言葉にならない。唾と涎は、英泉の黒い仕立ておろしの着物に、なめくじが這ったような白い線を残した。

「御大、なんですか？　なにがいいたいんです」

英泉は女子と口吸いするほどに、北斎に顔をちかづける。だが、泡のような唾をかぶるばかりだ。英泉は途方にくれながらも、その一方でなにをなせばいいのかを必死で考えた。

北斎の巨軀を抱える腕が痺れる。とはいえ、北斎の身体をもとに戻していいかどうか、それすらも判断つかない。英泉は途方にくれた。

「おーい！　ご近所のかた、どなたかきてくれ」

自分でも情けないくらいバカげたことしかできない。

「誰でもいいんだ、はやく北斎の家にきてくれーーーっ」

しかし、こんなときに限って長屋は森閑としている。物売りの声ひとつしない。

ひゅーっ。長屋の端から端へとつむじ風がとおった。その音だけが英泉の耳に残った。

「うご、うぅぅ」。北斎が固まったままの身を無理に捩らせんばかりにうめく。

直後、ガタンと背後で物音がした。英泉はなんとか首だけまわして振りかえる。

「お、親父どの。どうしちまったんだ！」

お栄が障子の縁に手をやって立ちすくんでいる。風呂敷包が足もとに落ちていた。

医者はお栄が差しだした桶で手を洗った。

「典型的な中気の病ですな」

手拭いを使いながら、どうしようもないと首をふる。総髪のたぼも一緒にゆれた。

「薬は出します。後で取りにきなさい」

北斎は新しく敷かれた布団の中で、いまは眠っている。それでも、醜くゆがんだ面相に変わりはない。おまけに棒のようになった片半身が震えたままだ。

ごうごうと大鋸をひくような鼾が部屋中に響いている。

「親父どのは、いったいどうなっちまうんだ」

お栄は噛みつかんばかりに医者へ問う。医者は怒ったような顔つきになってお栄をみた。お栄と医者はしばらく睨みあう。

「患者が眼をさますと具合がわるい」

医師が隣室をしめす。お栄は襖をあけて四畳半に入った。医者と英泉もつづく。

「中気は中風とも卒中ともいいましてな」

医者はこの病について、おおよそのことを説明した。

偏った食事に不摂生、すぎた酒色もいけないし、美食三昧でも中気の禍がおこる。

「幾日か前から真っすぐに線が引けぬとか、筆を持つ手が震えたりせんかったかね」

「……憶えてないけれど……親父どのはいつものように絵と首っ引きだった」

女の出入りは知らぬが、少なくとも酒は北斎と無縁だ。しかし偏食は指摘どおりだろう。興がのれば、終日、何も食べずに炬燵布団の中にうずくまって筆をふるうことさえある。

「だけど北斎御大はオレなんかより、よっぽど頑丈だし丈夫でした」

「しかし、そろそろ古希ではないのかな」

「えっと、オレが数えで三十七だから……御大は六十八のはずです」

「その齢でろくすっぽ身体をいとわず、絵にばかり専心されてものう」

落ち着きなく部屋を行き来していたお栄が、英泉と医者のやりとりをさえぎった。

「親父どのがこうなっちまった以上、病の元凶なんかどうだっていいんだ」

お栄はケンカ腰のままいいつのる。

「どうやれば治るのか、絵筆はもてるのか。それを教えてほしい」

医師はほとほと困ったというようにため息をついてみせる。

「まずは容態をみませんと。半身の心配はその後のことになる」

お栄は「ふん」と鼻をならすや隣室に駆けていった。

なんと！　娘は寝ている父親を抱き起こしたばかりか、頬を打ち目覚めさせたではないか。

「親父どの、焼筆だ。あんたが毎日下絵に使っている筆だよ！」

お栄は北斎の硬直していないほうの手に焼筆を握らせる。

「うおう、ううぅ、うぉう」

休息を破られた北斎は抗議のうなりをあげた。

しかし娘に抱かれ筆を示されていると知り、いびつに開く眼に光を宿らせた。

「握ってくれ、描いてくれ。天下一の絵を、さあ親父どの！」

お栄は叫んでいる。北斎もうなずくようにして手を伸ばす――。

「なんというムチャを。父親を殺すつもりか」

医師が身をのりだすのを、英泉は押しとどめた。開きっぱなしの襖の向こう、六畳間では北斎が筆を持とうと必死になっている。

だが――北斎の人さし指と親指の間から、焼筆はころりと落ち布団のうえに転がった。

「親父どの、どうしたんだ。さあ、もう一回。握れ、筆を握っておくれ！」

お栄は半狂乱になった。英泉は立ちあがり六畳間に戻った。お栄の背中を抱くようにして彼女の手をとる。

「なにをしやがる、英泉その手を離せ、離しやがれ！」

もがくお栄だが、男の力にはかなわない。英泉は粛然とした表情で娘を横へやり、父親をそっと布団に横たえる。英泉は私淑する師にほほ笑んだ。

「御大、きっと身体は元に戻ります。でも、いまはゆっくり眠ってください」

いいおわると英泉は口をむすんだ。黙ったまま、娘に、これ以上はいけないと眼で語りかける。

「英泉、おれっちは……どうすりゃいいんだ」

お栄は英泉の胸に倒れこんだ。英泉はやさしくその身を撫でてやる。

親父ゆずりのお栄のごつごつした背中が嗚咽(おえつ)にあわせて波打った。

第五章 暗雲

一

英泉は近所の稲荷社の小さな祠で手をあわせている。

仕事をしていても落ち着かぬ。どうしても、北斎のことが気になってしまう。しかも、浮かぶのは半分が歪んでつぶれた顔、「うおぉぉ」と獣のような唸り声――あまりにやりきれず、神力にすがりたくなってくるのだった。

市中でも鳥居や寺門のまえは素通りできず、頭をたれるようにしている。祈念するのは北斎の恢復、ただそれだけだ。

家に戻ると、玄関の軒下で茜がていねいに箒をつかっていた。

晩春から初夏へと移ろうこの時期、陽の光は雲母を散らしたようにきらめいている。茜の頭上、庇の奥まったところをめざして燕が交錯する光を切りさきながら行き交う。

英泉と茜は燕の巣をみあげた。ふわふわのにこ毛の雛が、かしましくさえずっている。

「今年もうれしいことが、たくさんあるといいのに」

新橋宗十郎町に越してきて、つばくろが巣づくりするようになった。

江戸の庶民はこのことを吉兆としている。曰く、この鳥は住む人をみている。火事を出さない家しか選ばない。病人のいるところを避ける……などなど。

「火事なんてまっぴらだし、病もご遠慮いただきたいからな」

父、義母、生母、さらに北斎御大の難儀。病魔の恐ろしさはつくづく身にしみている。

「燕が巣をかけると子宝にも恵まれるそうです」

茜が後れ毛を気にしながら英泉にいう。

「それは常盤が独り占めしているようだな」

文政十年（一八二七年）、英泉は不惑の齢に手が届こうとしている。茜はとうとう三十路（みそじ）にはいった。兄、妹とも独り身のままだ。

玄鳥（げんちょう）の落とし物をすっかり清めた茜は、まじまじと英泉をみて眉をひそめた。

「兄上、すこし髪が薄くなってきたんじゃありませんか」

「なんだと、失礼なことをいわないでくれ」

といいつつ、鏡を覗くたびに毛が寂しくなっているようで気が気ではない。情婦の、これも身請け先を定めようともせず英泉ひと筋、大年増になった深川芸者の寅吉なんぞは、もっと手きびしい。

「髪が薄けりゃ坊主頭にすりゃいいの。毎朝、寅吉姐さんが剃刀をあててあげるさ」

先だって、北斎の中気の薬を求めて日本橋の薬種問屋に出むいたのにかこつけ、毛生え薬「実乃樹汁」を買った。されど、このことは秘中の秘。バレたら、絵師いちばんの色男で売る渓斎英泉の名に傷がついてしまう。

「茜、まさかオレの文箱の中を改めたりはしてないだろうな」

「ええっ？ 兄上、それはナンのことですか」

「いや、いいんだ。もうこの話はよしにしよう」

英泉はまた巣をみあげた。燕の夫婦はせっせと雛を世話している。

——北斎御大を看護するお栄さんと奥さまのようだ……。

北斎が中気を病んで以来、ふたりが付きっきりで看病していた。

「親父どのは、わっちが必ずもとに戻してみせる」

お栄の意気ごみは、日々つよくなっている。今日もまた、父親と娘は震える手で絵筆を握る稽古に励んでいるはずだ。病室を揺らすお栄の叱咤に眉をひそめる見舞客は多い。

しかし英泉は、鬼女と化しても画狂卍老人の復活に懸ける娘の愛を理解しているつもりだ。

「ごめんくださいまし」

格子戸を押して老女がはいってきた。武家の女で、ひどく思いつめた顔をしている。一見すれば無地かと見紛うほど、細かな縞のはいった紺の着物をきていた。帯もくすんだ鼠色(ねずいろ)、おおよそ地味な身なりとはいえよう。

「おや、なんのご用件でいらっしゃいましたの」

彼女をみて、茜は切れ長で吊りあがった眼を細めている。普通にしていても、きつい顔立ちがいっそう険しくなった。

愛想のないものいいだ。一方、英泉はこの老年の女に見覚えがあるくせ、定かに誰とは思い出せないでいる。そんな兄を尻目に、茜が追い打ちをかけた。

「お約束の期限は明日だと存じますが」

「その件で……」

女は、ちらっと英泉をみて、すぐ茜にもどした。だが、恥じいらんばかりの態で眼を地面に落とす。茜は、女が何をいいだすかとばかりに身構えている。

ただならぬ雰囲気に、英泉はこういうのが精いっぱいだった。

「客人をいつまでも玄関先に立たせておくやつがあるか」

入ってもらいなさい。英泉が促すと、茜はつっけんどんにいった。

「知れたこと。お越しになった理由はわかっております」

事情のわからぬ英泉を脇においたまま、茜は女に浴びせた。

「本日は兄もおりますゆえ、いっそのこと白黒をつけましょうか」

三人の頭のうえを、燕が掠めるように飛んでいった。

女は母方の遠縁だった。そのうえ、義母とはお琴の師範が同じ人だったらしい。互いが嫁入りしてからも、しばらくは親しくしていたという。

「どおりで、どこかでみたことがあると思った」

英泉は小さな頃、義母に連れられてあの人の家にいったことがあったのだ。しかし、老女は義母の思い出話を終えると、これでもかと窮状を並べたて、英泉と茜をかきくどいた。

そして、何度も腰を折り、詫びと感謝の言葉をくどいほど重ねて帰っていった。

「兄上の絵が売れるようになって、いろんな人がやってくるようになりました」

もっとも、父の本家というべき池田家、養子として入った松本家とは絶縁状態のままだ。彼らは、英泉が武家を去ったことを決して善しとしない。

「まして、侍を辞めた理由がふるっているからな」。英泉は自嘲ぎみにいう。

それだけではない。退廃的で色香たっぷり、かつ異形の美人画が不興をかった。いわんや、いまもって春画を描いているとは。英泉のような親戚など不要という態度を崩そうとしない。

「オレが狩野派や琳派の絵師なら、話もちがうんだろうが」

茜は、兄のいつもの繰り言を、否定も肯定もせず黙ってきき流した。

「わが家を訪ねてくるのは、ずいぶん前に父上や母上とお付き合いがあったとか、親戚のまた親類とかいう人たちです」

しかも、彼らは懐かしがって訪ねてくるわけではない。

金が芳香を放ち蝶を集めるのか、それとも銭の臭いが餓狼を呼びよせるのか。英泉の画名があがるにつれ、人も群がるようになってきた。

「どなたも、つまるところはお金を貸してくれとおっしゃいます」

「お前、オレに黙って借金を請け負ってやっていたのか」

「一回目は必ずお断りします。でも――」

家内に重い病人がいる、家宝を売り果たした、この金さえあれば運が回りだす……切迫した理由があれば、そうそう無碍にもできない。

「第一、私がご相談を申し上げようとしても、兄上のお答えはいつも同じことしか」

――家計は茜にまかせてある。好きなようにしろ。

「待て待て。お前がことのほか締まり屋だからこそ、財布を預けているんだぞ」

「それに兄上は、ご婦人方のところに居続けることがえらく増えたではありませんか」

茜は兄をきつく睨みつける。

「ご帰還なさるときも、私が稽古にでる日を選んでいるのでしょう」

英泉は口ごもる。家に茜がいると気づまりだから、とホンネはとてもいえない。

――まして美人画の注文が増え、仕事がかさむほど、なぜだか心が荒(すさ)んできた。

懐は暖かい。板元や本屋はおべんちゃらを並べる。

だが、画業はなんとなく沈滞ぎみだ。

――どの板元も同じような女ばかりを描けといいやがって。

彼の放蕩は若い頃よりも、むしろここ数年のほうが激しくなっている。

本屋たちは、寄れば英泉の所業をいいかわしていた。

「英泉先生に、絵の注文を出そうにもさっぱり居所がわからない」

「いっそ、そっちの方が苦労もすくないというものですよ」

「どういう意味です」

「先生ときたら、描きかけの絵はほったらかしにして雲隠れしてしまうんだから」

英泉にすれば、わざと悪ずれしているのを否定できない。こんな甘えたことをできるのは、よほど懇意の板元だけなのだから。いわば、本屋と彼はなあなあの関係なのだ。

英泉は、いたずら心に罪悪感の小さな棘を食いこませたまま夜の街をうろつく。

――ところが酒を呑んでもうまくない。女を抱いても燃えるものがない。

人生の節目のようなものに差しかかっているような気がしてならぬ。しかし英泉には焦りだけでなく、どうにでもなれという開き直りが同居している。

あらぬことを考える英泉に、茜が詰めよった。

「兄上は池田家の当主。ちゃんとわきまえていただかないと」

「オレが悪かった。でも、さっきの人は大丈夫かな」

来訪した女は、麻布十番あたりに住まいする武家の隠居だった。息子が当主、夫はとうに逝っている。質素な風体ながら、家禄は英泉たちの父よりもずっと高い。ただ、文政の華美一辺倒の世は諸色が高騰し体面を保つのに汲々としている。息子は刀まで質にいれてしまった――そんなことを、彼女は涙ぐみながら話した。

「町の金貸しにも、かなりの借金があるそうです」

「高利貸しや札差は武家だからといって容赦しないからな」

「それにしても、母上がおてんば娘だったとは。ちょっと意外でした」

女は返済の繰り延べを懇願する一方で、兄妹が知らぬ母の逸話を披露してくれた。

「いやいや、オレが十くらいの頃に棒っきれで立ち合ったが、かなり手ごわかったぞ」

「父上のところへ嫁ぐのを、最初は嫌がっていたというのも初耳」

「そりゃそうだろう。後妻のうえコブつき、おまけに貧乏侍だ」

「まあ、口の悪いことを」。茜は兄をたしなめつつ、きっぱりといった。

「だけど、父上の妻女となり、兄上や私たちの親となって母上はしあわせだったと存じます」

「そうだとオレもうれしいが」

しかし、女がきりだした用件は、決してなおざりにできない深刻なものだ。

「オレが商人ならコワモテになって、せめて利子だけでもぶんどるんだろうがな」

「兄上は気がよすぎます」

「眼の前で泣かれちゃキツいことはいいにくいじゃないか」

「まったく女の人には甘いんですから。でも、それがあの方の遣り口だったのかもしれません」

なるほど、さっきの女は百戦の手練(てだ)れのようだ。涙と人情、母の思い出でうまくかわされてしまったか。

「こじれるようなら、常盤の旦那の布施屋に相談してみよう」

二

英泉は日本橋の方へむかって歩いている。

彼の住まう新橋宗十郎町は、俗に銀座と呼ばれる一帯の南にあった。ここから汐留川にかかる旧の呼び名の新橋、いまは芝口御門橋をわたれば京橋、日本橋まで苦もなく歩ける。

銀座のあたりまできたら、いつもはみかけぬ八卦見が筮竹をじゃらじゃらやっていた。英泉はつい、笠をかぶって顔を隠した易者にたずねてみる。

「知りあいの病状はいかがかな」

易者はうなずくと、静かに筮竹を三回ほど操ってみせた。

「う〜〜ん。卜にいわく、病は本復から遠し、と」

英泉は鼻を鳴らした。荒々しく代金を台のうえにおく。易者は礼のかわりにいった。

「待たっしゃい。そなたにも凶相が浮かんでおりますぞ」

「よしてくれ。オレはもともとこういうツラだ」

水色の空には鰯雲、もう赤蜻蛉が飛びかうようになっている。

「つまらん占いなどするもんじゃない。銭を損した」

英泉は大伝馬町の布施屋に、貸した銭の取り立て術を指南してもらおうと足を運ぶ途中だ。案の定というべきか、遠縁に催促しても、のらりくらりと躱されてばかりだった。

英泉、こんどは水菓子屋の前にたつ。梨に柿、李なんぞが笊に積まれている。

「甥っ子、姪っ子には手土産をもっていってやりたい」

親との話が終われば、子どもたちに果実を写すのを指南してやろうか。

「子どもに絵筆をにぎらせれば緑や茶、橙、紫といった色目で塗りつぶすだろうな」

だが、絵師の矜持はそれをゆるさない。柿ならヘタの濃緑と黒の入り組んだ様子、李の上から下へと移ろっていく色調の変化、さらに霜がかかったところも見逃せない。どうやって絵具を合わせ、色をつくるか。筆の太さ、運びは――。

「まったく、なにをみても色目や描き方に気がいってしまう」

これはもう、絵師という名の病ではあるまいか。英泉は己をあやしんだ。

そんな彼に「コウ、英泉先生」と声がかかる。

「お久しゅうございんす。珍しいところでお逢いしたもんだ」

為永春水だった。例の視線の行方がわからぬ眼つき、下卑たニヤニヤ笑いを頬にはりつけている。英泉も負けじと悪友を遠慮なくじろじろみた。

このところ青林堂は羽振りがいいとの噂だ。なるほど、春水の野郎は以前に比べてずいぶんカネのかかった衣装をきている。だが、いかんせん、ちんちくりんで太っちょ、手足がえらくみじかい。五つの男児が袴着の祝いで一張羅をきせてもらっているのと、さしてかわらない。そんな英泉の見立てをしらぬが仏、春水はどら声をはりあげる。

「どの水菓子が甘いかと熟考されてるご様子、新しい女子の手土産ですかな」

「そんなじゃないよ、ちょいと用があって妹のところへいく」

「ふんふん、先生の妹御ときたら清元のおっ師匠さん、それから木綿問屋の……」

「そうだ、真ん中の妹のところ」

「ふむふむ、なーるほど。で、いかようなご相談で？」

「余計なお世話だろ」といいつつ、春水がねっとりとしつこいことはよく知っている。

英泉は彼を、店先から庇（ひさし）の端におかれた防火桶の隅へと引っぱっていく。あたりをはばかる様子をつくり、背をかがめて春水の耳もとでざっと事情を説明した。

「英泉先生、侍なんぞに貸したカネは金輪際もどってきやしませんな」

「ううむ。亡くなった母の遠縁だけに貸さぬわけにはいかなかった」

「侍どもは義理と人情に絡めてぐるぐる巻きにするんですぜ」

「なんだかオレが蜘蛛にからめとられた蠅のような気になる」

「銭を貸すには人をみろ、本を出すなら柳亭種彦、絵を任すにゃ人気の国芳ってね」

「なにッ。人気絵師なら国芳といったな。それはどういう意味なんだ」

「ついホンネを……おっと英泉大人（たいじん）が気にするようなこっちゃござんせん」

歌川国芳はついに『通俗水滸伝豪傑百八人』が大当たりをとり、武者絵の第一人者に躍り出た。国芳は、豊国亡きあと歌川派筆頭の国貞と不仲らしい。国貞嫌いの英泉としては、大いに国芳の味方をしたいところだ。しかし、近頃は浮世絵を商う店頭で国芳の作が幅をきかせ、英泉の美人画を押しのけてしまっている。これは正直おもしろくない。

そういう、英泉のややこしい心情も知らず、春水は例によってすぐつけあがる。

「新進気鋭の国芳を日本の名山にたとえれば、会津の磐梯山というところですかいの」

「じゃあ、霊峰富士はだれだ」。英泉もつい乗ってしまう。春水はしたり顔で述べる。

「そりゃもう、中気でヨイヨイとはいえ、今はまだ北斎大先生でさ」

「……あんた言葉に気をつけてしゃべれよ」

「エヘヘ、ご勘弁。国貞先生は信州や奥羽の名山にしておきやしょう」

「オレはどうなんだ？」

「妙義山ですかな。奇妙な形の岩が並び、珍奇で奇景の山として有名でござんす」

「あんた、それで褒めてるつもりなのか。どうにも、オレだけが埒外みたいだ」

世評なんぞバカらしいといっているくせ、実は気にかかって仕方がない。英泉の弱さがそこに露呈している。

「貸したカネといい絵師番付といい、易者のいうとおり運が傾いている」

「名山番付はシャレですよ洒落。しかし、侍に銭を貸したのはまずうござんした」

「あのカネがなくなると大損害だ」

「先生の血筋でござんしたら、その侍の家に絵とか文のかけるのはいねえんですかい」

「いたらどうするんだ」

「青林堂から戯作なり艶本なりを出させて稼がせりゃいい」

「ふん。義母の親類で血の繋がりはない。いたとしても、あんたのところの本屋なんか

「そりゃ残念。侍でも種彦先生みたく文がよけりゃ大いに銭になりますものを」

種彦は旗本だ。しかし武家が戯作で評判をとるのは珍しいことではない。かつて恋川春町や朋誠堂喜三二は藩の重役でありながら、黄表紙の話題作を放っていた。春水は続ける。

「種彦先生は、源氏物語をおもしろおかしく当世風の戯作に直してらっしゃるとか」

「そういえば種彦という人は北斎御大とも懇意だ」

「先般、おれっちも北斎大先生のお見舞いに罷りでました」

「うん、聞いているよ」。ここで英泉は噴きだしてしまった。水菓子屋から出てきた女中がふしぎそうに、大笑いする英泉、きょとんとした春水をみていく。

「あんた、北斎御大のところで馬琴師匠と出くわしたらしいな」

「コウ。そんなことをどうしてご存知で?」

春水の羽振りがいいといっても、妙ちくりんな歯磨き粉を売ったり、筆の運びもおぼつかない連中をそそのかして本を開版したりと脇道にそれっぱなしだ。

「選りによって馬琴師匠の古い作の版木を手にいれただろ」

擦り切れたり、火災で焼けこげた版の、欠けた文字を直しもせず売りだすという荒くれた仕事だった。

なにより再版重版に関して、馬琴にはひとことの了解もとらず世に出してしまった。東都一の作者にして、文章の巧拙、本の摺りには人一倍うるさいのが馬琴なのに。

この事実を知り、曲亭が怒髪冠を衝いたのは当然のこと。英泉はお栄からきかされた顚末を思いだしまたまた腹を抱える。お栄も「春水、ザマがなかった」とおかしそうだった。

「ウチの玄関で春水の野郎と馬琴のジジイが顔を合わしちまってサ」

逃げようとする春水の手を、馬琴がむんずとつかむ。春水の鼻先に顔を近づけ、こめかみに蚯蚓のような脈を浮かばせて怒鳴り散らした。

「あの剣幕は浅間山が火を噴いたようだった」とはお栄の感想だ。

「馬琴のジジイ、文句をいうだけいうと、今度は脱いだ草履を手にして……そうさな勘定はしてないけど……十発がとこは見舞ってたよ」

春水は憮然として英泉のバカ笑いをみつめている。それでもぼそりといった。

「悪事のひとつもせにゃ銭は近寄ってきませんぜ」

「そういう料簡だから蔦重はもちろん若狭屋、西村屋のような本屋になれないんだ」

英泉は春水に捨てぜりふを投げつけ店へ戻った。

梨と葡萄を買い求めた彼が往来にでると、春水は秋晴れの陽を半身に浴びながら待っていた。

「まだ用事があるのか」

「コウ、先生に逢ったらぜひご注進せねばという重大事がござんしてね」

「あんたと仕事をする気はないぜ。『枕文庫』で充分だろ」

実際、蔦吉やら太田屋、川口屋なんてまともな板元から注文がきている。春水はゲジゲジ眉を寄せ、蛭(ひる)のように濡れた唇をとがらせた。

「水鳥の長い首みたく妙な具合に身を曲げた、芸者や花魁ばかりじゃ飽きられますぜ」

「イヤなことをいう男だ」

実際、英泉にとっては耳の痛いことだった。文化文政の豪奢にすぎる世は、もう二十五年がところになろうか。その半ばあたりから、英泉の美人画は急激に人気を得てきた。上背はないが、むっちりと肉厚で表情、佇まいとも「ぞっとするほど妖艶」と大評判をとった。女の衣装にはあらゆる絵柄を駆使した。富士と龍、孔雀(くじゃく)、鴛鴦(おしどり)、唐土(もろこし)の童子、もみじや桔梗(ききょう)。仔犬に三毛猫も描いた。総柄、小紋、格子……何色も重ねて摺らせた。

絢爛にして豪華、贅沢にして華美。そこに頽廃までもが漂う美人画——。

意趣返しなのか、それとも親切ごかしか。春水はどちらともつかぬ意見を吐いた。

「文政の流行りが廃れる前に妙手を探っておきましょうや」

「オレの美人画が飽きられたら、見捨ててもらってけっこうだ」

英泉はこういって、春水を置き去りにする勢いで歩きだした。

長い脚の脛が裾からのぞくほど大股でぐんぐんいく。そうでもしないと、春水のなげかけた言葉が背中に覆いかぶさってくるようで気が気でない。

しかし、急ぐ英泉のあとをちょこまかと春水が追ってくる。

「待っておくんなまし。どうも、あっちは話があっちこっち寄り道していけねえ」

足もとに狸がまつわるごとく、うるさいことだ。英泉は根負けして歩をゆるめた。

「大事な話ってのは、ほかならねえ先生の末の妹御のことで」

「なんと！　それを早くいえ」

紺とは長らく逢っていない。英泉は太い息がもれそうになるのをぐっと堪えた。

「またぞろ、えらいことをしでかしたのか」

「……今度の噂ばかりは捨てておけねえや」

紺は十代後半から家をあけるようになった。「さろん」とかいう、南蛮かぶれの茶屋の看板娘におさまり「めあり」なんて紅毛人の女子の名をかたっていた。

当時から道楽息子、はねっかえり娘をひきつれ、姐御と呼ばれて粋がっていたわけだが、英泉はみてみぬふりをしていた。一時の火遊びとタカをくくっていたのは否定できない。己の放蕩という負い目もあった。なにより、末妹の男まさりな性格を善しとし、悪事には染まらぬと信じていたことがおおきい。

「あのふざけた南蛮娘茶屋を二十歳かそこらで尻をまくったのはよかったんだが」

「なんと、次は浅草の矢場『的ゐ矢』の若女将におさまりなさった」

オレと先生が初めて挨拶さしあげたのだって奇しくも矢場でありました。春水がまた横路へいきかけるのを英泉は引き戻す。

「それで、お紺がどうしたんだ」

「ごろつきや渡世人が出入りする店をきっちり仕切りなさって。そのうえ、自分とおっつかっつの女の子を見事に使っていなさる……」

「ううむ。不良どもの棟梁で人心掌握の腕を磨いたのかな」

「お紺さんってのは、てえした姐御肌でござんすよ」

「昔は泣き虫だったのに、いつの間にかケンカっ早(ぱや)くなって手を焼いたもんだ」

「だから、じゃじゃ馬娘やら不孝息子たちからも慕われるんでしょうな」

しかし、紺は妙に義と道理をとおす子だった。英泉はそこに一目をおいている。

「矢場だって、ふたつ目の店を増やしてみせた」

「遊び人の間じゃ『的ゐ矢』といえばちょっとは知られた店ですからねえ」

ただし「的ゐ矢」は紺のものではない。なんでも、羽振りのいい材木問屋の主人が裏で糸をひいているのだという。紺は豪商にみこまれ、矢場の運営を任されたわけだ。

「お紺のやつ、オレがどれだけ問い詰めても、金主のことは口をわらない」

「しかし狒々親父の囲われ者というわけでもなし、お若いのに感心ですぜ」

「男の出入りは激しいみたいだが、金持ちの慰め者だけはご免だといってたな」

もっとも、末妹の男の趣味にはいいたいことがいっぱいある。

町奴に旗本奴、役者や侠客くずれの半ちく野郎と硬軟とりまぜロクなのがいない。かつて紺が付きあっていたヤクザ者のガキに凄まれた苦い経験も記憶に新しい。

「そりゃそうでしょ、兄貴が兄貴ですからにして……」

「もう一度いってみろ！」

「いやもう、口が滑ってしまい」

春水は男にしては赤い唇をギュッと捻りあげてみせる。

「相スミマセン。きつく、お仕置きをしておきました」

日本橋大伝馬町が近くなってきた。いきおい道幅が広くなり人どおりも増える。

違い重ね源氏車の派手な文様を染めあげた揃いの法被、いろは四十七文字の「は」の字も頼もしい若い衆がゆきすぎる。江戸の華といわれる火事場、そこで大活躍する町火消六十四組のイの一番組の面々だ。肩で風切る彼らに、街ゆく人々は畏敬の念をこめて頭をさげている。英泉と春水も会釈した。

「それで、お紺の近況だが――」

「はあ……」。春水は口ごもる。そんな態度が英泉の胸をざわつかせた。

「こういう仕事をしておりやすと、つい耳に入る話ってのがござんして」

「遠慮はいいから、早く教えてくれ」

春水によると——巷で素人賭場が話題になっている。春水のところへ転がりこんでいる、作者や絵師志望の若者たちの中にも、その博奕場に顔を出しているのが数人……。

「賭場なんて、夜ごとにあちこちの盛り場に立つんですけどね」

春水が驚いたのは、賭場で活躍する美人のつぼ振りのことだった。

「年恰好が末の妹御にそっくりらしいんで」

中には、浅草で大人気の『的ゐ矢』の若女将に違いないと断言した者もいるという。

「ヘタしたら、お紺さんがお縄になっちまうんじゃないかと」

身内から咎人が出たら。茜は激怒して勘当だといいだしかねない。これから相談にいく常盤のところだって布施屋の暖簾に泥をぬったと大ごとになろう。春水にいたっては、金棒引きの本性を発揮して、あることないことを本屋や画工たちに吹いてまわるに違いない。

なにより、紺本人の身の上は——。

「たわけめ。とんでもないことをしでかしやがって」

「英泉先生が直々にご意見されるのがよろしいかと、ご注進を申し上げた次第で」

主家を追われ荷をまとめて出ていった日、めそめそと泣いていた紺の姿が瞼に浮かぶ。

――オレは兄として、今までいったいなにをしてきたんだ。

父や義母にも申し訳がたたない。強い自責の念が英泉を襲った。

四

自宅の仕事場の障子をひらくと濡れ縁があり、その向こうは庭になっている。

初冬の寒さを忘れる小春日和の午後、英泉は座布団を持ち出し腰をおとした。

隣家との垣根にそって、三段の細長い棚がしつらえてあって、桔梗に菊、桜草、万年青などの鉢植えが並ぶ。最下段に寄せてあるのは朝顔だ。この季節は乾いた土がみえるだけだが、夏きたりなば紫、黄花だけでなく糸柳や蘭に似た珍種の花を咲かせる。

玄関へとつづく側、母屋の軒の影がさすあたりには躑躅や沈丁花が地植えしてあった。

鉢の棚の手前は、ささやかな菜園で小松菜、大根などが植わっていた。

今の稼ぎがあれば、八百屋か町内をまわる野菜売りから購えばいい。だが義母の生前、ずっと畑仕事を手伝ってきた茜は、季節ごとに旬の野菜を栽培していた。

――お紺がここで暮らすようになったら、さっそく茜は手伝わせるだろうな。

英泉は、とても貧乏性と嗤う気になれない。人気絵師とはいえ、いつぱったり仕事がこなくなるかもしれないからだ。

しかし、だからといって世の中や本屋に媚びを売る気はおこらぬ。

蓄財にはしり相場をはって巨利を得ようともおもわない。

——極楽浄土へ召されるか、地獄に堕ちるか。いずれにせよカネはもっていけない。

四十歳が近づき、厭世の気配が心に翳をおとしはじめたようだ。

うつしみの営みなんて油断大敵、北斎御大はその最たるもの。とりわけ病は人と時を選ばず襲ってくる。

——父上が心の臓を悪くしたのは、オレくらいの齢からじゃなかったかな。

貸した大金の行方、末妹の所業もしかり。思わぬことが、思わぬときに出来（しゅったい）する。災厄というやつは、つけ入る隙を決して見逃さないもののようだ。

そんなことを考えながら、英泉は大きなあくびをしてみせる。

気が細かくて取り越し苦労も人一倍という半面、野放図に運命の流れを受け入れてしまう。英泉はそういう矛盾をかかえて生きていた。

——すべてダメになったら猫を膝にのせて暮らしていくさ。

英泉は鼻毛を抜く。根元から先まで真っ白だ。軽く舌打ちしてから、そいつを吹きとばした。

「英泉先生、いらっしゃいますでしょうか」

玄関で声がした。茜は出稽古で日が暮れるまで帰ってこない。

よっこらしょ。英泉は無精そうに立ち上がると、庭用の女下駄をひっかけ玄関へまわった。

「お栄姐さんが、ぜひ英泉先生にお越しいただきたいと」

顔はみたことがあるけれど、名を知らぬ若い北斎の弟子が口上をのべる。

新弟子は北斎以外の絵描きの家を訪問するのが、はじめてなのだろう。遠慮しながらも、探るようにして住まいの様子をうかがっている。

「ぬっ。それは朗報か、それとも……」

「いえ、とにかく早く来てくれと」

巨星北斎が倒れる——この報は、たちまち江戸を駆けめぐった。本屋に貸本屋、画工や戯作者、錦絵の版づくりにかかわる彫師、摺師がこぞってざわめいた。

さっそく、彼らの北斎詣でもはじまった。

「冗談じゃねえぞ！　屋台を全部ぶっ壊す」

お栄は両手をふりまわしてわめく。あまりにたくさんの見舞客が訪れるので、それを目当てに棒手(ぼてふ)売りの団子屋や蕎麦屋、鮨屋なんぞが集まってきたのだ。

高弟から末弟まで、江戸に二百人といわれる弟子たちも、かわるがわる枕元にあらわれ師匠の容態をみまもる。だが、お栄は息巻いた。

「親父どのの醜いツラを拝んだら、さっさと帰っておくれ」

お栄は母とふたりして昼夜をいとわず看病した。垂れながされる糞尿、枕を汚す涎（よだれ）……床ずれを防ぐために北斎の巨体を動かし、三度の飯を用意し匙（さじ）で口へ運んでやった。

「弟子どもなんぞ、いったいぜんたい、ナンの役にもたたねえ」

お栄が憤激するのもしかり。北斎と同年輩の昇亭北寿（しょうていほくじゅ）から、英泉より少し上の柳川重信まで、いずれも世に出た弟子たちは口を挟むばかりで手足を使おうとしない。

「ひそひそ、北斎の名を継ぐのは誰だとか、葬式の寺はどこだとかいいやがって」

雑用は北観、北虎はじめ今日の使いの若い弟子たちが受け持っているものの、それとて輪番にしてある。実質、北斎の身は後妻とその娘がみているのだ。

「わっちは意地でも他人に褌（ふんどし）を代えさせたり、シシババの世話なんかさせねえ。親父どのは天下の北斎なんだ。浮世絵の神さまでなきゃいけねえんだ」

高名の弟子とはいえ、お栄の剣幕にたてつける者はいなかった。

その代わり、というわけなのか彼らは英泉の悪口をいいつのった。

「北斎先生が倒れたとき、あいつが居合わせたのは不都合だった」

「そうさ、ボボの絵でさんざんお世話になっていながら、ろくな手当もしなかった」

「英泉がもっと早く医者を呼んだら、先生の回復は段違いだったろうね」

「あのボボ野郎、このところは見舞いにもこないっていうじゃないか」

「気色のわるいスケベ女の画や艶本を描くのに忙しいのさ」

英泉はあいた口がふさがらない。大目標たる北斎が倒れて以来、どれだけ奮迅したことか。神仏詣ではともかく、妙薬を探しあるいたり鍼灸師を呼んだりしたのは英泉だった。

とはいえ、様子をみにいくのは、きまって夕刻から夜にしてあった。日中は見舞客でごった返しているし、せめて夜だけでも看護を手伝ってお栄を楽にしてやりたかったからだ。

「どうせレコのところへいくついでだろ」。お栄は小指をたててみせる。

「親父どのは大丈夫。あんたはとっとと遊びにいってくれ」

すげない態度だが、お栄は英泉の心もちをわかってくれている。

彼が北斎の寝顔をうかがっていると、隣からすーすー、寝息がきこえてくる。お栄が、座布団を二つ折りしたのを枕がわりに横たわっているのだ。

英泉は自分の羽織をかけてやった。

さすがに、北斎の病身は乱雑を極める仕事場から、本所葛飾亀沢町の本宅に移されている。英泉の住まう新橋から亀沢町まで、真っすぐ線をひいても二里に少し欠ける道のりだ。

「急ぎの用事ときちゃ、てくてくじゃ間にあわんな」

江戸の絵地図をひもとけば、回向院裏の繁華街にいくよりもまだ距離がある。

「お前、ウチまで歩いてきたのか」。英泉は若い弟子にたずねた。

「いえ、一所懸命に駆けてきました」

「ああ、まあそうなんだろうが……わかった」

英泉は馴染みの駕籠屋に寄り、乗り物を二挺、仕立てた。

恐縮しきりの弟子を押しこみ駕籠かきに声をかける。

「飛び切り急いでくれ。酒手はたっぷりはずむ」

北斎の本宅は、武家屋敷がつづく町並みにあって決して他家に見劣りしない。

だが、豪商や千両役者たちの邸宅のようなうわべの華美さを誇るわけではない。

むしろ、禅宗の古刹にただよう枯山水の趣を強く感じさせる。ことに家屋の内、外ともに用いられた木材の質のよさは、素人でも眼をみはるだろう。

質素を装いながら豪華、絵心ある趣味人なら、北斎の狙いがわかろうというものだ。

貧乏長屋の工房を乞食小屋と悪しざまにいう連中は、本宅をみれば言葉を失ってしまう。

「とはいえ、だ。北斎御大が本宅に帰るのは年に幾日もあるまい。それこそ盆と正月くらいだろう」

「私も、どうせなら汚い長屋じゃなく、豪華な本宅のほうで弟子をやりたいです」

英泉は、当世の若者ならそう思って当然だとうなずきながら門をくぐった。

ひろい本宅に住まいするのは後妻のこと、初孫の永仁(ながひと)のふたりきりだ。

北斎は画名こそ天下一だが、家族の幸はうすい。一家には死の影が色濃くつきまとう。

最初の妻は寛政六年（一七九四年）に亡くなった。長男の富之助は文化八年（一八一一年）に世を去っている。英泉が武士の身を捨てた翌年のことだ。

長女で柳川重信と離縁したお美与は、北斎の初孫と一緒に本宅へ引き取られた。

だが、お美与は男児をのこしてぽっくり逝ってしまう。

話は前後するが、長女のお美与のすぐ下の妹も夭折している。

「最初の奥さまの子は全員お亡くなりになったわけだ」

後妻の子のお栄も離婚してしまった。御大と彼女は工房住まいで本宅に近よらない。

北斎一家は、世にいう家庭円満とほど遠いところにある。あるいは浮世絵という魔物にとりつかれているのか。

「唯一の例外が、お栄さんの兄の崎十郎さんだ」

彼はことが産んだ初子で北斎の次男にあたる。幼くして商家へ養子に出され、さらに御家人の籍にはいった。御小人目付(おこびとめつけ)から御小人頭(おこびとがしら)に昇進し、支配勘定(しはいかんじょう)になる日も近いといわれている。能吏ながら、尊大なところがない。北斎ゆずりのいかつい風貌のくせ、物腰はいたって柔和な人物だ。

崎十郎はまめに実父を見舞っていて、英泉も何度か雑談をかわし好感を抱いた。

病室は八畳間だ。そっと障子をあけ、敷居をまたぐ。

北斎が運びこまれた当初、英泉は鼻をつく異臭に衝撃をかくせなかった。薬湯に用便の悪臭、こいつを隠そうと香をたくものだから余計に部屋の臭いは混濁し悪化してしまう。垢や汗、老いた肉体から漏れる体臭もあなどれない。

――とりわけ厄介なのが病魔の悪臭だ。

追い出そうにも、図太く居すわろうと抗する病は、威嚇するかのように瘴気(しょうき)をはなつ。英泉は、父や義母の末期(まつご)を思いださずにおられなかった。

だが、ここへきてあきらかに部屋に漂うものがかわってきた。

北斎は娘や妻の肩にすがったり、愛用の竹杖をつかって厠へいけるようになった。痩せたりとはいえ、まだまだ英泉よりごつい身体も、お栄が硬く絞った手拭いできれいにしている。布団はまめに干され、畳だって雑巾がけを欠かさない。

病鬼の瘴気も居場所を失ってしまったようだ。

北斎の枕元には、先客がいてちょこなんと座っていた。

「ありゃ馬琴師匠もいらっしゃっていたんですか」

「ふむ。急いで英泉がくるというから待っておったのだ。時間を惜しみつつ、な」

やっぱり駕籠をケチちらずに飛ばしてきてよかった。のんびり新弟子と歩いていたら、馬琴は辛抱たまらずに帰ってしまったことだろう。

だが、作家は皮肉の二の矢も忘れない。

「もう少し早ければ、重信にも逢えたのだ」

「それはそれは」

「だが重信も、英泉がくるときいたらそそくさと消え失せよった」

英泉が『南総里見八犬伝』第五輯の挿絵を担当したら、案の定、重信は血相をかえて上方から舞い戻ってきた。だが、馬琴に面とむかって英泉起用の文句はいえない。そのかわり、北斎にはかなり愚痴ったそうだ。うんざりした北斎が英泉に両手をあわせた。

「すまねえが、次の第六輯の絵、半分あの野郎に譲ってやってくれねえか」

英泉とて、泣きついた重信には憤慨したものの、北斎から頭をさげられたら断りにくい。英泉には、そういう気のやさしさというか、弱さがある。

「重信だってジジイに怒鳴られ、山ほど描きなおしを喰らってここまできたんだ」

途中で逃げ出すなんてこともう二度といたしませんって、誓約の詫び状までこさえてきやがったんだぜ。北斎は苦笑する。

「で、だ。ジジイもわしも、英泉と重信の痛み分けという形で仕事をしてもらいてえ」

「オレは……重信さんにいいたいことはあるけれど、御大と師匠には逆らえません」

「重信には細かな下絵をこさえるが、英泉は思いのまま描いてほしいそうだ」

北斎はごつい顎をごしごしとさすった。申しわけないときにみせる癖だ。

「ジジイは英泉のことをえらく評価してるさ。その一点に間違いはねえ」

北斎にウソはない。馬琴は第五輯の仕事のあと、『金毘羅船利生纜（こんぴらふねりしょうのともづな）』でも英泉に絵を依頼してきた。

こういう裏事情がありながら、重信は吹聴して回っている。

「英泉のおべっかにはヘキエキだ。とにかく馬琴さんと組みたくて必死なんだから」

英泉は眉間に深い線を刻む。馬琴はそんな英泉の反応を愉しむかのようにいった。

「だから重信を引き留めたんじゃ。英泉に含むところあらば、わしと北斎翁の前でいわさっしゃいと進言したわけよ」

「いやいや、この場でケンカなんてできません」

「そうかの。派手な取っ組み合い、あるいは陰々滅々の腹の探り合いもけっこう」

いずれであれ、とくと拝見して読本の題材にしたかった。馬琴は底意地の悪さをみせる。英泉はきつく寄せた眉をほどき、今度は眉をすっとあげて話題をかえた。

「そういえばお栄さんや奥さまは？」

「こと女は看病疲れじゃろう。どうにも具合がよろしくないと自室でふせっておる」

「あとで、奥さまのところにもお見舞いにいってきます」

「お栄はさっき、鰻のかば焼きでも注文してくると」

「奥さまが床についたら、料理もままならないですねえ」

「昔、お栄のみそ汁を呑んだことがあるが、あれは人の口にいれる代物じゃなかった」

「長い間、出汁をとることを知らなかったそうです」

もうひとり、孫の永仁もいない。

「ツラ憎い孫は父親の重信があらわれた途端に、モノもいわずに出ていった」

永仁は数えで十七か八のはずだ。馬琴が悪しざまにいうとおり、素行のよくないふるまいが目立つ。博奕、酒、岡場所と遊びまわっている。

母に先立たれ、血のつながらない祖母に育てられたせいだろうか。

北斎もまたこの孫を溺愛している。夜遊びの軍資金は祖父の懐から出ているとみていい。

お栄も若い甥っ子の行状にはほとほと手を焼いていた。

「英泉は不良の大先輩のうえ現役の遊び人だろ。きつくいってやってくれ」

「…………」

英泉だってあの年頃にはずいぶん出歩いたものだ。それを咎(とが)めぬ義母に甘えっぱなしだったところも似ている。しかし、いまの英泉には紺という悩みのタネがある。とてもあの孫に意見などできはしない。

一度ならず孫の姿を向島や芝神明境内、氷川神社前といった盛り場でみかけた。ときにあばずれ女と、またちんぴらと徒党を組んで夜の街を闊歩していた。

――もはや性根まで腐りかけているようにみえたがな……。

そんなことをおもいだすたび、英泉の気持ちは紺の行状に引き戻されてしまう。

「しかして英泉、翁が病に倒れた際は、そばにいてくれたそうだの」

「いやあ、あのときはあたふたしました」

馬琴は布団を鼻のあたりまでかぶっている北斎の寝姿をちらっとみやった。

「北斎翁が倒れたときいて、真っ先におもったのは、あやつめまたやりおったということだった」

「えっ、御大は以前にも中気で倒れてらっしゃったんですか」

「そうじゃないよ、英泉。わしがいうのは、例のごとく大芝居を打ったということだ」

「百二十畳敷きの大達磨絵、一転して米粒の細密画。家斉公の御前での鶏……」

「この御仁はそういう仕掛けが大好物でのう」

実は――馬琴はわざとらしく病室をみまわし声をひそめた。

「あれは十年ほど前になる。北斎翁の発案でわしも片棒を担がされた」

文化五年（一八〇八年）、馬琴と北斎の黄金の組み合わせで、読本『三七全伝南柯夢（さんしちぜんでんなんかのゆめ）』

が刊行された。それに先立って、ふたりは馬琴宅のひとつ屋根のしたで寝食をともにし、物語を書き挿絵を描いた。果たして『新編水滸画伝』や『椿説弓張月』は未曽有の人気を呼ぶ。

木版印刷に、読本と挿絵という新たな夜明けがもたらされたのだ。

「だが翁はちっとも満足しない。もっと世の民を驚かせようといいはる」

そこで、演じられたのが両巨頭の大激突だった。

「わしは『三七全伝南柯夢』で翁に、登場人物に草鞋をくわえさせろと注文した」

「師匠、オレもその話はよく知っていますよ」。英泉は声をはりあげた。

「御大は、そんな汚い絵が描けるか！　馬琴、貴様が草履をくわえてみせやがれと」

「憶えておったか。まさに、この一件だ」

「御大と師匠は犬猿の仲とえらい噂になり、二度とお仕事をされないとまで……」

だが、現に北斎と馬琴は深い交わりをつづけている。

あれは、世を惹きつける算段でしかなかったというわけだ。

英泉は北斎のやりかたで、ただこのことだけが腑におちない。ひたすらいい絵を求め、刻苦をつづける御大なのに、どうして、これみよがしの大騒ぎを引き起こす必要があるのか。

「オレは世間なんてどうでもいい。己の信じる道を歩くべきだとおもいます」

「う〜〜ん。英泉らしい青くさい意見じゃわい」。馬琴は例の困ったような顔にもどる。

「いうておくが、わしとて本が話題にならねばただの爺よ」

「そうでしょうか。毎回の傑作といわずとも、充実した佳品を重ねれば――」

「うるせえ！」

英泉がいいかけた途中で、眠っていたはずの北斎がカッとぎょろ眼をむいた。

「おかげで読本は大売れに売れたじゃねえか！」

突然の落雷のような大声、英泉は両手を後ろへついてしまった。

「わあ、びっくりした。御大、お目覚めになりましたか」

「せっかく養生してんのに、お前らが騒ぐんで眠ってらんねえんだよ！」

五

卍（まんじ）――この文字ひとつを黒々と大書した白い暖簾がたなびいている。

卍をひるがえす強い風は柳原堤をとおり、青々と茂る柳葉を高く舞いあげて吹いてきた。その青嵐（あおあらし）が、神田川と大川の合流する橋のたもとに係留された、おびただしい数の猪牙舟（ちょきぶね）も揺らしている。

柳橋の料亭万八楼ではこの日、盛大に書画会が催された。

「画狂卍老人　葛飾北斎先生　快気祝い」

文政十一年の初夏、数えで六十九歳の北斎は中気の病から見事に恢復してみせた。

英泉が、北斎卒倒の日に訪ね、仰天したのは去年のいつのことだったか。

あれから一年をまたずしての復活、まさに尋常ならざる体力と精神力だ。

当初は、医者のみならず薬種問屋（やくしゅどいや）や鍼灸師、按摩の座頭、果ては加持祈禱の山伏まで首を横にふった。しかし妻と娘は不動の信念をもって父親の看護にあたった。

とりわけ、お栄の執念はすさまじい。復帰のために北斎に絵筆と画紙を突きつけ、父娘が口汚く罵りあうこともあった。

中気の病は床についた後の災いのほうが厄介といわれる。

これから逃れるには、とにかく不自由な身体を動かすしかない。

苦痛と不如意に苛（さいな）まれ、絶望と背中合わせになりながらも一縷（いちる）の望みにかける――それをできる者だけが、再びの光を取り戻せるのだ。

「お栄さんがいたからこそ」

その想いは英泉や馬琴、弟子たちのみならず北斎自身が痛感しているはず。

「わしの特製の薬。こいつを大々的に売り出したいといってくる薬種問屋もいるぞ」

北斎が呵々大笑するのは「そつちうのくすり」のことだ。

――柚子（ゆず）ひとつをこまかに刻み、極上々の酒一合をくわえ、土鍋で静かに水あめ状になるまで根気よく煮詰め、日に二回、白湯に溶いて用いる。

芳香を放つ果実の効能を、北斎はながながと述べた。

「身体の錆をおとし老いを追い払う。疲労回復や糞づまりにもよし。胸焼け、胃痛を解消する。血のめぐりがよくなって身体が暖まり、肌だってなめらかで白くなる」

ただし、北斎は付けくわえる。

「柚子は鉄っ気を嫌う。包丁や小刀じゃなくて竹へらを使って、煮炊きは土鍋にしろ」

どこで、どうやってこんな処方を得てきたのか。北斎はニヤニヤするだけで英泉はもとより娘、妻にも教えない。あまつさえ英泉は、灘から下ってくる上等の酒を用意しろと命じられた。お栄は推測してみせる。

「馬琴のジジイの入れ知恵じゃねえかと思うんだ」

これが効いたというより、北斎の熱意と家族の献身、英泉や馬琴らの願いなどが混然一体となって復活の道をつけてくれたのだろう――。

だが夫の看病に疲れはて、ことは床についてしまった。

ここ数日、小康をえているというが……。

万八楼でもいちばんの大広間、そこにもう、にぎにぎしく集った先客の姿はない。

最後の膳を積みあげた仲居がチラリと英泉をみやる。

「お茶でもお出ししましょうか」

「いや、いい」

快気祝いをかねた書画会の時刻はもちろん知っていた。だが……。

「今ごろ、なにをしてんだ」

広間につくねんとたたずむ英泉の背中に、お栄の声がかかった。

「申し訳ありません。大事なめでたい会なのに」

「親父どのも英泉がいないんで、ちょっと寂しそうだった」

歌川国貞はもとより、豊国の養子で二代目豊国をなのる豊重、めきめき売り出し中の国芳も宴席につらなったという。

「養生でずいぶん銭を使ったから、わっちの描いた絵をここぞと売っ払ってやった」

「いやもう、なんとお詫びをすればいいか」

「親父どのは最後まで待ってたけど、痺れをきらせて次の店へいっちまった」

もともと白湯しか呑まねえで酒はからきしのくせ、大勢を引き連れてもう一軒とは、よっぽどうれしいんだ。お栄はぼやいてみせるが、いちばんよろこんでいるのは彼女にほかならない。

「猪牙舟で吉原へ繰り出すか、なんていってた。英泉も急いで追いかけちゃどうだ」

仲居や店の若い衆がきて、広間の窓という窓をあける。掃除にかかる小女もいた。玄関で卍をはためかせた風が吹きこみ、英泉とお栄の頬をなぶった。

「ん?　英泉、どうしちまったんだい」

黙りこむ英泉は血の気を失っていた。それでなくても、男にしては色白なのが幽鬼のようになっている。口もとには痣まで。お栄は笑いをひっこめた。

「なにか、ええことがあったのかい」

英泉はお栄のひとことを合図にしたかのように膝をついてしまった。


今日の快気祝いのため、英泉は馴染みの呉服店、川久保屋で黒の紋付を注文した。もちろん、そんじょそこらにある着物であるはずがない。

袖に何本も紐がわたされ、腕をあげるとそれらが大きな輪になってゆさゆさする。五つ紋には、池田家の男紋ではなく錦絵につかう○に泉を配した。

着付けを手伝う茜も半ば呆れている。

「兄上の怪しい装束も病膏肓に入るというか、すっかり板についたというか」

匂袋を袖に忍ばせ、ずっしり重くした紙入れも持った。

さて、家を出ようかというとき、玄関でけたたましい騒ぎが起こったのだった。

若い男と茜がいい争いをしているようだ。

「なにごとだ。騒々しいぞ」。だが、玄関にでた英泉も眼を点にしてしまった。

みるからに風体のよろしくない連中が詰めかけている。腕まくりをしたり、木刀をもつのもいるではないか。人数は四人。ならず者たちはいきり立っている。

「お前さんが渓斎英泉って画工かい」

先頭にたつ男が凄味のある低い声でいった。無法者たちより一歩前にいるだけながら、彼の存在が、かろうじて連中が飛びかかるのを抑えているようだった。

「あんたらみたいなのに知り合いはいないぞ」

英泉の声はかすれた。情けないが胴震いがおさまらない。

そんな兄を押しのけ、気丈にも茜がキンキン声をたてた。

「いきなりやってきて、どういうご用ですか！」

なんだと。もう一回いってみやがれ。男どもは口々に威嚇してくる。

凄まじい圧をまともに受けながら、英泉はまた声をしぼった。

「妹のいうとおりだ。あんたらが押しかけてきた理由をいえ」

兄貴分が小バカにしたように唇をゆがめると、首をまわして無頼漢たちにいった。

「おい、きいたか。盗人たけだけしいってのはこのこった」

また連中がわいわいといいかわす。英泉は喉がカラカラになってしまっている。

「オレはこれから大事な用があるんだ」

英泉の震える声音に、与太者たちはどっと笑い声をあげた。茜が裸足のまま降りる。

「兄上、自身番まで走ってまいります」

「おっと、そいつはなんねえぜ」

「やめて、さわらないで！」

胸を突かれ茜は尻もちをついた。英泉も急いで降り妹を助け起こす。

「桂喜衛門って侍、こいつがえれえ借金をこさえてな」

茜の肩をだいた英泉は、妹と顔をみあわせた。茜が泣きそうになりながらいう。

「桂といえば、母上の遠縁……」

英泉はうなずくしかない。あの麻布十番に住まう老女の家の名だ。

「オレも桂家には大金を貸している」

「それは知ったこっちゃねえ。ただ、ウチの借金の保証人があんたなんだよ」

英泉が抗弁しようとしたとき、男たちの後のほうから、また声があがった。

どけ。お前らナニもんだ。通さねえと痛えめにあうぞ。なんだと——。

なにがなんだかわからぬが、新しい揉め事が起こっている。

「こちらは、お紺姐さんの兄さんの家でござんすか」

腕をとったり振り払ったり。先にきた面々を押しのけ、別のちんぴらがふたり前へでてきた。

「あっしら、お紺姐さんの世話になってるもんでござんす」

英泉は怪訝（けげん）な表情で彼らをみやる。

「急いでおくんなせえ。お紺姐さんがたいへんなことになっておりやす」

「えええっー。お紺が」。茜は悲鳴をあげた。先にやってきた男たちの兄貴分が怒鳴る。

「なんでい。おれらが浅草の抱一家のモンと知って、生意気なことしやがるのか」

「うるせいやい。こっちも姐御が生きるか死ぬかの瀬戸際なんでい」

「なにを」「やるか」。紺の手下だという一人が白鞘の匕首を抜いた。白刃が光り、茜は両手で顔をおおう。抱一家とやらの渡世人たちがちんぴらに殴りかかった。

「待て。頼むから待ってくれ」

英泉は立ちあがると、いざこざの渦中に飛び込んだ。

自慢の着物が破れ、何発か拳をくらってしまった。無残にも英泉は芋虫のように土間へ転がった。唇が切れ、鉄くさい血の味がする。全身が熱をもって痺れているのがわかった。

どう、と隣に人が倒れる。やくざが腹をおさえて呻く。

その手は真っ赤に染まっていた。

「なんなんだ。いったいなにが起こっているんだ」

英泉は泣くようにして叫ぶ。寝っ転がったままの彼の眼に玄関の庇がうつった。

闇夜のように黒々とした鴉が、燕の巣に爪をたて嘴をつっこんでいる。

クワァ。鴉は憎々しく啼くと、雛をかっさらい飛んでいってしまった。

第六章 災厄

一

左手にもった箸で豆をつまむ。

箸先がふれると、豆は身をよじるようにして逃げだす。

転がった豆が別の豆にあたって止まったところで、もういちど箸をのばす。

だが、人を愚弄するのが愉しいのか、豆はたくみに箸をよけ、皿のなかを駆けまわった。

左手が細かく震えている。いちど箸をおく。同時に深い息が吐きだされる。

紺は、やわらかな曲線を描くちいさな肩を上下させ、また箸をとった。

「がんばっているじゃないか」

英泉はそんな末の妹に声をかける。左はもともと利き手でないのは承知のうえだ。しかも、妹はいま、この腕にひどい障りをかかえている。

兄として、なにかいわねば気がすまぬほどの、お紺の健気(けなげ)な姿だった。

「右手でやってもむつかしいことなんだから、たいしたもんだ」

紺は顔をあげると、恥ずかしげに顎をひいた。

「みている兄貴のほうがじれったくなっちゃうよね」

「いやいや、本当にもうちょっとじゃないか」

褒められたのがうれしいのか、お紺は素直な笑顔をみせた。

「あと、どれだけ稽古したら摘まめるようになるかなぁ」

いや、箸で豆なんかどうでもいいんだ。こうしてお前が生きてくれているだけでうれしい——だが、英泉はその言葉は口にださず胸にしまいこんだ。

あの事件から、まだ一年にならない。

紺は左の肩口から派手に斬りつけられた。

無法者たちに踏み込まれ、有無をいわさず刃をむけられたのだ。

為永春水がもたらした噂は不穏なものだった。

英泉は真相を確かめるべく末妹のところへ走った。だが、やはりひとりでは心細い。

そういう意気地に欠けるところが英泉にはある。

彼が救けをもとめたのは情婦の寅吉だった。

「あいよ、わっちがお紺ちゃんを説得してみせる」

こんなひと言があるだけで、英泉は勇気凜凜になるのだった。

紺は浅草の「的ゐ矢」の奥の間にいた。店先からきこえる矢場の女たちの嬌声、「大当たり〜」の太鼓の音を背に廊下をいくと、六畳ほどの部屋に男たちがたむろしていた。

全員、揃いの紺地の法被をまとっている。二十歳になるかならぬかという年頃の若僧が、手にした絵双紙を閉じた。『枕文庫』だった。

「てめえら、なんの用だ。ここはトウシロウの入ってくる場所じゃねえぞ」

その横で花札を引いていた、同じ年ごろのひとりが立ちあがりかける。

「ケガしねえうちに、とっとと帰りやがれ」

「オレはお紺の兄貴で絵師の渓斎英泉という。こっちは女房だ」

「あっ」。若僧たちは、こういったきり顔を見合わせている。

奥で寝そべっていた馬面の男が、あわてて身を起こし愛想笑いを浮かべた。

「お噂は常々きいておりやす。あっしが、今すぐ姐御に取り次いでめえりやす」

寅吉が「ふんっ」と鼻の穴をひろげた。座敷にくすぶる男どもを一瞥する。

「あんたら、すっこんでな。英泉先生とお紺ちゃん、差しで大事な用事があるんだよ」

さすがは鉄火肌で鳴らす深川の羽織芸者、英泉ですら凄味を感じるものいいだ。若僧どもは息をのんだまま眼を白黒させている。

「お紺がいる内所(ないしょ)は奥の座敷なんだな」

英泉は念を押し、次の間へむかう。寅吉が小声になった。

「うれしいよ、女房だなんて」

紺は青漆で仕上げた、しゃれた煙管をつかっていた。

その深緑の色目が、数え二十五の女盛りの妹によく似合っていた。痩せっぽちな少女だった紺は、長じてほどよく肉がつき、義母なら隠そうと躍起になった色香をぞんぶんに発散させている。三姉妹に共通する切れ長の眼ながら、紺は涙袋がぷっくらして、それもまた妖艶さにつながっている。

妹の前には長火鉢、女主人とおなじく鉄瓶も注ぎ口から白く湯気を吐いていた。

背後には立派なつくりの御霊屋、紺に的の字を白抜きして丸でかこんだ屋号の提灯、それに矢場でつかう小ぶりな弓と矢が飾ってある。

「いっぱしの女親分じゃないか」

「兄貴、それに寅吉姐さん……」

紺が予期せぬ珍客にたじろぐ間に寅吉がかけよる。

「お紺ちゃん、今日きた理由はほかでもない。聞き捨てならない噂を耳にしたからさ」

うなずきながら、紺は力なく煙管を火鉢に打ちつけた。その、ばつの悪そうなしぐさに、幼かったころ泣き虫だった末妹のおもかげが重なる。

「矢場の若女将、それに半端者どもの女棟梁に収まっている分にはいいとしよう」

英泉がここまでいうと、紺は横座りをただし正座してみせた。手は膝にやる。

「ごめんなさい。兄貴に迷惑をかける気はなかった」

果たして、評判どおり博奕場の胴元におさまっていた。己が女将をつとめる矢場、馴染みの茶屋、廃寺などを賭場に早変わりさせていたのだ。

それればかりか片肌を脱ぎ、壺まで振っていたのだから、なお始末がわるい。

「少々の跳ねっかえりには眼をつぶる。だが、このていたらくは捨ておけない」

英泉はきびしく叱責し、なんのため賭博に手を染めたのかと詰問した。

しかし、詫びはいうものの、寺銭を集める理由になると口を割らない。

「矢場の裏で糸をひく材木商人とやらに命じられたのか」

ならば、この男と対峙して妹との縁を断ち切らねばならない。

「それとも、お前の情夫の差し金か」

「ぜんぶ違う。誰の指図もうけちゃいない。わっちの一存なんだ」

「ひと晩だけでも、かなりのカネが動くだろう。何に使ったんだ」

「それもいえない。いいたくない」

「バカ野郎!」

英泉はいきりたつ。茜や常盤にまで類が及ぶことを考えてみたのか。まして、お縄になってしまえば、紺の身の上が取り返しのつかないことになってしまう。

「あんた、待って。女子に手をあげたりしたら最低の男だよ！」

激昂した英泉を、寅吉が必死にとりなす。彼女は紺をのぞきこんだ。

「お紺ちゃん、理由を話しておくれ。芸者と矢場の女将、互いに水商売、しかも泥水稼業じゃないか。ヘビのことは蛇にしかわかんないよ」

寅吉に、かき口説かれても紺は「ごめんなさい」を繰り返すだけだ。

「とにかく、いちど新橋の家に帰れ。茜と常盤も呼んで話をしよう」

「……姉さんたちにあわせる顔がない」

「矢場はもう畳んでしまえ。お前ひとりくらいの面倒はちゃんとみてやる」

「……それはできないの」

「御霊舎（ごれいしゃ）に祀ってあるのは父上や母上だろ。お前、両親に恥ずかしいと思わないのか」

「ごめんなさい」

殊勝なところをみせつつ、末妹はあくまで頑なだ。

一時は怒鳴り声をあげたものの、こうなるまで放っておいた自責の念にじんわり包まれ、英泉は太い息をつく。寅吉も眉をくもらせ、腕を組んでいる。

ふと横に首をやれば、少し開いた障子の隙間から、八つの眼が様子をうかがっていた。

一応は賭博に手を出さないと一札をとった。

だが、回数と規模こそ小さいとはいえ、賭場を開帳したことはとっくに地回りのやくざに知れていた。あとは、素人でも予測のつく展開だ。一年ほど前、北斎が柳橋の万八楼で快気祝いを兼ねた書画会を催した日——ごろつきが矢場を襲った。

店はめちゃくちゃに荒らされ、凶徒は草履のまま内所まで踏みこんでいく。

「お紺ってアマは、てめえか！」

有無をいわさず、お紺を斬りすてにかかる。

お紺は気丈にも青漆の煙管で白刃を防ごうとしたらしい。しかし、しょせんは喧嘩上等の無頼漢と女子。煙管はまっぷたつに斬られてしまった。紺の周りのちんぴらはてんで役に立たない。

浅草から新橋まで駆けに駆け、紺の一大事、危急存亡を知らせるのが精いっぱいだった。

兄と長姉が末妹と対峙したとき、彼女はもう包帯でぐるぐる巻きになっていた。

「お紺、あんたって子は！」

眼を吊りあがらせる茜を抑え、英泉はひしと紺を抱いた。

「ごめんなさい」。紺はまた消え入るような声で詫びるだけだった。

英泉は紺の命に別条がないことを確かめ、柳橋に急いだ。しかし最も敬愛する絵師の快気祝いはとうにお開きになっていた。

その後、絶対安静の危地から生還した紺は、意外なほど素直に新橋の家についてきた。

矢場は閉鎖され、紺を慕うちんぴらたちも散りぢりになった。

ただ、紺の左腕、白い肌には赤黒い深手の痕が醜く走り、手の自由にも重大な差し障りがのこったままだ。

二

小さな庭で、女ふたりが明るい悲鳴をあげている。

女のかん高い声に、ごうごうと吹く風、洗濯物の激しくはためく音が混じって宿酔の頭にひどくこたえた。英泉は枕元におかれた水差しごと唇にあてる。

「水温む候になったか」

彼は柱暦で日をたしかめた。文政十二年己丑三月廿一日。暦の画は、英泉お手ののもの婀娜な芸者だ。老松のように身体をくねらせ、斜めうえのあたりに流し目をおくっていた。

また庭先がけたたましい騒ぎになっている。

「当家の桜姫はずいぶん元気になった」

英泉は四つん這いになり障子までいく。

「あいつのことを鶴屋南北に教えたら、たちまち狂言に仕立ててあげるだろうよ」

庭では妹たちの赤、青の寝間着がひどい北風にまいあがっている。茜と紺は洗濯物をおいかけていた。今しも竿から引きちぎられるようにして風にのったのは——。

「ありゃ、オレの越中じゃないか」

英泉がぼやくと、紺が右手を振りまわしながら応じる。

「兄貴もきて。せっかくきれいに洗ったのに、ぜんぶ吹きとんでいっちゃう」

いみじくも英泉が末妹を桜姫と呼び、芝居の本をもちだしたのは、南北の『桜姫東文章』を意識してのことだ。干支をひとまわり前に戻した文化十四年、この芝居は河原崎座で初演された。主人公で美貌の桜姫は、左手が生まれつき不自由という役どころだ。

紺は右手だけで落ちた洗濯物をひろいあげると濡れ縁に置いた。

「兄貴の褌は品川あたりまで飛んでいっちゃったかも」

「品川宿なら丸屋か御香咲に落ちるがいい。オレのだと知れば大事に畳んでくれるさ」

紺の横に茜がならんだ。

「おや、兄上。お早いお目覚めですこと」

「いま、何刻なんだ」

「巳の刻（午前九時頃）まで、まだ少しあるかな」。紺が茜にかわってこたえた。

「あいつら、いつくるといってたっけ」

英泉は、その時刻をしっているくせ、わざと確認している。茜が気合いをいれるように、きつい面立ちをさらに引き締めた。

「今日こそ決着をつけましょう」

借金の証文と刃傷事件の落とし前——その件でやくざの抱一家の使者がやってくる。

義母の遠縁は借金の請人に英泉を仕立てたあげく、夜逃げしてしまった。

あの日は紺が凶徒におそわれ深手を負っている。そのうえ、紺の危地を伝えにきた手下が、英泉に難癖つけていた抱一家のひとりを刺し……英泉にとっては二重三重の大厄日となってしまったのだ。英泉は妹たちにいった。

「今日は布施屋と常盤も立ち会ってくれる。こっちは百人力だぞ」

布施屋は木綿を手広く扱い商売繁昌、常盤の亭主は勤勉誠実な男だけど、海千山千を相手に商いする手練れでもある。茜もその点は心強いようだ。

「偽の証文、刃傷事件とも公事訴訟にもちこむ手もありましょうか」

ただ、訴訟事は埒があくまでとにかく時間がかかる。文化文政になって元禄、享保の頃に比べて十倍もの訴訟があがり、奉行所はてんてこまいらしい。その大半が銭にまつわるいざこざというのだから、公事は世相をうつす鏡だ。

「桂家の連中め、居場所さえわかれば貸したカネを取り戻すのに」

「……あれは、もう捨てたのと一緒でしょう」

「とはいえ、捨てたとあきらめるには大金すぎるぞ」

だが武家と借金、そして踏み倒しもまた日常茶飯、めったに金は返ってこないのだ。

「またぞろ艶本の仕事をやらねば、池田家はたちゆかなくなってしまうな」

「私も清元のお弟子さんを増やすように心がけます」

末妹は兄と姉の会話を黙ってきいている。紺は傷が癒えぬ左手をさすりながら、申し訳なさそうにうなだれた。


英泉と抱一家の代貸（だいかし）、布施屋の主人の三人が居間に揃った。

先月もこの顔ぶれで話し合ったが、さしたる進展はない。代貸は渋茶を一気に飲み干し、英泉と布施屋をじろりとみすえた。

「こっちにゃ証文って動かぬ証拠があるんでさ」

代貸は四十がらみというところだろう。ちょっと見には町人っぽく、博徒集団の幹部という感じはしない。

「おまけにウチの若いのが命を落としているわけで」

だが、細身のわりにはがっしりした骨格で、腕っぷしは強そうだ。なにより血走ったような眼つきが油断ならなかった。

「死んだ三下の女房は二十歳、ガキが二つときてましてね。残されたモンの暮らしも、そっちでみていただかなきゃいけねえ」

毎回、同じ文句が念仏のように繰りかえされている。

布施屋が英泉と眼くばせしてから、組んでいた腕を解いた。数えで三十三になる彼はこのところ、めっきり恰幅がよくなった。そのせいか、三つ四つは老けてみえた。商売柄もあって上等の綿の絣（かすり）の着物をきちんと着こなしている。

「代貸さんのいいぶん、義兄ともども、とくと吟味させていただいております」

口調は穏やかで、顔つきも強面（こわもて）からほど遠い。だが、言葉じりをとらえようと窺う博徒に対して、決して隙はみせなかった。その布施屋が意外なことをいいだした。

「義兄も、少々うんざりしておりましてね」

「うんざりだと。そりゃどういう意味でい」

「うんざり、はうんざりですよ」

布施屋は微笑しているとも、してないともつかぬ微妙な表情のままつづける。

「今日でケリをつけようということです」

「それなら話は早えってもんだ。じゃ、いいぶんどおりに耳を揃えて払うんだね」

抱一家の要求している額は法外だった。英泉にすれば義母の遠縁に貸したカネを持ち逃げされたうえ、そんな銭を払う気はない。だが、布施屋はまた英泉に眼でそっと合図した。

「いよいよ、こっちも出るところへ出——」

「なんだと」。代貸は餓狼の本性をちらりとみせる。しかし布施屋は全く動じない。

「最後までおききなさい。出るところへ出て、公事訴訟にもちこもうとはいいません」

いいですか、と布施屋は念押しする。証文、証文とおっしゃるが、何度も改めさせていただいたところ印章、名前書きとも義兄のもんじゃない。これは印相や筆跡を検分できる人にみせれば歴然、なお明らかになるはずだ。

「この家の玄関で起こった刃傷沙汰もしかり」

やくざとちんぴらのケンカは義兄にまったく関係がない。

「義兄がいつ、駆けこんできた身も知らぬちんぴらに、刺せといいましたか」

しかも刃をむけた本人はしょっ引かれて牢獄にいる。死んだ抱一家の若い衆のご家族には同情を禁じ得ないが、生活の保障は刺した男なり、彼の親にいうべきこと。

「あえて申せば、こいつが義妹のところでとぐろを巻いていたという点です」

英泉は、だから話がややこしくなっているのだ、と内心で舌打ちする。

しかし、布施屋は理路整然と話をした。

「義妹は、そのころ別の博徒に斬りつけられていた」

「その女が賭場を開帳して、両国の伯父貴の顔に泥を塗ったんじゃねえか」

布施屋は商いのうえで、算盤（そろばん）の間違いがあったかのように代貸に指摘した。

「この一件は、あんたら抱一家にかかわりのないことです」。ぴしゃりといってのける。

「矢場の若い衆は、お紺の急を告げに義兄の家まで駆けつけたわけです。しかも、いいですか、義妹は片言たりとも抱一家のかたを刺せなんて命じていない」

英泉は胸のすく想いだが、代貸はここから話をもとに戻したり、寄り道して結局は法外な金額を出せという一点に落とし込んでくる。案の定、代貸は反撃にうつった。

「それで筋がたつと思うのは勝手だが、世の中はそうはいかねえや」

削げた頬に、渡世人ならではのふてぶてしさが宿る。布施屋はそれをはねかえす。

「こうなるから私は最初に、うんざりだといったんだ」

「てめえ、人の話にケチをつけようって」

代貸が腕をまくった。懐に匕首を忍ばせていてもおかしくはない。英泉は気が気ではない。居丈高になるな、と注意するつもりで布施屋をみた。また布施屋が口をひらく。

「やくざが賭場で貸す銭を廻銭（かいせん）っていうんだってね」

「それがどうしたい」

「日に利子が一割の鴉金（からすがね）、十日五割の十五（とご）。場合によっちゃ日に三割、悲惨っていいたいくらいの日三（ひさん）、いずれもご法度の高利だ」

「こっちにゃこっちの掟があらあ。桂の婆と息子は承知のうえで銭を借りたんだぜ」

「そりゃそうだろう。でも、私どもは法外な高利なんぞ知っちゃいないんだよ」

「てめえ、誰に向かってそんな口をきいてやがる」

「隣の間には、布施屋が世話になっている大伝馬町の親分さんに控えてもらっている」

英泉と代貸はほとんど同時に、また義弟の顔をみた。

「抱一家がふっかけてきた無理難題はそっくり伝えてある。恐喝なんてのはあんたらにとって朝飯前のことだろうが、十手持ちの親分からみりゃ重い罪になるんだよ」

代貸は襖の向こうの隣室を窺う。そこには茜と紺、それに夫と一緒にきた常盤がいる。

「岡っ引きなんぞ怖くもなんともないぜ」

「いっとくが大伝馬町の親分さんは、御数寄屋坊主の某さまとも懇意でね」

英泉は、口がぽかんと開きそうになるのを必死でこらえた。

「あんたの組は、その御仁にからっきし頭があがらないそうじゃないか」

「くそっ、どこでそんな話を……知ったようなことを、でまかせいいやがって」

「じゃ、大伝馬町の親分さんにお出ましいただこうか」

布施屋がいい終わらぬうちに、隣室で人が動く気配がした。うううんっ、と咳払いもきこえてくる。布施屋は代貸から眼をそらさないまま、懐に手を入れた。

「ここに用意したのは利子の分です。とはいえ鴉金や日三なんてもんじゃないけどね」

私たち商人が、木綿を買い付ける資金の足しにするとき、問屋仲間から融通いただいたときの相場だ。布施屋は懐から桔梗色の袱紗をとりだした。

「さらに、亡くなった方へのお見舞金も積んである」

彼は、木綿の買いつけの長旅ですっかり日焼けが染みついた頰を緩めた。

「これでもう、うんざりはお終いにしましょう。お互い、痛み分けですよ」

向こうの部屋では襖の引き手に指がかかったらしくコトリと音がした。再び、これみよがしな咳払い。代貸は隣室と布施屋、英泉、そして袱紗を順にみやった。

胸苦しい沈黙が襲ってきた。英泉はおもわず眼をとじる。

——祈る気持ちで瞼をあけたとき、代貸は袱紗に腕をのばしていた。

三

玄関に塩をまいた茜が、ほっとした顔で座敷にもどってきた。

「やくざは強い風に足をとられて、難儀しながらも帰っていきました」

台所にたった常盤が、熱い茶をいれなおしてきてくれた。英泉は、ようやく重い荷をおろせたような気持ちになっている。彼は湯吞みをとった。

「おおっ、茶柱がたってるじゃないか」

どれどれと紺が兄の湯のみを覗きこむ。笑顔をみせたあと、殊勝に身を屈めた。

「兄貴、それに布施屋さん、姉さんたち……ご迷惑をかけました」

「あの金で本当に納得してくれればいいんだが」

布施屋が額をふいた手ぬぐいを畳みなおして懐へいれた。

「書きつけもとりましたからね。揉め事も一応はメドがついたようです」

「布施屋さんには、お世話になりっぱなしだ」

英泉が膝を揃えて一礼すると、茜と紺もならった。常盤は夫との間を少し詰める。

「兄さん、姉さん、紺。頭をあげてくださいな」

布施屋も両手を腹のあたりで上にあげる仕草で応じる。

「昨今はやくざといってもすべては金銭ずく。木綿の取り引きにも似ております」

こういって、布施屋は茶で口を湿した。そうして厳かにいった。

「ただし、義兄さん。あの金は必ず返していただきます」

証文もちゃんとお書きください。英泉のみならず、茜と紺も急に冷たいものを呑みこんだようになった。一瞬、こわばった雰囲気を常盤がなごませる。

「ただし、兄さん。利子はいりません。ある時払いの催促なし」

ねえそうでしょ、と女房が夫に横目で問いかけ、旦那は鷹揚な面持ちで応じる。

この件にも深謝しつつ、英泉はまたさっきのやりとりを振りかえった。

「大伝馬町の親分というハッタリには驚いたが、さらに御数寄屋坊主とは」

「咳払いのお芝居は茜姉さんの役者っぷりに拍手しなきゃ」

紺がいうと茜は胸をそらしてみせる。布施屋は湯呑みをおいた。

「河内山宗俊は講談ですけど、江戸城には下情に通じた曲者が本当におられますから」

「十手持ちの旦那も、声をかければ必ずきてくれますよ」

常盤がいうと布施屋はうなずいた。木綿問屋の身代を膨らませる一方で、義弟は裏の人脈もつくってきたようだ。

「大奥なんぞでも、義兄さんの画はなかなかの評判ときいています」

「奥女中どもなら、きっとオレの艶本を引っぱりあいしてるんだろう」

布施屋が苦笑いを返すと、たちまち妹たちが「下品なことをいわないで」と兄を攻撃した。兄妹、義弟の朗らかな声が満ちる——そのとき紺が障子を指さした。

「みて、外が真っ赤」

常盤が立ちあがって障子をあけた。

陽はそろそろ中天を窺おうかという時刻だ。しかし、空は夕焼けのごとく朱に染まっている。しかも、朝から吹きつける強風はひどい熱気をはらみ、木の燃え焦げる臭いがした。

姉の横にたった紺が右腕で熱風を防ぐ。

「空だけじゃなくって、風まで赤い」

「これはまずい、火事だ」

英泉が叫ぶのと同時にカンカンカンッ、新橋界隈でも半鐘が打ち鳴らされた。

「大伝馬町あたりで燃えてるんじゃないか！」

さしもの布施屋も悠然とはしてられない。火の手は、空の中ほどまでを獣の舌をおもわせる赤で染めあげながら、もっと高いところへ灰と黒のまじった煙の幕を張りめぐらせている。ときおり、チカチカと火の粉が花火のように光りながら舞った。

ごうごうと凄まじく唸るのは風音か、それとも火の手のものなのか。

「あなた、落ち着いて」。常盤は眼を細くして店のある大伝馬町の方角を凝視している。

「店の者には常々、火の元の用心と火事のときにやることを教えきかせています」

店と家を瓦ぶきの土蔵づくりに設えなおし、すべての蔵の壁をいっそう補強したのは万が一のため。家の塀沿いに松を植えたのも、この樹がいたって火につよいからだ。

「よそ様は存じあげませんが、布施屋は大丈夫」

「でも、子どもたちやお父っつあん、おっ母さんは……」

「いよいよになったら、いちばん壁の厚い二の蔵へ逃げるようにいってあります」

やっぱり布施屋は常盤が屋台骨を支えているようだ。英泉は妙なところで妹に感心しながら、すぐ目前に迫りくる火難という現実に引き戻された。

家の前を近所の人たちが口々にわめきながら駆けていく。

子ども、女の泣き声も混じる。

「この家に布施屋のような備えはない。ともかく逃げよう！」

兄妹、義兄の五人はまず井戸端に集まった。

英泉が縄をたぐると滑車がまわり、鶴瓶(つるべ)がいきおいよくあがってくる。

「早く、ひとおもいに頭からざぶんと浴びろ」

春たけなわとはいえ、井戸の水は身を切るように冷たい。だが、文句をいってられないほど、火は近くまできている。

彼らは全身ずぶ濡れになり、手拭いを頭からかぶって家を出た。

「海のほうへいくか」。英泉が吼えると茜がこたえた。

「では、川沿いにまいりましょう」

風のせいで、火炎は節句の鯉のぼりさながら身を横に倒して家々に覆いかぶさる。そうやって火が次の火を生む。今、この家が燃えているとおもっていたら、たちまち隣家、その向かいへと火災はひろがっていった。

通りにでたものの、怒濤となって逃げ惑う人々のありさまに圧倒されてしまう。

江戸の名物、火事には慣れたつもりでいても今回の火難は様子が違う。

「いくら火が迫ってきても、決して海や川には飛びこむなよ」

雨のように降りそそぐ火の粉を浴び、半狂乱となった者が、そうやって水に身を投じて溺れ死んだ例は過去にも数多い。

五人は正気を失った群衆に呑まれそうになった。

「茜、紺、オレの袖や帯をつかめ」

兄は二人を抱えるようにして引き寄せる。紺が左手をぶらぶらさせているのをみて、英泉は「そうだったな」とあらためて不憫を感じた。彼は妹の揺れる袖をしっかりと握った。

「布施屋さん、常盤のことを頼みます！」

「承知しています。あっちから大八車が走ってくるようですから気をつけて」

「兄さん、姉さん、お紺。はぐれても、最後は芝の浜で逢いましょう！」

「よし、とにかく四方が火の海になる前に駆けるぞ」

身を屈め、頭をすくめながら前へ、前へ。

同じように逃げ惑う群衆のなかには、脚がもつれるだけでなく押されて転ぶ者もいる。

彼らは無残にも次々と足蹴にされ、踏まれ、乗り越えられて起き上がることができない。

仏心をだして救(たす)けようにも、それは自分も同じ目にあうことを意味していた。

ドシャーン！　耳を覆いたくなる轟音、そして足元を揺らす地響き。近所でも有数の豪邸、その勇壮な冠木門(かぶきもん)が火を噴きながら往来に倒れた。複数の絶叫がおり重なる。

英泉は妹たちをかばいながら、豪商が富にあかせた邸宅へ眼を走らせた。

家から、全身を火に包まれた数人が蝶のようにふらふらとさまよい出てくる。地に伏した門の下では、ここの隠居の老爺と女中らしき中年の女が断末魔の叫びをあげていた。

パーンッ！　今度は別のほうからひどく乾いた音がたった。松明を掲げたような、一直線に天をめざす火炎をみて、英泉は棒立ちになった。紅に緋、臙脂とさまざまな赤がゆらめき、その奥へと眼をこらせば橙、黄、そして灰をおびた白……焔は色彩の競演そのものだ。

浅ましさを自覚しつつも、火を絵にしたいという想いは抑えられない。哀しい絵師の性が英泉を激しくいたぶる。それほど、家を営め人を弄ぶ火は悲惨でうつくしい。

もし、他人が英泉をみたなら、瞳の奥が蕩けていると知ったことだろう。

そんな彼の横で茜が涙ぐんでいる。

「兄上、わが家が燃えていきます……」

この火事は、後世に文政の大火と記録され、江戸の十大大火に数えられることになる。出火したのは佐久間町二丁目河岸の木材小屋だった。

火元が火元だけにまわりが早く、火炎はすぐ神田川を渡った。両岸の武家屋敷をことごとく火難にまきこみ東神田さらに京橋、英泉の家のある新橋まで焦土にしてしまった。大川にかかる両国橋の西側も悲惨で、八丁堀から築地、佃島までが燃えている。

類焼したのは南北およそ一里余（約四キロ）、東西が二十余町（二・四キロ弱）。焼死と溺死者は二千八百余人という。宿屋の多い馬喰町、堺町と葺屋町の歌舞伎芝居の櫓も焼け、小伝馬町の牢屋敷まで火がついた。鎮火したのは翌二十二日の朝のことだ。

大伝馬町にある布施屋は最小限の被害ですんだ。英泉に妹たち、それと布施屋の店の者、子どもたち、隠居夫婦とも無事だったのは不幸中の幸というべきだろう。

北斎や馬琴は難を逃れたらしい。寅吉も無事だった。

英泉の家は跡形もない。

茜と紺は布施屋に託した。しかし、己は妹夫婦の世話になることを固辞した。

「遠慮なんかいらないのよ」。常盤は豊かな胸もとを叩いてみせる。

「いいんだ。オレにもあてがある」

「寅吉さんのとこ？」

英泉は常盤の問いにはこたえず、着の身着のまま布施屋を出た。脚は新橋にむいた。

「こんな狭い土地に住んでいたのか……」

焼けぼっくいになった角材を足で押してみる。柾目のとおった柱だったのに、表はボコボコと不規則な凹凸になり果てている。

今日も強い風がふく。英泉は、灰や砂埃をまともに浴びながら、炭となった柱のうえに片足をかけ周囲を見渡した。焼け跡の強い臭気は、いっかな慣れることがない。肌理から悪臭が入りこんでくる気さえした。

新橋界隈は一面が焼け野原というわけではなく、あの烈火にも全焼を免れた家がある。そんな一家は、見舞いにやってきた知人に白い歯をみせていた。

例の豪商の邸宅は悲惨の一語につきる。火炎に焼かれた末期の姿のまま、手を伸べたり、頭を抱えた形のままの屍体が転がっていた。

山から鴉、芝の浜からは鷗や鳶が飛んできて焼死者をついばむ。主を失ったのか、それとも野良なのか数匹の犬も鼻をくんくんやっている。

「なにが運命の分かれ目になったのやら……」

英泉の絵筆、絵具、画紙に硯、膠（にかわ）など画材は、あわてて持ち出した一部を除き焼けてしまった。絵の勉強のため銭を惜しまずに集めた名画、丹念に写した粉本（ふんぽん）も消えてなくなった。もともと自分の画を貯めこむ絵師ではないが、それでも転機になった作、気に入った画はいくつか手元においてあった。それらも――。

「家は燃え、貸したカネは踏み倒された。布施屋に借金ができた」

新しい家を探さねばならないし、片腕の悪い妹のこともある。世の中、なにをしていくにも銭金がかかわってくる。いったい、手もとにいくらのカネがあるというのか。

英泉はそれを考えると頭の芯が締めつけられるようだった。

「オレには絵を描くことしかない」

だが。もう若くはない。およそ二十年前、武家とおさらばしたときは、絵師としてたつ決意がそれこそ火事のように燃え盛っていたのだ。艶本だって量産してみせた。しかも、一作一作に表の浮世絵とかわらぬ力を込めたのだった。

美人画には、胸の奥でうずく義母への想いをぶつけた。

勇躍、巨峰富士にも擬せられる画狂卍老人北斎に挑もうという心意気があった。

「いま、あの勢いと熱い想いで描くことができるだろうか」

己に問うてみれば——胸のなかで別の英泉が力なく首をふっている。

ここ数年、澱(おり)のように溜まったものがある。それは、もう絵師としての最盛期を過ぎたのではないかという不安だった。婀娜(あだ)で異色の美人画をひっさげ、一世を風靡したのが七年ほど前のこと。それが、すでに何十年も昔のように感じられてならない。

「渓斎英泉の美人絵はあの頃から何もかわっちゃいないんだ」

それは不動の自信とはほど遠い。最近の作は停滞と混沌の動かぬ証拠だった。

「世の中もオレの美人画なんて、もう飽き飽きだろうて」

英泉は世間に媚びることを最大の恥辱としてきた。流行など嘲笑の的だった。

だが、これは世を恐れ、世の評判に右往左往するのと背中あわせでしかない。

「役者絵、相撲絵、風景画……もっと若いうちから手をうっておくべきだったかもな」

また英泉は心のうちをのぞきこむ——やはり、そこに佇む中年の絵師は、「もう遅かろう」とつぶやいている。

「結局、オレは艶本を細々と描いて生きていくしかないのか」

北斎の如く、常に画業と正対し一生をかけて比類なき絵師になるつもりだったのに。

「ふふふ」。英泉は短く息を吐くかのように笑う。

「ふっふふふふふふふ」。次はこらえきれぬがごとく笑う。

呵々大笑であるはずはなく、かといって卑下の嗤いともつかない不思議な笑いだ。

半分は泣き顔、残りは怒っているようにも、絶望しているようにもみえる。

ただただ、英泉は狂人のように焼け野原の真ん中で笑いつづけるのだった。

四

遊女が二階の窓を開けはなち、耳なれぬ唄を口ずさんでいる。

「月も洩り、雨も漏れけり、五月なり。陽も盛り、雨もふらずや、水無月なり——」

彼女が柿渋色の襦袢のうえに羽織っているのは、灰の地色を鈍色の太い縞が貫く着物、帯はしめずに前であわせただけ、膝をたて膝小僧のあたりで白く細い手を組んでいる。

英泉は玄関前からみあげ、両手で筒をこさえた。

「妙に哀しい節まわしだな。生まれ故郷のわらべ歌なのかい」

すっきりと晴れて淡い青を刷いたような空、その巽（たつみ）の方角に昼間の月が浮かんでいる。

「やだ。ちゃんたら、あちきの唄をきいてたの」

「ちゃん、だと……船宿の亭主じゃあるまいし……でも抱主（かかえぬし）や忘八（ぼうはち）よりはいいか」

遊女は花衣（はなごろも）といった。年季証文に書かれた齢は二十三になっている。

だけど、英泉はもう三つ、四つは上だろうと睨んでいた。とはいえ花衣は気立てがよく、世話女房のように気がつくと評判がいい。当地、めだって職人が多い客筋には、年齢よりも情の細かさのほうが幅をきかせるようだ。

「それに、花衣は床上手に違いあるまい」。英泉は独りごちる。

彼は、花衣が着痩せするとにらんでいた。裸になれば胸、尻ともきゅっと引き締まって肉感的なはずだ。肌も乳を流した如くのやわらかな色目ではない。椿油をうすく塗り伸ばしたように光っているだろう。その肌にふれたら押しかえされ、浴びせた湯は水玉となって転がっていくにちがいない。髪はやわらかく、体毛が薄い――。

だが、この女の着物を剝ぎ、抱いてみようという気にはなれない。

もう、女子をみても心がうごめくことなど、ないのではないか。本気でそう思う。

「ちゃんもこっちへ上がっておいでよ」。遊女は屈託のない口調だ。

「こいつの具合を確かめたら、いってやるから待ってろ」

英泉は軒に吊るす、ふたつの大きな灯籠に絵筆をつかった。

玄関の右には、渦まく波のうえを悠然と飛ぶ鋭い眼の鷹という勇壮な絵柄。左はうってかわって、牡丹に数匹の蝶を配し、幼い三毛猫の後ろ姿も描き添えた愛らしいもの。ここに火がともれば、青に緑、赤、緑に黒などがあざやかに浮かびあがるだろう。〇に泉、英泉作だと示す印（しるし）は敢（あ）えて入れなかった。

「あんなものはもう、意味のないことだ」

英泉は数歩さがって絵の具合を確かめる。

「ちゃん、いい絵だね」。花衣が手すりから首を突きだしている。

「そうでもなかろう。しかし、オレの絵を褒（ほ）めてくれるのはお前たちくらいになった」

妹に請われるまま筆をはしらせた。灯籠を絢爛豪華な絵で埋める。英泉にとっては、それだけの作業だった。絵柄はかつて美人画で使ったものを適当に按配しただけのこと。

英泉は「若竹屋」と、これまた己が墨書した看板に軽く手をふれ鼻をならした。

文政十二年（一八二九年）の初夏、英泉は根津に移り住んだ。

この三月、大火で住まいを焼きつくされただけでなく、絵を描く道具のほとんど、北斎や歌麿、師の英山などなどの名画を模写した粉本まで失った。踏み倒された、義母の遠縁に貸したカネもふくめ、英泉の蓄えは財と画材とも尽きてしまったといっていい。

大年増の茜と片手のきかないお紺、妹ふたりをかかえ路頭に迷う。

そんな彼を、もう一人の彼が冷ややかにみつめている。だが、英泉に棲む両人は声をかけあったりしない。妥協もなければ連帯することもなく冷笑をぶつけあうだけだった。

「生涯には似たようなことが何度も起こるんだな」

英泉はこれを、さほど感慨もこめずにいってのけた。

「というより、何が起こっても不思議じゃない。ただただ受け身でいくしかないのさ」

浮かべた微笑がはなつ皮肉な雰囲気は、かつての英泉になかったものだ。

「兄貴、あの灯籠ならいい客寄せになるよ」

玄関にあがった兄を迎えるかのようにお紺が愛想よくいった。

「なにしろ天下に名高い美人画、渓斎英泉先生の直筆だからね」

お紺はしきりに左腕をさすっている。これは、すっかり妹の癖になっていた。

「二階で遊女が待っているんだ」

「あら、兄貴に粉をかける悪い女子はだれかしら」

「そんなじゃないさ。よっぽど退屈なんだろ」

「油断大敵。矢場の女子と違って岡場所の女郎はしたたか。わっちもたいへんなの」

「店の親父をたぶらかす暇があるなら、贔屓にしんこ細工の指でも送ればいい」

「女郎の誠と卵の四角、あれば晦日に月がでる、ってね」

お紺がペロリ、赤い舌先をだした。吉原では、客との契の証とて、花魁が小指を斬って送りつける――だが、そんなことをしていては指が何本あっても足りぬ。米粉を練ったしんこ細工、爪まで本物そっくりに小指をこさえてくれる飾り菓子職人が重宝されている。

「オレなら、その場でむしゃむしゃ食ってやるさ」

英泉はおもしろくもなさそうに吐きすてる。彼は鼻唄をながしながら二階へあがった。

――月も洩り、雨も漏れけり、五月なり。陽も盛り、雨もふらずや、水無月なり。

彼はいま、根津で女郎屋を営んでいる。

そして、渓斎英泉の雅号ではなく若竹屋里助と名のっていた。

「とうとう女郎屋の主人になってしまった」

ことの発端は末妹だ。新橋宗十郎町を焼きだされ、英泉が芝浜松町三丁目の長屋に仮住まいすると、抜いた刀が鞘にもどるようにして兄妹三人の暮らしは再開した。

家主が英泉の絵、とりわけ艶本の蒐集に熱心なのが縁となった。茜は真顔でいった。

「今回も兄上の艶本のおかげで、なんとか形がつきました」

「ほんとう。いまも掘立小屋で暮らしている人がたくさんいるもの」。紺もうなずく。

「兄上、家主さんに御礼の一枚、描いて進呈なされませ」

茜にいわれたものの、英泉は気のりしない様子だ。あいまいに返事だけして、結局は絵筆をとらなかった。それどころか、板元からの注文にも尻が重くぐずぐずしている。昼間から寝っころがり、夜になっても盛り場へ出かけようともしない。新居祝いをもってきた寅吉と飯を食いにいったくらいだ。茜は、意気地をみせぬ兄がじれったくて仕方がない。

「たんといい絵をお描きになり、また新しい家を建てればいいのです」

だが、英泉は叱咤する妹をチラッと横目にするだけだった。

そんなある日、紺が兄と姉の前で切りだした。

「根津権現の近くに出物の家があるの」

彼女は図面まで用意していた。

広げた紙のうえに、兄と妹三人の頭が巴の形にならんだ。

「三人で住むにはずいぶん大きな家だこと。もとは料理屋か何かなの？」

茜が紺に問う。

「似たようなものだけど……わっちの考えをいったら、きっと茜姉は怒るだろうな」

「また矢場でもはじめるつもり？」

紺はしきりと左腕をさすった。明らかにためらっている。

と、兄が図面から顔をあげた。

「女郎屋だろう。こんな間取りの店に何度かあがったことがある」

根津権現社の膝元には宮永町、門前町、八重垣町があり、料理茶屋や居酒屋、講談と落語の小屋などと一緒に大小の遊郭が並んでいる。

その繁栄ぶりは吉原に睨まれるほどだ。

「有名どころの大見世とくれば木村屋、それに松栄楼こと田中屋だな」

「そんな図体のでかい店じゃなくて、もっとかわいらしいつくりの家なの」

英泉と紺のやりとりに、茜が眼をみひらき割ってはいった。もう声が引きつっている。

「まさか、池田家の人間が女郎屋を開業するというの！」

えへへ、と紺は自由のきく右手を島田髷にやり、いたずらがバレた幼女のような仕草をしてみせた。

「矢場の女将だった頃から、ずっと遊郭をやり繰りしたいなって思ってた」

「お紺！　お前はなんということを——」

「あたいが女郎をつとめるわけじゃないから、ご安心を」

「当たり前です。お前がそんなことになったらすぐ勘当します」

「実はもう常盤姉には打ちあけたんだ」

「な、なんですって。私には黙っておきながら……で、常盤はなんといったの」

「うん、儲かりそうならやってみればって」

「な、な、なっ！」

茜は息をつまらせる。お紺は姉の後ろにまわり右手で背を撫でてやった。

「穢らわしい、さわらないで」。茜は邪険に振りほどく。

「兄上、黙ってないでお紺に意見をしてくださいませ」

英泉は、どこか他人事のようにして妹たちのやりとりをみていた。もっとも、彼にしたところで、末妹がこんな大胆なことを考えていたとは知る由もない。

「小さいとはいえ遊郭の一軒も手にいれるには元手がいるだろう」

「それはご心配なく」。茜は、ひと膝ほど前にでた。

「賭場で稼いだカネを、そっくりある人に預けてあったの」

その御仁は商人、お紺が託した少なからぬ銭を相場に投資し、さらに金額を増やしてくれた。しかも、根津の物件は彼が借金のカタとして手にいれたものだという。

「だから格安の値で廓がすっくり手にはいるってわけ」

「そのお方というのは『的ゐ矢』を影で操っていた材木商か」

問わずもがな、いわずもがなというべきだろう。お紺は得意そうに唇をとがらせ兄と姉を順にみやった。茜は眩暈がするというように眼をとじ、小さく何度も首をふる。

「安いとはいえ大金じゃないのか」。英泉はぼそりといった。

「大丈夫、店の調度を変えて新しく女子も入れたいんだけど、ぜんぶ有り金で賄える」

材木商とやら、英泉はいまもってその正体を知らない。紺とは仕事だけの割り切った関係というが、ここにきて、どうにも半信半疑になってしまう。

だが、この、やり手の商人にしても、紺に水商売を切り盛りする才があることは認めているのは間違いなかろう。

「イヤです。どんなことがあっても廓になんぞいきません」

再び茜が声を荒らげる。瞳をひらいた彼女は涙目になっていた。

「いくらなんでも、かつては武家だった私たちが……」

「世の中、儲かってるのは札差か役者、廓の主くらい」。お紺は諄々と説いてきかせる。

「茜姉はお師匠さんを続ければいいし、界隈で別に家を探すからそこに住もうよ」

根津権現社は眼の前だし水戸公、加賀前田公の上屋敷もあって治安はすこぶるいい。

不忍の池はすぐそこ、さらに寛永寺があり、上野そして浅草とにぎやかな町がひろがる。

「茜姉、水戸のお武家さまとの出逢いがあるかもしれない」

「お紺、お前って子は！　この恥知らず」

怒声をしこたま浴びながらも、紺は決してめげない。

「それに、さ」、末の妹はしみじみとした、ものいいになった。

「茜姉も、兄貴のことが気にかかってしかたないでしょ」

「話をそらさないで」

「違うって。火事から……いいえ、それよりちょっと前から兄貴は元気がない」

「ほう。オレのことか」。英泉はまるで現実味のないかのようにつぶやく。

「いまひとつ、絵に力が入んないじゃないの」。紺は右手をそっと兄の膝におく。

「でもね、根津で新しい商売をしたら兄貴も新しい美人画が描きたくなると思う」

客として遊女に接するのではなく、中から彼女たちをみつめ内情を知る。

歌麿はもちろんのこと、兄の師の菊川英山や当世の重鎮たる国貞といった美人画の名代、それどころか北斎御大ですら持てなかった、まったく新しい美人画の視座――

「兄貴の遊女の絵が、またみんなに持てはやされるなんてうれしいでしょ」

「お紺、兄上にかこつけるなんて……」

だが茜は、ここまでいって言葉を探しあぐねてしまった。彼女にしても英泉の体たらくには閉口していたのだ。紺は甘えた声をだす。

「ねえ、兄貴はステキな絵が描けそうになるまで遊んでていいから」

このことを常盤姉に相談したら、しばらく考えた末に賛成してくれた。

「常盤姉もずっと兄貴のことが気になって仕方ないの」

妹三人は、兄から大事なものが抜け落ちてしまったのではないかと心配でならない。

英泉は紺に茜、ここにいない常盤の視線までが集まるのを感じ苦笑した。

「山王権現の丘の麓で生まれたオレが、今度は根津権現の近くで不惑の齢を迎えるとは」

「やった！　兄貴も一緒にきてくれるんだ」

「廓の亭主など、絶対にお断りです。兄上は私がなんとしても立ち直らせてみせます」

また姉妹が癇声、罵声、金切り声でわめきあう。

それを尻目に、英泉はあらぬ一点をみつめている。

彼は煙草の紫煙を吐くようにいった。

「そうか……オレはとうとう女郎屋の親父になるんだな」

五

若竹屋の名はお紺がなづけた。

どうやら、最初からこの屋号を決めていたようだ。やがて、いまだ挨拶を交わすことのない材木商が、竹若という屋号だと知れた。注進してきたのは為永春水だった。

女郎屋の主人こと若竹屋里助の名は深い考えもないまま、なし崩しの形でこうなった。

もっとも、茜は身を震わせて懇願した。

「絶対に池田善次郎、渓斎英泉とも使わないでください」

女郎屋は、紺が水を得た金魚のように、すいすい、きりきりと精力的に働いて盛業だ。

世間では、あの渓斎英泉が廓の主人に変じたと大きな騒ぎになっていた。

「江戸で一番の艶本絵師の淫乱斎だもの、こうなってなんの不思議があるものか」

「いや、いくらなんでも岡場所に埋もれるとは、洒落がきつすぎる」

「国貞なら吉原で一流の店を買い取りもしようが、英泉あたりじゃ根津が相場さ」

「女郎の股に顔を突っこんで、もっとスケベなボボの絵を描いてもらおうじゃないか」

女郎屋の亭主は忘八と蔑まれている。仁義礼智忠信孝貞、八ツの大事な徳をことごとく忘れさった存在なのだ。曲亭馬琴が描くところの八犬士とはまったく反対の人非人――。

江戸にこだまする、あんなこんなの勝手放題。茜は眉をひそめ耳をふさぐ。常盤は若竹屋のことを隠しだてせずドンと構えているが、さすがに布施屋の体面もあって、自らすすんで遊郭の宣伝はしていない。ただただ、紺だけが息巻くのだった。

「兄貴に文句があるなら店までできやがれ。このお紺さんが相手になってやる」

当の英泉は風評に対して表情をかえることがなかった。

長身で痩身の浮世絵師は、冷然と世をみつめているようで凄惨な印象を与えた。

彼の整った面立ちには額や眼尻、口元など皺が目立つようになっている。しかし、それが渋みに転化していた。

世に対し、斜にかまえる心根は濃い翳となってさした。なのに、英泉はまとわりつく虚無と荒廃、厭世や懐疑を払おうともしない。

だが皮肉なことに、浮き川竹の苦界へ身を落とした女たちには、英泉の変貌はことのほか強烈な磁力とうつるようだった。吉原で一、二を争う高尾太夫も秋波をおくったという。

「いちどは英泉先生の画になりとうありんした」。高尾花魁は憚らずにいってのけた。

「けど、いまは根津へ押しかけ先生の家でご厄介になりとうござんす」

女郎屋の親父になってしまった英泉は、こともなげに嘯(うそぶ)くのだった。

——ようよう、オレには世の中というヤツの正体がわかった。

贅沢を常とし熟れきった頽廃、それが頂点に達した頃、異形の美人画は江戸中でもてはやされた。

ところが。あの、絶頂だったかもしれないひと時に比べ、忘八に身を落としてからのほうが、英泉の名はよっぽど江戸の民の口の端にのぼっているのだ。

——苦悶しながら義母の残像を求めた絵より、女郎屋のことのほうが興をひいているんだからな。

「世の連中は、まったくオレの絵の本質なんてみてなかったわけサ」

英泉はのうのうと生きるようになった。少なくとも傍目(はため)にはそう映った。

絵筆を手にすることもなく、煙管をくわえて日々を過ごす。

店は紺が如才なく仕切っている。茜はいくぶん気も落ち着いてきた。清元の師匠をやりながら、弟子筋が店で遊べば、おっとり刀で座敷に出て喉と三絃を披露することもあった。

茜と紺は美人姉妹と評判だ。姉の武家の女房然としたところ、妹の不自由な身体ということが、若竹屋の魅力のひとつになるとは皮肉なことではあった。

店の雑用は、再び集まってきた矢場のちんぴら連中がこなす。妓楼(ぎろう)では、若い衆やら牛太郎といわれる男の働き手が欠かせない。下足番から客引き、客の食膳の上げ下ろし、女郎部屋を回り行灯(あんどん)の油を差したり……カネの足りない客を恫喝し、払いをむしりとる付け馬屋、始末屋までこなす。

ある夜、内所で暇をもてあましている英泉に、紺が申しわけなさそうに懇願した。

「今日から数日、居続けで大散財しようかっていう御一行が、なんとしても兄貴に挨拶させろってきかないの」

茶の用意をしていた茜が兄の返事の前に応じた。

「なりません。兄上は名だけの楼主という約束です」

「そうだよね……」

妹たちのやりとりの横で、英泉は鬱屈がとぐろを巻いた瞳を瞬(またた)かせた。

「いいぞ。挨拶とやらをしてやろう」

「兄上、お気は確かですか」。茜が険を含んだものいいになった。

「美人画にこの人ありといわれた渓斎英泉が、かようなことをなされなくとも」

「そうだよ、わっちが悪かった。兄貴はこのまま内所にいて」

「かまわん。もう渓斎英泉なんて絵師はおらん——オレは若竹屋里助だ」

英泉は胡坐を解き、意外にすばやく立ちあがってみせた。


「あんたが淫乱斎か」

二階の広間で、お大尽気取りの商人は花衣ら名花を侍らせご満悦の様子だ。背にした床の間には英泉直筆の美人画、懐紙を手にした遊女が蚊帳の中に入ろうとしている。

油問屋の主人の齢は英泉とかわらぬだろう。趣味は悪いが仕立てのよい着物をまとっていた。飽食のせいか腹はせり出し、酔いが眼を濁らせている。

「画工というのは、どんなモンだか一度みてみたかったんだよ」

商人は盃をくいっとやり、大きな手で唇をぬぐう。

「あんな絵を描いてるんだから、にやけたスケベ野郎かとおもったら、えらく苦みばしった色男じゃないか」

彼は酒くさい息をまきちらす。

「女郎どもは抱き放題なんだろ、しあわせな毎日だな」

油問屋は大笑いした。遊女だけでなく紺も追従した。英泉だけが黙然としている。

「わしの扇に花衣の似顔絵を描いてくれ」

英泉は暗く沈んだ面立ちで商人をみつめた。彼がここにいるのは、いかにも場違いだ。お紺が兄にかわって慇懃そのもので応じた。

「ご勘弁くださいまし。兄もしたたかに酔っておりまして、こんなじゃいい絵は描けません」

「ケチなことをいうな。淫乱斎はそのようにみえないぞ」

「お客さま、今夜はご挨拶だけとさせていただきとう存じます」

「たかが画工のくせにお高くとまるな。花衣を裸にしよう。それなら興も乗るだろう」

花衣は、とんでもないとでもいいたげに衿をかきあわせる。

「一夜妻の肌は、別のお部屋でお愉しみくださいませ」。紺は微笑まじりでいった。

そのとき、英泉が口をひらいた。刹那というほどの一瞬、迷ったような間があったものの、振り切るようにいった。

「お描きしましょう」

驚いた紺が英泉の袖を引く。だが、彼は女中を呼んで矢立をもってこさせた。

「艶本の趣向とするか」

薄汚れた白扇をひらく。蒼白の頬をこわばらせ、英泉は筆を使った。

醜く肥えた中年男のうえに、ほつれ毛の若い女が、襦袢の前を割り腿も露わにのしかかっている。男が舌を蛇のようにくねらせているのに応え、女は厚ぼったい唇を重ねていく。

「ひどい……」

花衣は英泉を睨みつけた。それを知り、彼にも暗い衝撃がはしる。

英泉はこれまで玄人の女たちと逢瀬を重ねてきた。だが、彼女たちの身体のみならず、心をも毀したことはなかった。英泉と深く情けを交わした女たちは、別れてさえ決して彼を恨むようなことがなかったのだ。

――それはきっと、義母に対する想いのおかげだろう。

英泉にとって、女はすべからく母性を感じさせる存在であってほしい。義母への想いは異性に対する渇仰ともいえよう。だから決して女を無体にしない。これが、英泉のやさしさの源泉だ。

しかし、歌麿にせよ北斎であっても、名を残してきた浮世絵師たちはそうではない。彼らの強烈な個性は絵への執念へと変化し、女に憑りつき狂わせ、存在を踏みにじってしまうことがある。その犠牲のうえに美しい女の絵が完成する……。

北斎の二番目の妻ことは去年、文政十一年六月に世を去った。北斎はもとより、お栄だって口にせぬものの、夫の看病疲れが要因だったのは明らかだ。

英泉はこう捉えている。

——北斎御大は画業のため、肉体の復活と引き換えに妻の命を差し出した。今夜の英泉は花衣の命までとらぬが、それでも遊女の怒りと怨嗟をかったらしい。——かまわん。恨みたければ恨めばいいサ。

「こいつはいい。さすがに淫乱斎、みてきたようにスケベな絵を描くもんだ」

ガハハ。油問屋は花衣の肩を抱きよせテカった頬を寄せる。花衣は首をのけぞらせた。

「おい、淫乱斎。忘れず名前を書いておけ」

紺は下唇を噛んでいる。英泉は冷えきった表情でうなずいた。

若竹屋里助——彼は楷書でくっきりと署名した。

六

根津の遊郭の玄関先で、若い衆が水を撒いている。

面倒くさそうに桶に柄杓をつっこみ、まわりもみずに左右に水をやった。黒く大きな影が近づくのに気づきもしないようだ。

水がかかった直後、巨大な影に手が生え、節くれだった飴色の竹の杖が打ちおろされた。

「痛っ!」。若い衆が腰を押さえ前のめりになる。派手に桶が倒れた。

「なにをしやがる」。彼は怒鳴る。だが、次の瞬間に声を詰まらせてしまった。

黒い影の正体は巨軀の老人だった。

剃りおろした頭に四角い顔、ごつい顎。眼つきの鋭さが尋常ではなく、あたかも餌を狙う鷲のようだ。茄子色の長着を着流し、千鳥格子の帯を乱暴に結んでいる。家を出るのに、衣装を選ぶのが面倒でしかたないという風だった。

「この、はんちく野郎め。一事が万事だ、水撒きに心が入らねえということは、なにをやっても中途半端に決まっている」

雷のような大音声、しかも語気がモノ凄まじい。天狗が吼えているようだ。

「も、申し訳ござんせん」。若い衆は立ち上がると、急いで懐から手拭いを出す。

「この陽気だ、ほっときゃ乾く」。老人はいいながら、あたりをみまわす。

「それはそうと若竹屋って店が近所にあるだろう」

「ご老体、ここがその若竹屋でござんす」

「なんだと若僧。貴様、英泉の家の者なのか」

「はあ……ご老体、英泉は確かにわっしどもの主人でございますが……」

老人はニタリ、若い衆を押しのけた。太い竹の杖で暖簾を払い、ずかずかと遊郭に入っていった。

若竹屋の内所はちょっとした騒動だ。

「前もって、ご一報をくだされればいいものを」

茜は座布団を裏返し、散らばった正本や稽古本を片付ける。あやうく、さっきまで弾いていた三味線に足を取られかけたのだから、どれだけ慌てているのかわかる。

紺も大福帳を閉じるや、台所に向かって命じた。

「お茶とお菓子を。権現様のちかくの阿弥陀屋へひとっ走りして牡丹餅をかっといで」

「お待ち、こちらはお茶をじゃなくてお水、甕からはダメ、井戸から汲みたてのを」

茜も声を大きくするのを尻目に、老人はどっかと座りこんだ。

「こんなのは散らかした部類に入らん。ワシの仕事場をみせてやりたいわ」

美しい姉妹は、急づくろいで髪をなおしながら老人の前にふたり並んだ。

「葛飾北斎御大、お久しゅうございます」

「挨拶なんかいい。それより英泉だ、兄貴をどこに隠した」

北斎が笑いながらも腕をくんで六畳ほどの内所をじっくりみまわす。

「どこにも隠れちゃいません」

英泉がのっそり内所にはいってくる。上と下の妹が左右に別れ、場をこさえたところに腰をおろす。英泉は北斎がまぶしく、抗しきれぬかのように瞼を瞬かせた。

「北斎御大、お元気そうでなによりです」

「とうとう七十になっちまった。明日に死んでもおかしくない」

「ご冗談を。百歳まで元気でいらっしゃる勢いです」

「ふむ。実はワシもそのつもりだ」。北斎は胡坐（あぐら）の足をくみなおした。

「あと三十年もあれば、もうちっとはマシな絵が描けるようになれるかもしれぬ」

「…………」

英泉が北斎に私淑して、はや十五年近くにもなる。胸のうちでは父とも慕う人物だ。

そして北斎は、いつも眼の前にそびえる気高く孤高の画狂であった。

古希を迎え深い皺をうがち、ついこの前には中気に倒れた老絵師が、業火のごとき勢いで絵を語っている。齢七十、画業五十有余年をして、いまだに道半ばだと嘯（うそぶ）く。

北斎は妻の命まで奪いとり病窟から生還してみせた。そこまでして得た生命を絵で燃焼させようとしているのだ。

「それにしても淫売宿の親父とはな。ワシにはとても理解できんわい」

「…………」

英泉はそっと紺のほうを窺（うかが）った。末の妹は、己が叱られたかのようにうつむいている。

北斎は、そんな英泉兄妹にかまわずいいはなった。

「いきなり絵を捨てるなんて、どういうつもりだ」

「いえ、兄は絵をやめたわけではございません」

茜が少し意地になった口調でいいかえす。英泉には、妹の心根も痛いほどわかっている。御大の前でムキにならずともいい、その想いをこめ妹の側へ手を差し伸べる。

だが、北斎の語勢は兄妹の配慮なぞ吹きとばしてしまう。

「茜、ワシとて英泉が火事の一件のあとで描いたモンを見知っておるわ」

合巻（ごうかん）、読本（よみほん）、狂歌本に人情本など戯作の挿絵、馬琴との仕事がある。艶本（えほん）も二作あった。英泉はまだかろうじて人気絵師の端っこにぶら下がっていた。

「はっきりいうが、どれも感心せん」。北斎は容赦がない。

「名もない頃から、歌川の豊国や国貞にタテついていた勢いはどこへいった？」

北斎に私淑しつつも、一度として一門の面々と親しまず、あくまで菊川英山の弟子であり続けた気概と反骨、あるいは痩せ我慢。艶本しかり美人画しかり、類型を阻（こば）みとおし自己流を貫く強烈すぎる矜持、それこそが渓斎英泉という絵師の魅力だった。

「英泉、だからこそワシはお前が好きなんだ」

「御大……」

「馬琴のジジイからきいたが、気晴らしに上方へ旅しろと強く勧められたのに断ったそうだな」

そのとおりだった。しかも馬琴は、大坂の有力板元まで紹介する便宜を図ってくれた。

「兄貴は、わっちのことを思ってこの店に入ってくれました。上方へいくのを渋ったのも、片手の不自由なわっちを置いていくのが不憫だったからです」

紺が腕をさすりながら必死にいいわけする。いつもの鉄火肌を忘れ鼻声になっていた。

「お前ら兄妹の絆の深いのはよ〜くわかっておる」

北斎は強面(こわもて)をちょっとゆるめた。

「だがな、これは英泉にいっておく。今のお前は危うい。一歩間違うと、もう二度と浮世絵に戻ってこられなくなってしまうぞ」

英泉はあらためて私淑する絵師を仰いだ。この人は心底、オレのことを——。

七

女郎屋の内所、英泉と妹たちは葛飾北斎を前に押し黙ったままだ。

やり手婆がおずおずと水に茶、根津界隈で人気の牡丹餅を差し出したものの、誰も手をつけようとしない。

階上では遊女たちが籠の中の小鳥がさえずるように、かしましく午後のひとときをすごしている。花衣が、例の哀しい調子の数え唄を睦月(むつき)から順に口ずさむのもきこえた。

沈黙を破ったのは、やはり北斎だった。

「英泉、ワシはこんな絵を考えておる」

北斎は懐をひらいて習作の束をとりだす。チラリ、分厚い胸もとが覗く。そこには白い毛が密集していた。北斎は、みやすいよう絵を英泉たちの正面にしてひろげてくれた。

一見しただけで、英泉はせりあがってくる感嘆を抑えきれずに呻いた。

茜と紺も絵に気圧されてしまっている。

英泉は前のめりになり、両手をついた。

「こ、これは富士山――しかし、どれも富士であって富士ではありません」

「どうだ、なかなかの出来だろうが。もっともっと手をいれるから、凄まじく良くなるぞ」

題して『富嶽三十六景』、日の本の各地から望んだ富士山の絵が個別に独立しながらも、全体をとおせば連綿たる作として存在している。

大作にして評判作の『北斎漫画』で完成させた線の魔術、馬琴と組んだ読本挿絵の雄大な物語性と緻密な書き込みなどが、すべてこれら富士の絵に凝縮されている。

「しかも、どれもが奇想の富士。ことごとく御大の思案と妙案の産物です」

「奇想だと……存外にステキな響きじゃないか」

「もちろん、最上最高の褒め言葉です」

「ふん、褒めるのはまだまだ早いわ。これから色目も考えなきゃならん」

「御大、待ってください」

英泉は晴れわたる空を背景に、広々とした裾野を誇る富士の絵を取りあげた。

「この、とてつもなく勇壮な富士を紅の系統で塗りつぶします」

同じく大きく富士を配しながらも、雪を山頂に残し中腹あたりに雷光をきらめかしている一枚を手にした。

「こっちも紅だ。でもさっきのより、ずっと濃く、まるで血のような赤にします」

興奮して叫ぶように話しだした兄を、茜と紺はポカンとみつめている。

思えば火難以来、英泉が意気込んで絵を語るのは初めてのことではないか。

英泉は、獣が久々の獲物にありついたかのごとく富士の下絵に食らいつく。

「これは……本所の相生町あたりからみえる竪川の向こう岸じゃないですか」

英泉が世に出る前、北斎にほのめかされ、この界隈で富士を写した記憶がよみがえる。

あの時は、遠くの富士と竪川の両側にたちならぶ材木置き場の按配に苦慮したものだ。

「なるほど、こうお描きになったんですね」

北斎漫画しかり、職人たちの動きが活写されていた。彼ら、そして天まで届けと積まれた材木が主役、富士は遥かむこうに鎮座し脇役となり意表をつく。

さらに、英泉は次の一枚でおどろいた。

「おおっ、荒波の遠く向こうにちょこんと富士が——こりゃ、とびきりの凄え絵だ」

「うむ。そいつが気にかかるとは、さすがに眼のつけどころがいい」

「断然、藍でいきましょう。青一色のほかは白だけで」

北斎はニヤリ、だが、太く節くれだった人さし指を英泉に突きつける。

「色をどう選び配するかは絵師いちばんの愉しみだぞ。お前は黙ってろ」

颪にあおられ撓んだ樹がやっと元にもどった。

英泉の興奮はそう思わせた。北斎のおかげで沈潜と虚無は色をうすくしたようだった。うずくまっていた厭世の雲が割れ、陽がさしはじめている。それが、北斎と兄妹にも実感できただけに、一同はようやく牡丹餅に手をだした。

「うまい、こいつはいける。仕事場に持って帰ってアゴにも食わせてやりたい」

「すぐ、買いに走らせます」。紺がきびきびと返事する。英泉は懐かしそうにいった。

「お栄さんは達者ですか」

「元気があまって、この年寄りに遠慮なく仕事をさせやがる」

「絵の方は、どうなんでしょう」

「前から、明と暗の描きわけを思案していたが、ここへきて工夫が進んだようだ」

そうか、お栄は精進を続けているんだな。英泉は己を振りかえり、忸怩たる気持ちにかられた。

「一方じゃ、馬琴のジジイの影響だろうか。三国志演義やら水滸伝なんぞの漢籍を読みかえして画題を探しとるぞ」

北斎は大きな牡丹餅を割りもせず、ポイっと口に放りこむ。むしゃむしゃとやってから、声の調子を落とした。

「アゴも哀れな女よ。夫婦の縁はうすかったし、あのツラだから新しい男もできねえ」

「…………」

「おっと茜と紺は別嬪だが、そういや独り身のままだったな」

ふたりの妹は、どちらともなく苦笑する。北斎は二つめの牡丹餅をつかんでいった。

「茜がいながら、お紺に淫売宿などやらせ、あげくに異能の画工を忘八に仕立てやがってと腹が立ったが」

北斎は眼の前にもってきた菓子をみつめたまま、独白するようにいった。

「英泉の身内は、ワシの孫に比べればずっとずっとましだわい」

北斎の初孫の永仁は、亡くなった北斎の長女と弟子の柳川重信の間に生まれた。北斎はめずらしく愚痴をこぼした。

「顔をみせるのは銭が入用なときだけだ」

呑む打つ買うに溺れ、方々で喧嘩やいざこざ、祖父の名を騙り借財をこさえてもいる。

「昨日は、とうとうワシの印章までくすねていきやがった」

北斎はガブリと牡丹餅に食らいつく。太い頸の中ほどで喉ぼとけが上下した。

「おかげで、これから市中にはワシの贋作がたんと出回るだろうて」

英泉は若い頃に放蕩者といわれていた。紺も賭場を開帳した、いわば、いっぱしの女悪党だ。そんな兄妹がきいても孫の不行跡は明らか。紺がおずおずと提案した。

「余計なお世話でしょうが、ウチでお孫さんを預かりしましょうか」

「いや、けっこうだ。たちまち女郎に手を付け、カネを持ち逃げするに決まっている」

北斎が帰るといいだした。

例によって駕籠は無用、見送りもいらないといいはる。

北斎は右手に竹の杖、左に土産の牡丹餅の包みをもち根津権現社を背にした。だが、まさか北斎を粗末に扱うわけにいかない。若竹屋の玄関には英泉と妹たちはもちろん、若い衆がずらりと並んでいる。

楼の二階からは客と遊女が顔を連ね、中には「北斎ちゃ〜ん」と黄色い声をだしている女もいた。しかも、東都にその名を鳴り響かせた大絵師の到来は、知らせずとも近所に知れ渡ってしまったようだ。呑み屋や茶屋、料亭に遊郭の面々も、ひと目でいいから浮世絵の巨人をみようと集まってきて、若竹屋の前はときならぬ人だかりになってしまっている。

「おいおい、ワシは両国広小路で見世物になってる駱駝（らくだ）じゃねえぞ」

英泉が人垣をおしわけ、北斎の前に進みでた。

「御大、近いうちにきっと仕事場にお伺いします」

「少しは絵に打ちこむ気になったか？」

「御大の富士の下絵を拝見して、身が引き締まりました」

北斎はチラリと周囲を見渡してから、英泉の耳元へ口をもっていく。

「世を拗ねてもいい。画工というのは、ひたすら気持ちに素直になることだ」

「はあ——」

美人画を描きあぐねていたとき、北斎から、義母にからめて示唆を受けたことが思いだされる。

「淫売宿の忘八にまで成り下がったのも訳があってのこったろう」

北斎は一拍おいた。

「ならば、今の想いを絵にぶつけてみろ」

「御大……」。英泉は胸にわきあがってくるものを、まだうまく言葉にできない。

「英泉が得意のところは色づかい。お前の胸に去来するものを、どんな色で描く？」

北斎の熱い言葉がつぎつぎと英泉の耳朶をうつ。英泉は身が震えるのをとめられない。

「今度、ワシのところへ顔をだすときは、その答えをもってこい」

第七章　青の時代

一

どやどや、がやがや、総勢三十人にもなろうかという一行が土煙をあげ、往来の真ん中をいく。

先頭の男は誇らしげに「おかげまいり」の幟をうちたてている。続く老若男女は揃いの着物と笠をかぶり、腕にまいた手甲、足もとの脚絆に草鞋とも真新しい。どの顔も喜色一面、交わす声はうわずっている。

英泉は土埃を手でよけながら、北斎にいった。

「どうやら、伊勢参りも病膏肓にいりましたな」

「この文政十三年だけで五百万人もが伊勢にむかう、そう算盤を弾いた御仁がおるらしい」

「布施屋に嫁いだ妹、常盤も先だって旦那と長男らでいってきました」

「ワシなんかは、あんなふうにでもしないとお参りはできそうにねえわ」

北斎は白い犬を頑丈そうな顎でさす。白犬は首に風呂敷を巻き、尾をふりふり一団のあとからついていく。健気（けなげ）だけれど賢（さか）しらなこやつが、伊勢に参られぬ飼い主の代参をつとめる。風呂敷には願意の書き付けやら餌代がはいっているはずだ。

英泉は首をのばして白い犬の後ろ姿をみおくった。

「オレは犬より猫好きだから、ニャン公に頼みますか」

「猫なんて気まぐれモンの総大将だ。あちこちフラフラして代参はできっこねえ」

英泉と北斎は浅草寺界隈の雑踏にたっている。北斎の、これが何十度目になるのか、またまた引っ越した先が近所にある。浅草明王院地内の長屋、五郎兵衛店（ごろべえだな）がそこだ。

「英泉との二人旅なら、弥次喜多みたくになっちまう」

「伊勢道中膝栗毛ですか――しかし御大とご一緒なんて畏れおおいです」

「ふん。どうせ英泉なんて足腰が鈍りっぱなしだろう。箱根の関も越えられねえぞ」

「いやはや、おっしゃるとおり。途中で御大におぶってもらわないと」

「おうさ、背負ってやるとも。ただし、駕籠代より高いゼニをもらう」

ふたりは大笑いした。温顔のまま、英泉は北斎との旅を夢想してみる。

画業のうえで、これほど学びの多い旅はなかろう。往復二十日ちかい道中、北斎の絵に対する想いを知り、行動をつぶさにみつめられれば――巨峰に一歩、近づけそうだ。

亡き父にはしてやれなかった、肩や腰を揉んだり、温泉で背を流したりといった親孝行めいたこともできよう。北斎のよろこぶ顔、それをみてみたい。

英泉は不惑の年を迎えた。

一生に残された歳月はいかほどか。父のことを念頭におけば、二十年ほどが妥当とおもえる。そのせいなのか、妙に殊勝なことを考えてしまうのだ。

「膝栗毛といえば、一九はこのところ身体の具合がよろしくないらしい」

北斎の言葉で英泉は現実に引き戻された。北斎が歩きだすのにあわせ隣に並ぶ。

「あの野郎、ワシより五つ、六つは若えはずだがな」

「十返舎一九さんとは、火事でえらいめにあう前、挿絵の仕事でご一緒しました」

「ここんとこ、一九はさっぱり評判作が出ねえ。暮らしもせっぱつまっているらしい」

一九は寛政のころ馬琴と入れ替わるようにして、伝説の板元、蔦屋重三郎の本屋に勤めていたことがあった。北斎とは当時からの仲だ。

「一九は版下の字をてめえで書き、挿絵をやらせりゃ器用に描いた。稿料も馬琴のジジイほど高くなくても、よろこんで仕事を引き受けていたからな。本屋にとって、あいつほど便利な物書きはいねえ」

だからこそ、一時は年に二十冊以上の戯作を世に出していた。板元が一九の横に侍り、推敲もあらばこそ、書いた尻からひったくって木版に回したという話も有名だ。

しかし、今や一九は貧窮のなか病苦に苛まれているという。

「ワシらの稼業の、首の根っこをつかんでいるのは、絵や文の守護神さまじゃねぇ」

頸に両手をかけ、ほくそ笑んでいるのは銭勘定が得意の邪神にほかならない。

「そのことは、重々キモに銘じております」

「うむ。淫売宿の亭主なら飯の心配はなかろう。そのうえ、あれは世間を驚かせる一手でもあった」

「いや、御大。私はあくまでも絵師としての本質で勝負するつもりでおります」

英泉は、あっちから連れだってきた町娘に眼をやる。北斎もつられてそちらをみた。

「小間物屋や江戸土産屋の店頭もご覧ください」

こんどは指をつかってしめす。北斎の視線も移った。さらに、英泉の優美な指先は茶屋でくつろぐ夫婦者の手もとへ。北斎の首もそっちへむく。

若い女たちが帯に挿し、化粧品や雑貨などと一緒に店先をにぎわせ、中年の男女があおぐのは団扇（うちわ）だった。どれも英泉の絵が施されている。

そのうえ、施された色目が藍、紺、縹（はなだ）色、水色……いずれも見事な発色、これまでにない美しい青の一族だけで摺られているのだ。

団扇はいつしか、江戸の粋をあらわす小道具になっている。年ごとに人気の絵柄がかわり、とりわけ浮世絵を貼った団扇を持つことが当世の流行にかなう。

今年は断然、ベロ藍(あい)の開放感あふれる美しい青が席巻している。

英泉はわざとらしく、ぐいっと胸をはった。

「この勢いで江戸をベロ藍に染めあげたいです」

「なんだと。英泉、大きく出やがったな」

じろり、ぎらりと周囲をみまわした北斎は、愛用のぶっとい竹杖を地面に突きたてた。

「ベロ藍ってのはワシが知っている青のなかでも格別、これをめっけたのは英泉の大手柄だ」


ベロ藍とはベルリン藍のことをいう。

英泉が勢いこんでこの色を用いるようになったのは、昨年の文政十二年（一八二九年）からだ。懇意の絵具屋が、折よく店に顔をみせた英泉にすすめてくれた。

「英泉先生は、繊細にして多様な色づかいの名手でらっしゃいますから」

店主はおだてる。

「これまでの青でいうと紺青(こんじょう)という表現が妥当でしょう」

だがベロ藍は江戸で使われている、草木の染料から生まれた青系の色とは異質の色目だった。英泉はベロ藍をたっぷり筆に浸して、白い紙のうえに滑らせた。

「本当だ。紺青といえば黒ずんで、どこか鉄紺（てっこん）や青黛（せいたい）に似かよっていたが、この青は全然ちがう」

「ベロ藍の濃淡を使いわければ空、海、川の細かな表情を描くことができましょう」

ベロ藍の特質は卓抜の発色、色目の鮮烈さにある。色褪せすることもない。

その鮮明な色質には突き抜けた明快さだけでなく、深い沈鬱が同居している。英泉は、むしろその沈潜した青に、近年の己の心情をみいだしていた。

「ベロ藍は色と色の境目の微妙なせめぎ具合が実におもしろい」

「もとより江戸にあります藍とかけあわせたら、もっといい色目になるはずです」

「この絵具、どこで手にいれたんだ？」

「遠くはるかに遠く、阿蘭陀（オランダ）や英吉利（イギリス）あたりでございましょうか、とにかく海のむこうの毛唐の国の産物でございます」

ベロ藍はプロシアの錬金術師が赤い染料を作ろうとしていて、偶然に発明された。フエロシアン化鉄という鉱物由来の染料でプルシアンブルー、アイアンブルー、ミロリーブルーなどと呼ばれる――しかし、そのことを絵具商どころか英泉が知る由もない。

とはいえ、絵具屋は熱弁をふるった。

「文化の世のはやいうちには、もう阿蘭陀から長崎にもたらされていたそうですが、幸か不幸か絵師の皆さまの知るところではなかったのです」

「なるほど。いまベロ藍とやらを使えば日の本の第一番目となれるわけだな」

「いやはや、英泉先生はいいところへおいでになりました」

「ふん。どうせ国貞や国芳に売り込んだろうさ」

歌川の連中や北斎御大の一門にも、しばらく黙っていろ。珍しくも英泉は強談判した。

「……承知いたしました。しかしベロ藍は清国からどんどん入ってきております」

扱いをウチで独占できるのは時の問題、主人はこういって上目をつかった。

「わかった。オレが店にあるだけのベロ藍を買おう」

英泉は美人画で衣装や髪飾りなど、すべてにおいて華美で贅沢な品々を描いた。色目はことごとく絢爛豪華、何色も使い重ねて、摺師が泣きだすほどだった。

だが、英泉の胸には別の新しい想いがきざしている。

ベロ藍との、たまさかの出逢いが英泉の絵師魂ばかりか、純真ともいうべきいたずら心を刺激してならない。色の魔法使いを自認する英泉が、たった一色、それも青の系譜だけで絵を描く——。

「おもしろい。不惑の渓斎英泉の、今一度の門出になるかもしれぬ」

北斎の仕事場は、引っ越したばかりというのにもう乱雑の極みになっていた。反古の紙や食べ物の包みなどが手当たりしだいに散乱している。台所は料理をした痕跡がなく、出前の碗や丼が積んであった。玄関の框（かまち）にはたっぷり銭を放りこんだ笊（ざる）、出前の小僧はここから代金をかすめとっていく。

土地と長屋が変わろうとも、十年一日の馴染みの光景であった。はじめて訪れる仕事場ながら、勝手知ったる北斎の部屋——。

「ややっ、これは懐かしい」。英泉は危うく踏んづけそうになった一枚の絵を拾う。

「浅草寺の雷門、しかも組上灯籠（くみあげとうろう）じゃないですか」

「まだ、そこいらに落ちていたか。引っ越しの時、ひょいと出てきやがった」

組上灯籠は、横大判の錦絵に描かれた各部を切り抜いてつくる。門脇をかためる風神雷神はもとより、参詣の男女、さらには玄人らしき美人、門前でケンカする坊主たちと、さまざまな情景が絵に躍動していた。あふれでる滑稽味は北斎の面目躍如というべきだ。摺色は浅草寺を象徴する紅が目立つ。

それらを糊で貼って組み立てると、小さな雷門ができあがる。

「まだ子どもだった常盤や紺は組上灯籠が好きで、よく土産にしたものです」

「吉原からの朝帰り、心の隅がチクチクしてならねえから妹たちに買ったんだろ」

北斎にいわれ英泉は返す言葉がない。当時はまだ北斎と知己を得ていなかったが、子どもの玩具にも手を染め、手抜きなしの工夫と絵をものする北斎に感心したものだ。

「組上灯籠は、たいがいハサミが入ってしまうから一枚絵で残るのは珍しいです」

「おうさ。せっかく組み立てたのも、しばらく飾った後は捨てられちまう」

「その伝でいけば、扇絵も同じようなものですね」

「いよいよ話は本題ってやつだな」

北斎は、敷きっぱなしの布団を蹴とばし、自分が座る場をこさえた。

英泉もならって、火が消えた長火鉢を押しやる。火鉢は畳の筋目にのって勢いよく滑り、危うく尿瓶（しびん）にあたりかけた。北斎はそれを横目にとらえ、ぼそっという。

「心配するな。中身は今朝、アゴが捨てよった」

英泉は苦笑いしながら、ベロ藍の話をはじめた。

「絵具屋でベロ藍を気にいったのはいいんですが、それを活かす術には悩みました」

「青の魅力は数多い。だが、やはり涼し気なところは見逃せねえからな」

「で、団扇絵に仕立てることにしました」

外では、物売りが長屋に入ってきたようだ。

「うちわーっ、ベロ藍の団扇、青のきわだつ団扇。うちわーっ」

北斎は人一倍大きな耳に手をやりニヤリとする。英泉は恐縮した。

「並みの団扇なら夜泣き蕎麦と同じ十六文なのに、ベロ藍は四十八文もとります」

「流行ればそれでいいってもんじゃねえが、せっかくの人気を嫌がることもあるまい」

北斎は、手を伸ばして小ぶりの葛籠（つづら）を引きよせる。

ベロ藍を用いた、団扇に貼る前の英泉の絵が何枚もでてきた。心の師が、完成品になる前の絵まで入手してくれている。それだけで、英泉は喜びを禁じ得ない。

だが、北斎は頓着せず絵の話に没頭した。

「鍋島の焼き物の逸品、ことに青一色の藍染付は見事なモンよ」

「私も知っています。わずか三寸の皿に、花鳥風月の趣がひろがっていました」

「おうさ、あんな前例があるんだから、団扇絵の大きさであろうがいいモンはできる」

「藍染付でも少し朱や赤を入れる例がありますが、私はあえて青づくめに仕立てたんです」

「とはいえ英泉もいったとおり、竹の骨に貼られてしまえば組上灯籠と同じよ」

涼を送り、蚊を遣るのはまだしも、料理や風呂焚きで使われ煤だらけになることも。

「だけど、そうやってボロボロになって捨てられるのは片腹痛いじゃありませんか」

団扇絵ながら、団扇にするのはもったいない。大事に残しておきたくなる絵にしよう。

「英泉なら、そう考えてもおかしくはないな」

「画題は草木、水の中の魚、空と鳥などベロ藍を活かせるものにしました」

北斎は英泉のベロ藍団扇絵の中から三枚をひっぱりだす。

「これこれ。鯉に鷹、檜葉はなかなかの出来だ」

北斎はさらに、「うまく写実が効いていた」といってくれた。

「淫売宿で売女の尻を撫でているとおもいきや、しっかり写生の稽古をしていたのか」

英泉、ほめられたうれしさに堪えきれずニコニコ顔になった。

——とりわけ、鯉や鷹、檜葉にはオレの想いがこもっている。

鯉は黄河の龍門の激流を登りきったら龍となる。

青空にとぶ小鳥を狙う猛禽は、英泉が北斎に抱く強い印象を託してある。

そして檜葉は、あすなろの樹ともいわれる。あすなろは、明日こそ憧れの檜(ひのき)になろうという一念をもつ樹木だ。

——オレにとって北斎御大は龍であり鷲鷹、そして檜なんだ。

一歩でも北斎に近づきたい。画狂の境地に入っていきたい。

北斎に私淑してから、いや艶本で妹たちとの暮らしを支えていた頃から、北斎は畏敬する巨人であり続けている。この年齢になっても、その想いは衰えることなく英泉の奥底でうずいてならない。

だがその一方で、世を儚(はかな)み、虚しく感じる心根が癒えることはなかろうとも思う。

一生を鯉のまま、あすなろの樹のままで終わるかもしれない。この、重苦しい憂鬱に襲われることも度々だ。しかし、それでも北斎は英泉にとっての希望であり、一介の絵師たる彼を支えてくれている。

——富士がそびえているかぎり、山頂をきわめるのをあきらめてはいけない。

「英泉、どうした？　呆けたようにワシをみつめて。禿げ頭にナンかついてるか」

北斎にいわれ、英泉は急いで居住まいをただす。

「なにもついていません。それより、これからもよろしくお願いします」

「ん、んッ？」。北斎は訝（いぶか）しそうに坊主頭をさわっている。英泉は首を突きだした。

「それより、ベロ藍の件です」


英泉に促された形で、北斎は『冨嶽三十六景』の試し摺りの束をつかんだ。

「さて、この卍画狂老人も渓斎英泉先生にあやかりたいもんだ」

北斎は絵を開陳した。試し摺りとはいえ、奇想の富士たちが覇を競うのは圧巻だった。来年のめでたき発市（うりだし）にむけ書肆（ほんや）もかなり力をこめるはずだ。

まずは下絵の段階で英泉が息を呑んだ一枚。富士より高くせりあがった荒波、その逆巻く頂点の一瞬をとらえている。「神奈川沖浪裏」と仮題がなされていた。

「富士はともかく——波を意のままに描くには三十余年も手こずってきた」

北斎は忌々（いまいま）しそうだ。

「波頭の向こうに富士を置くことで、ようやく絵も色もマアマアの波ができそうだ」

「いやはや、この卓抜の出来で……ようやくマアマアですか……」

「富士ぜんぶの輪郭の線に墨じゃなくベロ藍を使う」

「なるほど、そうすれば、青にまつわるいろんな色彩に強い芯ができますね」

「ただ、な――」。北斎は打ち明け話をするような口ぶりになる。

「青は明るさがすぎると軽薄になる。かといって濃さに傾くと陰鬱、難しい色だ」

「確かに、青い絵の濃淡は水墨画より印象の幅が極端のようです」

しかし、東海道吉田宿の茶屋のひとコマ、御廏川岸(おんまやがし)から両国橋をのぞむ絵、深川万年橋の富士でもベロ藍の鮮烈な青が炸裂し、同時にしっくり馴染んでいる。

英泉はしきりに詠嘆しつつ、ほかの絵も引き寄せた。諏訪湖、東海道の金谷、そして小石川の高台から眺めた雪見の富士だ。北斎はいった。

「ベロ藍は切れ味がよすぎるから、ほかの色選びはいっそう慎重にやらなきゃならん」

青以外の色との調和だけでなく、小競りあいもまた北斎の望むところのようだ。

「御大、いっそのこと私の団扇絵のようにベロ藍だけで摺るのはどうですか」

「ほほう………」

北斎は感心しきりだが、英泉にすれば、これは単なる思いつきでしかない。

「伊勢参りしかり、旅が大流行ですから景色の絵はウケますよ」

美人画、武者絵ときて次は風景画の時代がくるかもしれない。英泉は無責任に予想する。そんな軽口をたたきながら残りの絵も仔細に吟味した。

どれほど時がたっただろう。英泉はふと気づいた。北斎は「ほほう」といったきり、なにもいわないのだ。北斎は眼をとじたまま、さながら石仏のように身じろぎもしない。

「御大、どうされました」

英泉が声をかけたのと同時に、クワッ！　北斎は瞼をあけた。眼（まなこ）が血ばしっている。

「英泉、ワシは決めたぞ！」

窓からさす陽が逆光となり、北斎の背後に火焔が燃えたったかのようだ。

「ベロ藍一色とは、おもしろい。どうせなら、こいつでやってみよう」

己（おのれ）の言にうなずくと、北斎は鬼神の形相を一変させ、悪童がわるさをするような顔つきになった。英泉は、北斎がひったくった一枚をのぞきこむ。

「富士と鶴、正月の床の間に飾りたいようなこの絵を青一色に？」

その絵には「相州梅沢在（そうしゅううめざわのざい）」と仮題がついている。

富士は頂の雪の白を基調に、裾野には酔った女子の頬のような桜色を配してあった。左右の群雲（むらくも）は紫、黄など瑞兆（ずいちょう）の色合いが施されていた。七羽の鶴は、お馴染みどおりに頭頂が日の丸の赤、頸（くび）から尾羽にかけて白、灰、黒の濃淡が見事にはまっている。

「せっかくのめでたい構図と色合いなのに」

「うるさい。だからベロ藍で染めあげるんだ」

「世の常識の反対をいくのは御大らしいですが、板元が承知するでしょうか」

「ワシはもう覚悟した。いやというなら書肆（ほんや）をかえる」

二

根津の妓楼若竹屋の二階、英泉はひじ掛け窓に半身をあずけていた。

根津権現の森の向こうに千駄木あたりを遠望できる。視線を移せば、上野の山がほど近い。手をかざすと不忍の池がうかがえた。

「残念ながらこの窓から富士はみえないな」

そんな英泉に末の妹が問いかける。

「北斎御大のお札、どこに貼ろうか」

紺が右手に持っているのは、北斎直筆の火除け札で「火乃要慎（ひのようじん）」と大書してある。北斎は引っ越すこと数十回、まだ一度も火事にあったことがない。それにかこつけ、女郎屋を切り盛りする紺が、たっての願いと北斎に札をものしてもらったのだった。

「そういうのは玄関あたりが収まりどころじゃないのか」

「せっかく、何枚も書いてもらったんだから、部屋ごとにおまじないしなきゃ」

まじないで火が防げるものなのか。英泉は首を傾げたくもある。なぜなら、春画は子孫繁栄の寿（ことほ）ぎ物というだけでなく、火除（ひよ）けの効能が信じられていた。七十年ほど前になるのか、明和の時代に京の大火で焼け残った蔵、そこにたんまり艶本が蔵してあったという。

「オレは艶本の数では浮世絵師のなかで断トツ。なのに焼きだされてしまった」

だが、一方では、とても墨書した火乃要慎の四文字をおろそかにできない。火難のもたらす災厄は英泉のみならず妹たちも身にしみている。

「火の魔によくみえるよう、床の間の柱がいいさ」

「うん、そうする」。紺が爪先だちし、ちらっと白いふくらはぎをみせ紙片を貼った。

英泉は片頬だけしかめた。北斎の勇壮な筆さばき、その字が、ギョロリと鋭い眼光、鑿（のみ）で彫ったような顔つきに重なり落ち着かない。

いたるところから、御大に睨みつけられているような気になってしまう。

文政の世は十三年目の師走に幕をおろし、天保と改元した。

それを待っていたかのように『冨嶽三十六景』は発表され、それこそ富士が大噴火するかのごとく圧倒的な人気と称賛をえた。

「もっとも、真っ青な富士と鶴の絵、相州梅沢在（ざい）を左（ひだり）と彫ったのは感心できない」

しかし、凄まじき奇想の成果はそんな失態を軽々と吹きとばしているのだった。

総数は三十六枚におさまりきらず、十景が追加される。いずれも富士でありながら富士にあらず、実景の写実を蹴とばす奇抜な発想の富士だ。

英泉にとって龍たる北斎にふさわしい連作であり、高い世評であった。

「御大は富士にベロ藍をふんだんに配してみせた」

青や藍、紺……微妙でありながら絶妙な差異を醸す色々の競演。北斎は魔物の総大将よろしくベロ藍からあふれでた青色の眷属を使いこなす。

「お札は御霊屋にも祀る。お父さん、お母さんと一緒に店をまもってもらう」

紺は、「これで火除けは万全、完璧」と尻をふりふり出ていった。

英泉はまたひじ掛け窓に身をよせる。

「ここから青い富士がみえないのが、もっけの幸いだったりしてな」

青という色目に対する認識はぐっと高まった。それは、残念ながら英泉の団扇絵ではなすことのできない、力業というものだ――。

「結局、オレの団扇絵はひと夏の流行で終わってしまった……」

市中の話題をかっさらう北斎の富士、ベロ藍の富士に、英泉の大きな働きがあったことなぞ、江戸の民はほとんど知らない。栄誉は水が高きから低きに流れるよう、北斎の手元におさまった。本屋どもは、こぞってほめちぎっている。

「北斎御大のおかげで浮世絵に風景画の時代が到来した」

――それでいい、充分だという気持ちと、どこか悔しく釈然としない想いが交錯する。

北斎の前では決して口にできない、英泉の懊悩であった。

「ベロ藍の傑作を国貞や国芳、重信がモノしやがったら、オレは狂ってしまったかもしれないな」

互いが好敵手と認めあうお栄だったら……。

「してやられたと歯がみはするが、対抗心も燃えただろう」

だが北斎は、嫉妬に苛まれたり、鼻をあかしてやろうと腕をまくる相手ではない。その存在は巨大すぎた。北斎を空や海にたとえたら、英泉は雲のかけらか小波でしかない。今回のベロ藍の一件で、己の存在の小ささを改めて痛感するしかなかった。

果たしてベロ藍は、堰がこわれたかのように絵師たちへ広がっていった。

だれもが、北斎の青に衝撃をうけ後を追いかける。

ところが、だれひとり、英泉の青い絵を持ちあげようとはしない。そんな絵はなかった、こう受け取りたくなるほど口の端にすらのぼらない。

「ベロ藍と団扇絵の組み合わせで、美人画から一歩抜け出すつもりだったのに」

団扇絵には意識して女子の絵を描かなかった。生き物や風景を施したのは、絢爛な色目から青一色への転換と同じく、渓斎英泉の新境地をきり拓くためだった。

――しかし、あれからもう新しい図案の注文はこない。

団扇屋は、しこたま英泉のベロ藍で儲けたことなど、きれいさっぱり忘れたかのようだ。

「はい、もちろん次の夏も先生の絵は売りだします」

こんなことをいいつつ、摺る絵は旧版の流用、その数も前年を大きく下回っている。

「なにしろ団扇絵なんてものは毎年の使い捨てですから」

「もうベロ藍の団扇は売れぬというのか？」

「二年も続けて同じモンが流行るわけがございません」

こうして、美人画の次を狙ったもくろみは腰砕けになってしまった……。

――オレはバカだ。商人が絵の本質をみてないことくらい、痛いほど知っているのに。

英泉に棲んでいる虚無の毒蛇が、またぞろ鎌首をもたげてきた。

人生の営みについて回るうねりは、根津の近くを流れる藍染川さながら曲がりくねっている。ベロ藍で浮上のきっかけをつかんだつもりでも、その糸は思いのほかもろかった。英泉の意気込みを嘲笑（あざわら）うかのように糸はほつれ、ぷっつり切れてしまった。

「そのうえ、女郎屋の主におさまっているのにも飽いた」

英泉は、またも肚のなかであばれだした蛇をもてあましている。

三

枕元まで、呑み残した酒の香がただよう。

最近は、三合も空ければ酒がまずくなってくる。齢のせいにしてもいいが、それだけでは割り切れぬものが、英泉にはある。

窓の障子をとおして夜あかりが差しこみ、横になった英泉の影をつくっていた。

「眠れないのかい？」

寅吉にいわれ、英泉は彼女のほうへ寝返りをうった。

「ここんとこ、身体だけじゃなくって胸のうちにも疲れがたまっているみたいだね」

「…………」

英泉と寅吉は馴染みの出会い茶屋で同衾した。

今宵も男として情けない事態に直面してしまった。寅吉と情をかわすようになって二十年以上になる。気の置けない女とまぐわえば、互いになれて新味はなくとも、手練れの描く絵のようにすんなりツボにはまるはずが――。

「気にしちゃいけないよ」

薄明りの向こう、手をのばせば届くところで情婦がいう。

「女なんてのはね、好きな男が相手なら、抱かれたり口を吸われるだけで満足なのさ」

「…………」

慰めはありがたい。だが、ふがいない結果におわった事実を消すことはできない。古今の性知識を網羅した『枕文庫』の著者だけに、男女の秘事には精通している。英泉は医師さながら、己(おのれ)をみたててみる。この体たらく、放蕩の報いではなく肝や腎の衰えでもないとおもえる。やはり、気の萎えが原因だろう。

「ベロ藍の団扇絵の仕事は、すっかり終わっちまったと同じだ」

情婦にはつい不満をこぼしてしまう。しかし、不平を並べたすぐ後から、前を向くことなく、過ぎたことばかり口にする己の情けなさに気づく。

自己嫌悪は募るばかり――毒を吐き、その毒が跳ねかえって倍も苦しんでいるのだから世話はない。

外では、酔客が清元をうなっている。はずれっぱなしの調子から察するに、千鳥足でふらついているのだろう。寅吉は「ひどい唄だね」、あきれたように笑ってから話した。

「久しぶりに本屋の旦那の座敷に呼ばれたんだよ」

板元は蔦屋吉蔵。あの蔦屋重三郎とは親戚どころか何の関わりもない。しかし、蔦吉は文化文政に名をあげた書肆(ほんや)だ。彼は蔦屋を名乗ることをためらったりしなかった。

「伊勢屋は稲荷や犬糞ほど数があるんだから、本屋に蔦屋が二軒あってかまわない」

英泉はそんな蔦吉と何度か仕事をしている。ことに文政八年の『傾城道中双六(けいせいどうちゅうすごろく)』『契情道中双六(けいせいどうちゅうすごろく)』は英泉美人画の集大成といっていい。

吉原を代表する遊女五十五人を連作で描いた大作、名花たちはいずれもむっちりと肉厚で、身体を水鳥の長い頸(くび)のような具合に曲げている。表情、佇(たたず)まいとも「ぞっとするほど妖艶」と絶賛された。華美で頽廃した文政の世を代表する美人画となった。

――思えば、あの頃がオレの最盛期だったのかもしれない。

「それで、蔦吉はなんていってたんだ」

「それが、さ」。隣の布団の寅吉がもぞもぞと身を動かす。

「あんたの横、いってもいい？」

英泉は返事のかわりにうわ布団の端をあけてやる。ほどなく、寝化粧と大年増女の体臭がまじった、むっとする香りが鼻腔をみたした。寅吉の顔は英泉の胸あたりにある。

「蔦屋の旦那、また仕事をしてもいいって」

「してください、の間違いじゃないのか。本屋のくせにお高くとまってやがる」

「なにいってんだい、板元あっての浮世絵師じゃないか」

「そのことはさておき、渓斎英泉のベロ藍の絵を開版したいといってたのか」

「そうさ。あのステキな青は浮世絵の新しい世をつくるかもしれないって」

「蔦吉は商売上手だ。旬の絵師の、いちばんうまいところだけ、つまみ食いしやがる」

「それだけの目利きってことだろ。旦那は年内の様子をみて決めるそうだよ」

「どういう料簡なんだ」

「まずは、北斎御大の富士の絵の売れ行き、ほかの板元や絵師の動きをしっかり見届ける。それで青い絵が売れると踏んだら、あんたの美人画をベロ藍で摺りなおすって」

「チッ、オレの絵の力じゃなく、世間なんて気のしれぬモノのほうを大事にするのか」

「いやだよ、本屋のやり口にいちいち腹を立てても仕方ないいじゃないか」

寅吉にさとされ、英泉は煮えくりかえりそうな腸を抑えつけた。

深川には若い芸妓が多い。枕芸者、春を売る者もいる。蔦屋吉蔵はその中から、わざわざ年季のはいった羽織芸者、しかも絵師の情婦を呼びつけた。ここに狙いがあろう。直接ではなく、間に人をいれて意を伝えるとは蔦吉らしい狡猾さだ。

「蔦吉は紅英堂と名乗るくらいで、多彩な色目を自慢する刊行物が目立つ」

「そういう本屋が、あのきれいな青色を認めたってことだろ」

「まだ半信半疑、それがヤツのホンネさ」

「だったら藍摺りの評判が、北斎御大のおかげで高くなれば御の字じゃないか」

「……ベロ藍を最初に使ったのはオレなんだぞ」

「あんたの青い団扇絵は、深川芸者もこぞって買ってくれたものさ」

「オレは本屋に、意地でもベロ藍で絵をだしてくれと頼んだりしない。あいつが頭を下げないかぎり絶対に描かない」

「よしなよ。体面より世に絵が出ることのほうが、よっぽど大事だろうに」

夜がふけゆく。中年の絵師と大年増芸者の会話はとめどもなく続く。

ぽつりぽつり、雨音がしたとおもったら、たちまち雨脚は強まり地面にしぶきをあげた。

ずぶ濡れになってヤケをおこしたのか、野良犬が狂ったように吠えている。

「あれは根津の方角じゃねえのか」

北斎が竹の杖をふりあげた。秋の空の中ほどまで黒煙がたちのぼっている。

「ウチには北斎御大のありがたいお札が、いたるところに貼ってありますから」

「冗談いってる場合じゃねえぞ」

軽口をたたく英泉を北斎は強くたしなめた。周りの本屋や板元たちも不安げに半鐘の音をきいている。本屋の主人の名代できている番頭が声を大きくした。

「英泉先生、マジでヤバいですぜ」

英泉も遠目をきかせる眼つきになった。確かに、これは、ただ事ではない。

「早く帰えれ。ワシがお前のぶんの焼香もやっておいてやる」

北斎が英泉の背を押す。

「絵の道具や描きかけの絵は捨てておけ。そんなもんは後でどうにでもなる」

北斎は火事のほうを、ぐいっと睨みつけた。

「後でワシも駆けつける。まずは妹たちに女郎どもの命。何より、お前の大事な眼と腕を焼かれぬように気をつけろ！」

四

天保二年（一八三一年）の秋口、この日は十返舎一九の葬式だった。

納棺された亡骸を担いだ英泉はその軽さにおどろいた。

一九は浅草永住町の東陽院に葬られた。北斎がいっていたように、晩年の一九はかつての栄誉とは裏腹な生活をおくっていたようだ。中風や眼病にやられ、身体も不自由だったという。

祭壇はどう値踏みしても一番の安物でしかない。僧侶も名僧という風体ではなく、寝ぼけたような調子でありがたみの薄い経をあげていた。

江戸を代表する人気作家のひとりが逝っただけに、会葬者には錚々たる人士が集まるかと思いきや、名だたる板元は主人でなく店の者をよこしている。絵師も義理堅い北斎は別として、画工番付で上位の面々がみんな顔を揃えているわけでもない。

――世間ってやつは、まったくもって。どいつも、こいつも。

ちなみに、この年の画工の格付けはこうだ。

歌川国貞が大関の首座、次いで関脇は柳川重信、それから小結で歌川国芳、前頭筆頭の歌川国安ときてようやく渓斎英泉の名があがる。

多少はベロ藍の効果もあったのだろう、幕の内になんとか名を連ねているというところだった。英泉の後ろは歌川国虎、国直、二代目豊国らが控えている。いずれも、かつては歯牙にもかけなかった絵師ばかりだ。

葛飾前北斎為一老人は、当然のごとく別格で横綱扱い、国貞をも圧している。

左右に太刀持ちよろしく蹄斎北馬と葵岡北渓の高弟をしたがえ、番付表のいちばん目立つところに鎮座まします。

「英泉なんて来年は番付にのらないよ」

こんな声が、どこからともなく漏れきこえてくる。まして、一世を風靡した一九の末期を知り首筋が寒くなるばかりだ。

オレが死んだら、いったいだれが、どう哀しんでくれるのだろうか。

英泉は疑心暗鬼にならざるを得ない。

――人気絵師として逝きたいが、それとて冥途の旅のはなむけにはならないだろう。詮方なきこと、とわかっていても諦観できない。ただただ、虚しい風が胸の隙間に吹きこむ。一九の死は、英泉を五つも六つもいっぺんに老けこませてしまった。

たったひとつの救いは、著作を諧謔と滑稽で埋めた一九らしい辞世だった。

――此世をば　どりやお暇に線香の　煙と共に灰左様なら

葬儀を辞した英泉、浅草から息せききって根津へと駆け戻った。

だが、若竹屋はもう火に包まれてしまっていた。

英泉の五感に刻まれた火難のおぞましい記憶が舌なめずりしながら這いだしてくる。

「みんな無事か！」

怒鳴りながら妓楼に飛びこもうとするが、町火消しの面々に制止された。

周囲には、界隈に住まう者よりずっと数の多い野次馬が集まってきている。どの顔も火の照り返しを頬のあたりに輝かせ喜々としているのが、いいようもなく腹立たしい。

それほど他人の不幸はうれしいものなのか。

「兄上、申し訳ございません」

茜がよろけながら駆けよる。その顔は涙と煤でよごれ、乱れた髪から焦げた臭いがたっていた。英泉は茜の肩をつかみ、乱暴にゆらす。

「お紺、紺はどうした、どこにいるんだ！」

あの気丈な茜がわっと泣き崩れ、英泉の胸もとに倒れこむ。

「まさか、家のなかに………」

「逃げようと、あの子の左手をとりました」

普段はぶらつくばかりの左腕なのに、姉が手をつかんだとたん、紺はもの凄い力でふりほどいた。

「いやだ、わっちはここにいる」

もはや内所は火焔ばかりか黒煙にも侵されていた。一寸先さえみえないうえ、茜はひどい咳に襲われ息もできない。

「姉貴は逃げて」。紺は両手をつかって茜を部屋の外へと押し出す。

「お前はどうするの！」

「二階にまだ女子がいる。あの子たちを置いてはいけない」

ここで、茜は気が遠くなってしまった。紺は倒れた姉につまずいたものの、階段めがけ走っていったようだ。茜は、内所に入ってきた火消しの若い衆に抱かれ一命をとりとめた。

「ゴホッゴホン、妹が、うえに妹がおります」

茜は薄れそうになる意識にあらがい、ひどく咳きこみながらも訴える。

だが火消しは、彼女を引きずって店の外へでた。

「姐さん、もういけねえ。この火と煙じゃだれも助からねえ」

隣の料理茶屋が二階から焼け落ちた。

若竹屋の瓦のうえで纏(まと)いを回し振っていた町火消しが飛び降りる。刺又(さすまた)と鳶口(とびぐち)をかざした一群が妓楼の柱を切り倒し、壁を突き破っていく。

「兄上、私がおりながら……申し訳ございません」

茜は泣きじゃくりながらまた詫びをいった。英泉はこわばった頬のまま、今度は生き残った妹の肩をなでてやった。自身番の親父が英泉をみとめ近づいてきた。

「若竹屋は壊すしかありません。火から根津の町を守るほうが先決です」

英泉は憮然としてうなずく。ふと、お紺の断末魔の叫びさえきいていないと気づいた。

「英泉、間にあったのか！」

火焔の轟音にまけぬ大音声、北斎が弥次馬どもを竹杖で押しのけ兄妹の前に躍りでた。

「末の妹、お紺が――」

「なんだと！」

北斎もそれきり絶句し、仁王立ちする。茜はよろよろと火のほうへ近づいたものの、膝から落ちた。彼女は地面に突っ伏し号泣した。

「オレたちのしあわせは、長続きしたことがない」

新橋の家が燃えた光景がかすめる。あのときは、火が醸す赤や黄、橙に眼を奪われてしまった。彼はそれを絵師の業だと納得してみせたのだった。

しかし、眼の前の火難がそんな感興を催すことはなかった。

紺は命を奪われた。その現実が英泉の感情を乱した。悲嘆はもちろん、それ以上に怒りがこみあげてならない。死んでいくしかなかった紺、泣きながら己を責める茜には何もしてやれない。

――この、ちっぽけすぎる兄。そのことに、ただただ腹がたつ。

遊郭が燃え、木材は爆ぜる。その音、臭い、光景が英泉をゆさぶる。

「生みの母に義母、妹まで……オレが心から愛した女はみんな先に死んでしまう」

英泉に、またぞろ虚無という蛇がからみついてきた。

根津権現の参道、その中ほどにある水茶屋から出た火は、紺が女将として腕をふるった若竹屋を全焼させたところで消えた。

火消しが奮迅、よく食い止めたと人々は称賛した。

若竹屋の死者は遊女が二人、そして女主人の紺だった。

「熱かっただろ、痛かっただろ。ごめんね、ごめんね」。茜は紺の遺体にすがる。

紺は、あの美貌と鉄火な色気のすべを失い、人の形をした炭になってしまった。

着物はすべて焼け、肉体は真っ黒なくせ、剝きだした歯だけが白い。そのうえ左手を突きあげたまま死んでいる。茜のいったとおり、極限に追い込まれ、動かぬはずの腕が利くようになったのか。

昼から登楼した客は無事。若い衆も一人とて欠けることなく生き延びた。

このことも、町の声は不幸中の幸いでまとまっている。

英泉の、己への怒りは収まるわけがない。だが、哀しさは、あまりの衝撃に雲散霧消してしまったかのようだ。

北斎は、くすぶって湯気のような煙をあげている焼け跡を、忌々しそうに、のしのしと歩きまわっている。

「末の妹は手厚く弔ってやれ。間違っても一九みたいな葬式はだすな」

「はい」。英泉は、老絵師が二人の妻、息子や娘に先立たれたことをおもう。

「お紺め。わざわざワシのところへきて、火除けの札なんぞを欲しがりやがって」

「その節はありがとうございました」

「なにが、ありがたいんだ！」

北斎は竹杖で英泉を打ちすえる。彼は実の父に頬をぶたれたかのように悄然となった。

「あんなもんを書かねばよかった」

札みたいな燃えるモンじゃなく、防火水をためる火除け桶を、ひとつでもたくさん買っておけというべきだった。

「ちくしょう。あたら若いモンの命を取りあげるなんて」

北斎の哀傷は心の叫びでもあろう。英泉は竹杖で打たれた痛みを忘れた。

「英泉、お紺の供養にいっとういいのは何かわかってるか」

「…………」

「お紺のやつ、いってたぞ。兄貴にもう一度、美人画を描いていたときに戻ってほしいと」

「あいつ、そんなことを………」

「渓斎英泉は淫売宿の亭主なんかじゃない、日の本一の浮世絵師だといいやがった」

ふいに紺の姿が浮かびあがってきた。

ぱらぱらと絵双紙をめくっていくように、末妹は次々に表情をかえていく。赤ん坊、泣き虫だった幼少時、一転して負けん気の少女時代。姐御気取りで不良どもを束ね、矢場の女将に収まった頃。そして腕の怪我、短い期間だったが再び一緒に暮らした新橋の家を経て、最後の絵は根津の女郎屋……。

突き抜けていったはずの哀しみが、じんわりと何倍にもなって押しよせてきた。たまらず、英泉はむせび泣いた。嗚咽を漏らしながら肩をふるわせる。

北斎は大きな唇をへの字にまげ、無言のまま英泉の横に立った。

五

鶯が庭の木にとまった。英泉の膝で喉をごろごろいわせている黒猫が顔をあげる。

鶯は雀よりも丸っこくて小さい。緑色の羽は長旅で塵埃を浴びたかのように褪せ、くすんでいる。そのおかげで、まだ枯れ枝のめだつ梢にとまれば見事にまぎれてしまう。

だが黒猫はめざとい。膝から飛びおり、開けた窓の枠に前肢をかけ獲物を窺っている。

「やめておけ。法、法華経と鳴く鳥をくらうと、お前がバチをくらうことになるぞ」

英泉がいうと、まるで返事をするかのように長い尾をゆっくりとふった。だが、猫の金色の眼は獣そのもの、決して庭先の枝から離れはしない。

二度目の火難を経て、英泉は家移りした。

根津の地をはなれて根岸の新田村、時雨の里に腰をおちつけた。

住まいは布施屋の寮、常盤夫婦と四人の子たちのための別宅だ。

「田んぼとお寺ばっかりでずいぶん田舎だけど、その分、のんびりできるから」

常盤にとっても年子の妹の予期せぬ死は衝撃だった。

常盤はなにもいわず焼けこげた紺を抱きしめた。

そして、常盤は路頭に迷う兄と姉のため万事を差配してみせた。布施屋も同様、ここへ越すことを強く勧めてくれた。

ときおり彼と常盤、甥や姪がやってきてにぎやかになる。

「先年、お亡くなりになった酒井抱一先生も根岸にお住まいだったの」

抱一のみならず、根岸には文人墨客が少なくない。だが、英泉はあえて彼らと交わろうとしない。たまに、英泉の住まいはここかと訪ねる人がきても居留守をつかった。

布施屋の寮は平屋の五部屋、英泉は八畳間を仕事場兼寝室にあてた。

四畳半には仏壇をすえ、新しい位牌も並べてある。毎朝、英泉と茜は手をあわせた。

「竹若とかいう材木問屋は葬式にもあらわれなかったな」

「そのことも……お紺が不憫でなりません」

家のまわりは柊の生垣、棘のある葉は猫が出入りに苦労しているようだが、泥棒の用心に好都合だ。秋になると、白に黄をあしらった小さな花が咲き、甘くおだやかに薫る。

黒猫は英泉が拾ってきた。根岸の名所たる御行の松の近くで、ミャーミャーと哀れな様子だったのを、見捨てるわけにはいかなかった。英泉は仔猫を抱きあげる。

「お前、えらく細長い尾をしているな。これは珍しい」

黒い着物しか纏わない英泉、その懐に黒猫はすんなりとおさまった。

「絵師で猫好きは多いが、昨今は国芳がとりわけ有名だ」

チラッと、遠い昔に青い眼の三毛猫と出逢ったことも思いだされた。

「クロとでも名付けるか」

「あれ、兄上らしくもなく芸のない名ですこと」

「淫乱斎とか白水主人なんて猫はおらんだろう」

「……それは、兄上が艶本でお使いの隠号ではありませんか」

根岸での日々は、土地柄そのものの起伏に乏しい。

「ねえクロ、兄上に夕餉(ゆうげ)はなにが食べたいか、きいておくれ」

「ニャーゴ」

「下魚だが三寸ほどの鯵を丸ごと焼いたのがいいな。クロもそうだろ」

「ニャーニャー」

「河岸から遠いんですから、イキのいい魚は手に入らないといっておくれ」

「ニャ、ウオン」

こんな具合で、いつの間にか兄と妹は猫を介して話すことが多くなってしまった。

英泉は数え四十三。英泉の年齢は、大店の店主なら、惣領（そうりょう）に家督を譲って楽隠居をきめこむ例もなくはない。だが、男盛りこそ今だとはりきる御仁だって大勢いる。

――いずれも、人生の残りが少ないと承知しているからこそ。

根岸にきて、英泉はいっそう老けこんだ。板元ばかりか呑み屋とも疎遠になっていく。春、秋と年に数枚は仕立てていた、独特すぎる意匠の呉服屋ともごぶさたのまま。季節がひとつ巡っていくごとに、世の動き、流行に対する興味がうすれていく。

――どうせ新しい着物や羽織をこさえても、着ていくところがない。

たびたび紺に父、生母と義母の夢をみた。ひょっとして、死者に呼ばれているのか。死を想うと、うすら寒い寂しさが押しよせる。だが、死んでしまえばそれまで。こういう捨て鉢な気持ちにもなった。

――オレなんて龍になれず鯉のままで終わるのかもしれん。

落ちぶれていくのは我慢ならない。だが気鬱は深刻、すっかり絵を描く数が減った。

美人画を藍摺りで、という動きはあった。蔦吉こと蔦屋吉蔵も乗りだした。

「だけど、新作はまだ早い。昔、ウチで出した美人画の摺色だけ青に変えよう」

蔦吉は利にさとい。過去の版を再利用することで、英泉に払う画代を節約できる。文政で人気を得た絵なら失敗もあるまいと算段したのだ。

ところが、藍摺りの美人画は思うように売れなかった。

蔦吉は商売がうまくいかぬと判断したとたん、露骨な態度をみせた。

「錦絵なんてものは、いくつも色を使うからいいんだ。ベロ藍だけなんてダメだ」

もっとも、国貞だって藍摺りの美人画を出している。やはり絵師にはベロ藍の深み、発色の鮮やかさは魅惑的だったのだ。しかし、人気一番の彼とて実売は伴わなかった。

――あの青の良さがわからぬ世間、それに本屋がバカなのさ。

挿絵の仕事は馬琴や柳亭種彦の合巻が目立つ程度だ。馬琴の作での登用は、英泉贔屓を隠そうとしない厚情があってのこと。種彦は北斎と親しく、御大の口利きがあればこそ。

いずれも、火難と末妹を失った絵師を見舞う意味あいの濃い仕事だった。

ところが、英泉は絵から離れつつある己をどこか他人事のようにみていた。

――根岸にきて、文章をひねくることのほうがおもしろくなった。

一筆庵可候、ちょいと書いてみよう、という筆名を考えついた。ふざけた名だが、狂歌師のひそみに倣ってもいる。あっけらかん、と称する朱楽菅江をはじめ酒上不埒、元木網……寛政の文人はこんな名をつけ粋がっていた。

為永春水も著作に励んでいるという噂がきこえてくる。

「あんな野郎になにが書ける」。英泉は鼻で嗤った。

天保と元号がかわって数年、世情は暗澹の色合いが濃くなってきている。江戸では悪い風邪が大流行したかとおもえば、凶作による米の払底で窮民に施米が実施された。幕府は酒の醸造石数を、なんと三分の一にまで減らす案まで検討しているらしい。

布施屋は義兄に世の動きを説明した。

「みちのくでは江戸近郊よりひどい凶作に見舞われ、打ち壊しが勃発しています。西の大坂、長州でも毎日のように米騒動があるとか」

いずれ国中が大飢饉に襲われるのではないか。布施屋は予想する。

「幕府は近いうちに五か年の倹約令を出すという噂です」

「寛政の頃のような改革をやらかすつもりかな」

四十数年前、老中松平定信は風紀粛正に乗りだし、戯作や浮世絵、芝居にも及んだ。蔦屋重三郎は財産の半分を没収され、人気作家だった山東京伝も手鎖の刑に処された。

「天保の改革があれば、義兄さんも用心せにゃなりませんね」

「そうなりゃ世も末だ。長生きするとロクなことはない」

英泉は薄笑いをうかべて嘯く。だが、常盤ひいては布施屋の手あつい加護のおかげで、生活に暗い翳がさしているわけではない。根岸の里の侘び住まいをかこつ、英泉の日常はお気楽の極みといえよう。

妹一家が帰ったあと、英泉は文机に頬杖をつき、性懲りもないたくらみを弄(もてあそ)んだ。

――ひとつ、浮世絵の来歴や絵師の伝記、評判をまとめた随筆でも書いてやろうか。

浮世絵類考とでもいうべき書物は、すでに太田南畝(なんぽ)や山東京伝、式亭三馬ら名高い文人が手を染めている。そこに英泉の書が加われば……案外、後世にまで残るかもしれぬ。

――隠者らしい厭世の匂いのふんぷんするやつがいい。

名人、人気の絵師であろうが容赦なく斬ってすてる。うつけばかりの世の民、絵の本質をわきまえず、銭儲けにウツツを抜かす本屋たちも、こっぴどくこき下ろす。

――无名翁随筆(むめいおうずいひつ)、なんて題はどうだ。

英泉はニンマリした。「无名」は無名の意だし「翁」というのもいい。数え四十三にして老爺を気取るのは、北斎が画狂老人と名乗ったことを必要以上に意識している。

クロがのそりとやってきた。大あくびをひとつ、それからひょいと英泉の膝にのった。

六

英泉は下駄ばきで天王寺の境内にはいった。

この寺を筆頭に、根岸は寺町といいたいほど寺院が多い。

英泉は転がった落蟬(おちぜみ)をみつけ、つま先でつついてみた。しかし、蟬の命が尽き果てたわけではなかった。これが末期の叫びとばかりに透けた羽をふるわせ、あたりを圧する凄まじい音声を発する。

夏の虫の気迫あふれる死にざま、それを目の当たりにして英泉は立ちすくむ。

——むむ。一寸の虫にも五分の魂というやつか。

なぜか、浮世絵のことが頭にうかんだ。早晩、菊花が薫り、ひやおろしの酒の香に陶然とする季節がくる。来春の発市(うりだし)を考えれば、そろそろ画題をきめ下絵にかからねばならぬ。そういう時期がきている。しかし、根岸に移ってから、まともに仕事をしていない。板元からは新作の声すらかけてもらえない。

一匹の蟬は何年も地中で雌伏し、ようやく世に出ても十日も生きていないという。だからこそ、命の発露として、酷暑のなか爆音さながらに鳴き続けるのだろう。

——オレは、あたら年月を無駄にしていたのではないか。

英泉は落蟬に、大事なことを教えてもらったような気になっている。ようやく自虐と怠惰、開き直りに染まった毎日に倦みだしたということなのか。

だが英泉は、いきなり訪れた気持ちの変化に、正直とまどった。

彼は膝をまげ、瀕死の蟬をのぞきこんだ。今度は、女子のような細長い指でふれる。

だが、虫は手足を縮めたまま動く気配もない。

強い風がふく。落蟬は乾いた音をたて、あてもなく転がっていった。

英泉は布施屋の寮にもどった。

玄関からではなく、柊の生垣と生垣の合間にしつらえた柴折戸から庭へはいる。どこからともなくクロがやってきて、頰を英泉の着物の裾に強くなすりつけた。

英泉と猫は仕事場の縁側にちかづく。

「これ、どう思う?」

狐顔の男が下絵を隣の細面の男にみせている。英泉と黒猫はその様子を窺う。だが、ふたりの男は英泉に気づいていない。

「白蛇と武家が闘う場か。おれは姫が蛇に襲われたところを描いたけどね」

「どれどれ」。狐顔が反対に細面の絵を吟味する。

「ここまで姫の腿を露わにする必要はなかろう」

「いやいや、英泉師匠は艶本の大家だぜ。これくらい艶っぽくなきゃ」

「アハハ、違えねえや」

根岸へきてから、請われるまま絵を教えるようになった。

たいていが清元の師範の茜、顔がひろい常盤のコネで集まってきた。商家や貧乏武家の次男、三男坊が多い。中には四十代半ばの酒屋の主人に、艶本を描きたいと懇願され、英泉のほうが鼻白んでしまった。

狐顔は英谷(えいこく)、細面には泉桜(せんおう)の名を与えている。英谷があくびをこらえながらいう。

「師匠はまだ帰らないのかな」

「四半時(しはんとき)（三十分）はもうとっくに過ぎているのに」

英泉が即興で物語を書き、挿絵を描くように命じてある。今日は怪談仕立ての、白蛇に魅入られた乙女の小品を示した。絵ができるまで、散歩がてらに外へ出たのだった。

ふたりとも絵はへたくそだ。いくら教えても構図、人の表情、背景ともなっちゃいない。だが英泉は怒鳴ったり、紙を破いたりしない。一方、朱筆を手に直すのもやめてしまった。結局はすべてを描きなおすことになってしまうからだ。

——来るものは拒まずというのは、考えなおしたほうがいいな。

英泉は、まず生きていくために艶本を手がけた。ほどなく、己の情念をぶつけようと美人画をものした。

だが、彼らは趣味や片手間でしかない。そのうえ絵心の才を持ちあわせていない。絵なんてものは才がなければ。才あってからこそ技が光る。

英泉は師匠の菊川英山や私淑する北斎から、手とり足とり教えられた経験がない。自発して敬愛する絵師の作を模し、写生で腕を磨いた。しかも、最初から水準以上の絵はできた。

ただし、町内でいちばん絵がうまい程度では江戸の板元を納得させられないのだ。

英泉には、卓越した絵心という土台のうえに、己ならではの女を描きたいという渇望があった。だから努力を惜しまず、時には、のたうつほどに葛藤してきたのだ。

北斎に私淑してからは節目、節目で教示があり檄も飛んだ。

そのことに感謝はつきない。

しかし、英谷や泉桜にそんなことをいっても……糠に釘、想いは理解してもらえない。

——ま、根岸の里の英泉浮世絵塾だと納得するしかあるまい。

彼らに声がけしようとしたら、きき捨てならぬ話になってきた。

「しかし、英泉師匠の弟子になって、絵を開版できるのかね」。英谷がいう。

「このところ、師匠はさっぱりウダツがあがってねえからな」。泉桜はこたえた。

ふたりは絵筆をおき、雑談に花を咲かせる。また英谷がきりだす。

「どうせなら国貞や国芳のところへいったほうがよかったかもな」

「しーっ」。泉桜はこれみよがしに唇に指をあてた。

「国貞の弟子になりたいなんていったら、えらいことだぜ」

「そうだな。国芳はまだしも、国貞の名前を出すだけで機嫌が悪くなる」

「だって、先生はどうみても国貞に勝ち目がないもの」

「おっと、それをいっちゃおしまいだ」

ふたりは大笑いした。英泉は眉をひそめクロをみやる。黒猫も小さな牙をむいた。

「青林堂にカネを添えて絵をもちこめば、ホイホイと開版してくれるそうだ」

「あの、為永春水のところか」

「そうさ。春水といえば江戸いちばんの人気作家だ」

「あんたも『春色梅児誉美』は読んだのかい」

「当たり前じゃねえか。あれで春水は人情本の大家さ」

「柳川重信の挿絵もよかったもんな」

英泉の逼塞を尻目に、春水は『春色梅児誉美』を書き一躍、時代の寵児となった。

三流というのもおこがましい仕事ばかりだったのが、この一冊で面目を躍如したのだ。

主人公の丹次郎なる色男と吉原や深川の女たち。男女の交情の紆余曲折に江戸中が狂喜している。

「コウ、もはやオレっちは江戸の名士。馬琴や種彦を凌ぐ戯作者ってもんだ」

春水が高言のあげく呵々大笑している姿が眼にうかぶ。

――あのタコ野郎の文に重信の絵、オレにとっては最悪の組み合わせだ。

英泉はいっそう深く眉間に皺をよせる。クロは低くうなった。

「そういえばウチの師匠、春水とえらく仲がよかったというぜ」

「まさか。根岸にくすぶる渓斎英泉と天下の為永春水が知りあいのわけがないだろ」

「昔は美人画だけじゃなく春画もえらくいい絵を描いてたのにな」

「浅草の草双紙屋の親父にいわせると、ベロ藍の団扇絵が最後の花火だってさ」

ウッウン、ゴホン。英泉はこれ以上の放言に辛抱できず大きな空咳をうった。

「あっ、英泉先生！」。英谷と泉桜は顔色をかえた。

「遅くなった」。英泉はこれまた、なにもきいていないという態を装う。だが頬のこわばり、こめかみにくっきり浮かんだ血の管は隠せない。

フーーッ。黒猫は尾を膨らませ弟子どもを威嚇した。

「どれ、絵をみせてくれ」

ふたりの弟子はおずおずと画紙を差し出す。受け取る英泉の手は少し震えていた。

「英泉先生、入ります」

襖のむこうで声がした。もうひとり弟子がきたようだ。

「あの、さっき先生の家の前でこれを渡されました」。弟子は巻いた紙を抱えている。

「誰がそんなものを？」

「名前をきいてもこたえませんでした」

弟子の説明は要領を得ない。こいつは、いい齢をして客の取り次ぎもできないのか。

茜が留守をすると、なにかと不便だ。英泉はうんざりしながら巻紙を受け取った。

巻物に名は記されていない。文も添えていなかった。

「近所のヒマ人が、手慰みの絵をみてくれということだろう」

英泉は巻物を放り投げる。クロが仔細ありげに、長いひげをぐいッと前に突きだした。

英泉は弟子たちが帰った仕事場でぽつねんと座っていた。

障子は開けはなってある。生垣の外は田舎道、その道ばたに辛夷(こぶし)の大木がたっている。白繭(しろまゆ)をおもわせる袋果がたわわに実り、日没まえの光に照らされていた。

英泉は黙考した。落蟬しかり、英谷や泉桜の噂話しかり。このまま、あたら日々を無駄にしていいものか。

――もう一度、美人画をやってみるか。

義母への思慕を再び絵に昇華できるだろうか。渇望はまだ燃えつきていないか。安穏とした根岸の暮らしを捨て、再び世間や本屋を敵にまわして生きていけるか。

だが体力、気力の衰えは否めない。美人画、団扇絵にかわる秘策もない。

――やはり、もう表舞台で闘うのは無理かもしれない。

ここ数年、くどくどと繰り返している自問……英泉はうめいた。そんな主人のもとへ、黒猫が昼間の巻紙を前肢で器用に転がしてくる。クロは、名乗りもせずに届けられた絵を玩具(おもちゃ)にしているようだ。

「どれ、こいつを開いてみろというのか」

クロは前肢を揃え座ってみせる。英泉はちょっと肩をすぼめながら封を解いた。

反物を扱うように巻紙をもった手を右へ引き、すぐ手首の反動をつかって左へやる。クロが跳んで、ひろがる絵を追いかけた。

「こ、これは！」

英泉は口走ると同時に眼をみひらいた。

見事な、極彩色に塗られた肉筆画だ。類をみない筆づかいで絵巻物よろしく物語が展開していく。

滝つぼにうごめく、二匹の鯉。

片方は老鯉とでもいうべきか、髭こそ太いものの鱗は落ちかけ、傷だらけのうえ、藻までからみついている。もう一方は、人でいうなら壮年らしき風体だが、どことなく物おじしているようにみえた。

二匹は瀑布をうかがっている。

そう、この滝をのぼりきることができれば、鯉は龍になれる。まさに登龍門に挑もうとしているのだ。しかし……老鯉はしきりと促すのに、若いほうの鯉がどうにも煮えきらない。老鯉はおだてたり叱咤したり、手をつくすものの事態は進展せぬ。

とうとう、老鯉は見切りをつけ、先にごうごうと落ちる滝をのぼっていく。

その滝の描き方が尋常の迫力ではない。絵具はまさしくベロ藍だ。青の濃淡が急流を語り、あたかもたくましい生命が宿っているようだ。岩肌、崖に這うように生える松の色合いも凡百（ぼんぴゃく）の腕前でないことを示していた。

先を越され、呆然とみあげる一方の鯉に水流ばかりか飛沫がかかる。そういった細部にわたる描写も精緻をきわめていた。

老鯉は、あっぱれ登龍門をきわめ龍へと化身していく。頭部が龍になり、身体がまだ鯉という絵は奇想の発露というべきだろう。

滝壺に残された鯉はどうするのか、身をくねらせためらっているものの――。

最後の絵は、ようやく意を決した鯉が、満身の力をこめ登龍門に向かう光景だった。

天空では総身を龍になりおえた老鯉が群雲をしたがえ、壮年の鯉が登龍門をくぐるのを今や遅しと待っている。


英泉は身じろぎもせず巻物にみいった。

肚の底から灼熱の塊がせりあがってくるのを感じる。

今なら、いい絵が描ける。そう確信できた。しかも――鯉の瀧のぼりの絵物語、つゆとも淫事の兆しがあるわけではないのに、あろうことか男根が痛いほど勃起している。

クロがさっと身をひるがえし、浮世絵や双紙を入れてある書棚にはしった。

人さながら、器用に二本足で立ち、探し物をするかのように前肢をつかって引き出しをあける。こんな姿をみれば、化け猫というもの案外、本当のことかと思えてくる。

ニヤリ、英泉は不敵に笑うや勢いよく腰をあげた。

「オレは自堕落を重ね、英気を貯めこまねば次に踏み出せないタチらしい」

物いわぬ小さな獣が、ものいいたげに主人をみあげる。

「お前がみつけようとしているのは、これじゃないのか？」

絵師は八枚ものの風景画をとりだした。黒猫はミャオウと満足そうに鳴く。

それは『諸国瀧廻り』と題された最近の連作だった。

霧降の瀧、阿弥陀ケ瀧、養老の瀧などの銘瀑には、流れ落ちる水のさまざまな表情が横溢し、画面から水しぶきが飛んできそうだ。名人芸の技巧は手にした絵巻物の瀧を彷彿させる。

諸国瀧廻りの署名は、前北斎為一。

今日もたらされた登龍門の絵巻には、卍の一字。

「見事に、また一本とられた」。英泉は声をふるわせた。

黒猫はニャッツニャッ、弾んだようすで身をぶつけてくる。英泉はその背を強くさすってやった。

「このまま、根岸でくすぶってはおられんぞ」

第八章　絵師の魂

一

空をみあげた英泉の頬に春雨がやんわりと降りそそぐ。

小糠をまいたような雨は、僧衣をおもわせる墨色の雲からおちてくる。しかし、西の方角は灰白色、これから薄日が期待できそうだ。

宿の主人が手をさしだし天気の具合をみた。

「もう一時（二時間）ほど、ご出立を遅らせてはいかがでしょう」

「どうにも気が急いていけない」

「一刻も早く江戸に戻りになさって、絵を仕上げたいわけですな」

「図星だ。貧乏性と嗤ってくれ」

「なにをおっしゃいます。英泉先生にお泊まりいただけたのは栄誉なことでございます」

英泉は木曾街道を往復、その帰路で板鼻宿に逗留した。

木曾街道は、日本橋から関八州をかすめ信濃、美濃をつらぬき京・三条大橋へといたる。中山道の異名どおり、全行程の百三十五里三十二町（約五百三十四キロ）、六十九次のおおくを山道がしめる。

板鼻から江戸まで十三の宿場をのこすだけ、距離にすれば二十九里に足りぬほどだ。

英泉は白い歯をこぼした。

「板鼻の美人たちには名残惜しいがな」

「いやはや田舎女郎ですから、なにかと不作法だったとおそれいります」

板鼻は木曾街道の上州七宿でもっとも繁華、五十軒ちかい旅籠では飯盛り女が艶めかしく旅人の袖をひく。宿のそばを流れる碓氷川の川止めをもっけの口実にして、旅程を延ばし宿場女郎の乳房にしゃぶりつく男も少なくない――。

「あの別嬪さんは、お吟といったか。よろしく伝えてくれ」

「かしこまりました」

英泉は木曾街道六十九次の各地で精力的に景色や風俗を写した。

板鼻宿では、碓氷川から引いた板鼻堰の堤の、花盛りの桜に松や黄、赤の野辺の草花、足どりも軽い旅人の様子を画帖に描いた。

「せめて、風景の錦絵くらいは明るくいきたいものだ」

英泉は長旅で、文化文政と続いた享楽が、この天保の世で終焉しつつあることを肌で感じた。ことに天保四年の冷夏は、いまだ各地に深刻な傷あとをのこしている。農民、庶民の暮らしはきびしさを増すばかり。なのに、米屋を筆頭として豪商には富が集中していた。

いずれ、方々で大きな騒ぎが起こるのではないか。英泉は危ぶんだ。

しかし、彼の画業はすこぶる順調だった。

美人画、団扇絵につづいて風景画という新たな手応えをつかめたからだ。

北斎の『冨嶽三十六景』が未曽有の話題となったわずか二年後、今度は歌川広重という絵師が『東海道五拾三次之内』なる風景画で北斎のあとを襲った。

一躍、風景画でなければ浮世絵にあらずという世に一変してしまった。

板元、絵師とも売れるとなれば狂騒する。いつもなら、そんな光景を嘲笑う英泉だったが——ある板元が根岸に訪ねてきたことで、当世の大流行の渦中に身をおくことになった。

「まさか保永堂がオレを名指しで注文してくるとは」

保永堂竹内孫八は広重の『東海道五拾三次之内』の板元だ。霊巌島（れいがんじま）に住まいする。

以前は耳にすることのなかった書肆（しょし）だが、『東海道』が売れに売れ、白壁の蔵まで建てたという。

保永堂は五十がらみの、でっぷりとした大男だった。若い頃は相撲でもとっていたのではないか、とおもうほど恰幅がいい。笑顔をたやさず、豊頬で耳たぶが垂れるほど大きい。世にいう福相をしていた。

「東海道の次は木曾街道六十九次、すべての宿を英泉先生の筆でお願いします」

「なぜ私をご指名に？　それこそ広重が適任じゃないのか」

保永堂は針のような眼をいっそう細めた。

「先生の春画が好きでずいぶん集めております」

「それは、どうも」

「ことに文化の頃のは、北斎風というべきで格別おもしろうございます」

保永堂はてらてらと脂ぎった顔を、いっそう輝かせた。

「先生が美人画をひっさげて登場された文政の時分、総州屋与兵衛や西村屋与八といった板元から風景の絵をお出しになってますな」

「ああ、確かに」。英泉本人にも記憶の薄いことながら風景画を手がけたのは事実だ。ついでにいえば、話題にもナンにもならなかった。

「えっと、諏訪湖から臨む富士や雪景色の墨田川だったっけ」

「それに、いくつかの浮絵がございました」

浮絵は遠見絵ともいう。遠近や奥行きを強調してみせる。北斎が得意にしていた画法ということもあり、若き日の英泉も熱をいれて勉強したものだ。

「しかし、当時の艶本や風景画は美人画とちがって北斎御大の影響がつよすぎる」

英泉は、己の若描きの絵をこう評した。すると、保永堂は笑みでいっぱいの頬をさらに崩してみせた。

「それもまた一興と申すもの。ここはひとつ、北斎先生になりかわったつもりで、木曾街道中のすぐれた風景を描いていただきたくお願いもうしあげます」

保永堂は慇懃そのもの、巨体を伏しての懇願に英泉もすこしたじろいだ。

「とにかく頭をあげてもらおう」

風景画は新機軸になる分野だ。しかも、六十九枚の揃いものという大口の発注。板元こそ一流といいがたいけれど、東海道という未曽有の評判作を手がけているのだから間違いなく勢いはある。

この話にのってみるか——英泉の胸のうちをみすかすかのように、保永堂はいった。

「英泉先生には中山道を旅していただきとう存じます。いや、もちろん旅費はすべて前払い、この竹内孫八がお支払いさせていただきます」

保永堂は、あくまでもにこやかに語った。

「路銀が尽きたら遠慮なく早飛脚をよこしてください。すぐにお送りします。一切の憂慮なし、いわば物見遊山のつもりでお出かけください」

英泉は四十代半ば、画業がもう晩年に入ったのではないかと心配でならない。

ベロ藍の先駆者の誇りをいだきつつも、世間の注目はあつめることはできなかった。いま一度、美人画に負けぬ栄華を極めてみたい。老境だ、世捨て人同然の身と悟ったような格好をつけているものの、英泉の心根には露骨な野心がうずいている。

そこにきて、保永堂の申し出は渡りに船、絶好の好機というべきだった。

「保永堂、おぬし何をたくらんでおるのだ？」

英泉の片意地悪い言葉に、保永堂はいったん顎をひいたものの、すぐ切りかえした。

「渓斎英泉ほどの絵師を美人画と艶本で終わらせてしまうのは、あまりに惜しゅうございます」

これが竹内孫八、本屋としてのホンネ。保永堂はそういって懐から青い綸子（りんず）の袱紗（ふくさ）をさしだした。中身をあらためなくても、少なくない額の小判だとしれている。

「保永堂、なんのつもりだ。オレはまだ仕事をうけるといっておらん」

「先生、私はしょせん二流、三流の書肆。ですが、勝負するときは真剣です」

「ふうん。渓斎英泉の木曾街道に本屋の命運を懸けるというのか」

「御意」。保永堂はまた頭を深々とさげてみせた。

「歌川広重も凡庸な絵描きでございました。それを、北斎先生の『冨嶽三十六景』をしのぐ評判の作に仕立てたのは手前。手腕をみこんでいただきとう存じます」

保永堂は虫も殺さぬ善良そうな顔でいった。だが、福々しい表情とは裏腹に、いってのけた内容は激烈だ。英泉は広重という絵師のことを、ほとんど知らない。しかし、パッとしない存在だったのは間違いのないこと。この本屋、広重ごときを世に出した手柄はすべて保永堂に帰すると明言している。

「歌川広重なんぞにオレが劣るわけがない」

英泉は、胸中にむくむくと虚栄と不遜の雲がわきおこるのを感じた。それをもてあましながらも、気分は久方ぶりに高揚している。

天保の世に再び英泉の名を轟かせたい――。

「わかった……この仕事、気にいった。中山道の旅に出よう」

英泉は宿の主人が用意してくれた新品の蓑と笠を受けとった。

「先生、またのご逗留をおまちしております」

主人は胸が膝につくほど腰をおっている。

保永堂がくれた路銀はたいした額だった。おかげで英泉は名のある旅籠にとまり、うまいものを食べ、一等の地酒を呑むことができた。文政の頃、美人画で名をなした贅沢しほうだいの日々がよみがえり、久方ぶりに一流絵師という神輿にのった気分になれた。

「先生の肉筆の絵は家宝にいたします」

「よせよせ、台所あたりに飾るのが似合いというもんだ」

板鼻へ到着してすぐ、英泉は主人から問われるのを待ちきれず、絵師だと名のった。上州くんだりにまで己が知れ渡っているか否か、試してみたのだ。もし、宿主が当惑をうかべた場合は、いっそう派手にカネを使ってウサを晴らそう。こう、いささか情けない心づもりをしながら。

「渓斎、英泉、とおっしゃいますか」

「ふん。どうせ旅絵師くらいに値踏みしてたんだろう」

主人はいいあてられた、という顔になった。旅絵師はたどりついた土地で絵を描いては路銀をこさえる。しょせん、一流とはほど遠い絵描きでしかない。

しかし主人はさすが商売人、すぐにうれしいことをいってくれた。

「旅絵師なんてご冗談を。婀娜（あだ）で色っぽい深川の芸者衆の絵、確かに存じております」

「知ってくれていたとはありがたい」。英泉は内心ホッとしながらいった。

「オレの絵筆で木曾街道を描きつくす。東海道よりずっといいものになるぞ」

「ええっ、あの東海道の次の大作ですか。しかも、そこに板鼻の宿の絵を？」

「もちろんだ。明日からじっくり辺りをみてまわる」

主人は、いそいそと絵絹（えぎぬ）や画仙紙をもってきた。いちばんの売れっ子の宿場女郎を呼びつけ、即興でいいからぜひ一枚と懇願する。

主人は店や土地の者にはこういった。

「この英泉先生が、広重の東海道をも凌ぐ木曾街道をお描きになるそうだ」

ナントカも煽てりゃ木にのぼる。英泉は請われるまま揮毫してみせたのだった。

だが、いい気になってヤニさがりながら心の隅でつぶやいていた。

——英泉の名より広重のほうが、よほど有名らしい。しかも、こうして贅沢できるのは広重が東海道で稼ぎだしたカネのおかげだからな。


英泉はあらためて歌川広重のことを探ってみた。

絵師や戯作者の下世話に詳しいといえば、あの男、いや当世では人情本の大家の教訓亭為永春水先生と呼ばねばならぬのだが——。

英泉が尋ねると、かの春水先生は滔々と知ったかぶりを披露してくれた。

「ポッと出の唐変木さ。コウ、豊国の弟子を断られ、その兄弟子の豊廣ンところで世話になった」

「ふーん、初代の豊国に断られて……そういう経歴なのか」

「コウ、広重は元の火消同心、絵はのらくら武士の手慰みってこった」

「火消し役人か。火事といえばロクな思い出がないよ」

「しかも東海道の板元は保永堂だぜ。竹内孫八っつー、もぐり同然のハンチク野郎だ」

春水のどの口が、もぐり、ハンチク野郎というのか。英泉は心底、呆れてしまった。

「保永堂、てめえに銭がねえから、鶴屋を丸めこんで東海道を開版しやがった」

鶴屋は大店の書肆、鶴屋も広重の作には一目を置いたということだ。

「しかも保永堂のやつ、天下の為永英泉サマにはまだ挨拶もしやがらねえ。くそっ！」

「あんた、人情本が大売れしてから人が変わったな」

「そういう英泉サンも変わってら。爺むさくなって色香も艶もなくなった。情けなや、当たり作が出なくなると絵師はこうも萎えてしまうもんかね」

「なんだと、もう一回いってみろ」

ま、春水との事の次第はともかく。広重は英泉より六つ下、豊廣の薫育よろしいうえ南画の心得もあるらしい。すぐる天保三年というから、英泉が新橋の家を全焼した頃から火消同心の家督を譲って画業に専念、ここへきてようやく日の目をみた——。

「しかし、東海道の一連の絵はなかなかのもんだ」

英泉は本心をのべた。北斎の奇想の富士とは違い、情景に忠実な絵だった。

東海道を旅したものなら、広重が切り取った風景は、あの名所とすぐにうなずくだろう。だが、広重の筆はそれだけで終わらず、従来の風景画の一線を軽々とこえている。

平凡、ありのまま、では切り捨てられない不思議な魅力をたたえているのだ。

「どういう工夫の成果なのか、ここのところが判然としないから余計にもどかしい」

ベロ藍の使い方、これも北斎とは違う意味で卓抜しているのは認めざるをえない。

歌川広重という、逢ったことはおろか東海道以外の作も知らない絵師は、英泉にとって鵺のようなものだった。国貞や国芳、重信など身近な連中に敵愾心を燃やしている一方で、広重がするっと脇を抜け、人気をかっさらったというのも片腹いたい。

「ふん。みていろよ。美人画だけじゃない渓斎英泉の底力をみせてやる」

江戸にもどるや、英泉は何冊にもなった木曾街道の画帖を丹念にひもといた。

「ふむ。絵だけではもったいない。せっかくの長旅だ、道中記もモノしたい」

膝栗毛そこのけの滑稽本もいいし、ワケあり男女が江戸から京までの道行、春水の横っ面を張りとばす人情本をかく自信もある。

四十代半ばにして、絵と文で十数年前の栄光を取りもどせるかもしれない。

英泉は久々に胸が躍っている。

妙に几帳面、神経の細かい彼らしく、街道起点のお江戸日本橋から順に下絵にとりかかった。無論、広重の「日本橋　行列振出」は穴のあくほど研究してある。

「続きモノは最初こそが肝心。江戸の衆に、さすがは英泉と感心させてやる」

四季のうち、あえて冬の雪場にした。しかし静寂や厳寒の絵にはしない。これからの長い旅路のはじまりを活気づける、勢いあふれる一枚にしよう。

「広重は日本橋と大名行列に近づきつつ、手前に門扉を構えて遠近感を醸そうとしてやがる」

だからこそ、英泉はぐっぐっと大胆に視座を寄せてみた。広重が地べた近くからみているのに対し、もう少し高いところから橋の情景をみやる。

しかも、広重の何倍も細かく風景を描きこんでいく。

茜色の朝陽が照らす雪の街並みを、遠く江戸橋のむこうまで。真冬でも半身を脱ぎ、褌もあらわな人足、これぞ江戸っ子が山と積まれた荷駄を押す。流れる川の左岸は江戸の台所、日に千両の銭がおちる魚河岸の繁盛ぶりを、鰹や鮪をになった魚屋たちで表現する。

「年増女のふたりづれ、武家や町人、訳ありの旅がらすもいれておこう」

後ろ姿の女がひろげる番傘には霊厳島、竹内と大書し板元へのヨイショも忘れない。

「広重ときたら棒手売り(ぼてふ)の魚屋に野良犬が二匹、あとは町屋の屋根ばかり」

もっとも気をつけたのは、ベロ藍をつかった青の配色だ。

絵の上辺、空の部分。川、魚、衣装。なるべく控えめに、しかし印象深く色をいれる。白を基調にしながら、派手な色目の画面に仕上げられるはずだ。

どれどれ、愛猫のクロものぞきこむ。

「ベロ藍が控えめだなんていうなよ。青を爆発させるのは二枚目からだ」

一枚目の副題は――「雪の、あけぼの」とでもしようか。

絵筆をおくと、英泉はあらためて一拝してから『北斎漫画』をめくった。文化後半の開版、五十代半ばに近づいた北斎が、その絵技のすべてを網羅させた絵手本だ。

「表情の百面相、あらゆる所作、御大のおいしいところを遠慮なく頂戴します」

ことに北斎がにじませる滑稽味、こいつを木曾街道の続き物では大事な薬味にしたい。

「広重もそこをかなり勉強してやがる。だが、オレはなんといって御大直伝だ」

大胆と細密を両立させる構図。伝家の宝刀のベロ藍。おかしみを秘めた宿場の人々。

――美人画の婀娜な芸者が肚に蛇をかっているとしたら、風景画には詩情というものをこめてやる。

英泉は木曾街道六十九次の成功を確信した。

二

ぴちぴちと元気のいい鰯が網からこぼれおちる。

浜の砂は潮をおびて黒い。そこで、小魚が銀の鱗をきらめかせて跳びはねるさまは、深い色をたたえた海原に波間の白が際だつのにも似ていた。

英泉は北斎と浦賀の浜にきている。浜風に吹かれ、ふたりの着物の裾が大きく揺れた。

漁師たちは引きあげた鰯を筵(むしろ)のうえに放り投げ、女房らがひろげていく。浦賀の干鰯(ほしか)

は肥料として重宝されている。魚油、〆粕の売上げもバカにできず、浦賀の繁栄をささえる柱になっていた。

北斎がふりかえって丘のうえを指さす。

「あれが浦賀の砲台。外国船にぶっ放しているところを絵にしてえもんだ」

「北斎漫画には西洋の大砲を詳しく描いてらっしゃるじゃないですか」

といいつつも、英泉もふりかえった。文政に二度ばかり英吉利(イギリス)船が浦賀の港にあらわれたという。海の向こうの国にはきっと絵描きもいることだろう。ベロ藍しかり、連中はどんな絵具で、いかなる技巧を駆使しているのか。興味はつきない。

「異国の舟との海戦はごめんですが、毛唐の絵というのをみてみたいです」

「おうさ。どこにすげえ画工がひそんでいるか、わかったもんじゃねえ」

かくいう北斎、江戸の絵師ではもっとも異国の画法に精通しているはずだ。

北斎は長崎・出島、阿蘭陀(オランダ)商館のカピタンや医者に熱望され日本の風景、動植物の絵を描いた。国禁にかかわる秘事だけに落款、署名はなされていない。

大きな声ではいえないが、英泉もその数枚をみせてもらっている。

ホンモノの鯉が大空を泳いでいるような端午の節句の絵、人の数十倍もある提灯張りの絵などは、北斎の奇想奇抜と諧謔の発露といえよう。

だが、とりわけ英泉の意表をついたのは西洋画法を用いた風景画だった。

「あれは富士や名瀑を描いた御大とは別人のような手法ですよね」

空を大きくとり橋や海、川と対比させた大胆な構図が、絵にひろびろとした奥行きをあたえている。しかも舟に建物、人の陰影が見事で実景そのものをみているようだった。

「このますっくり、絵の中に入っていける……そんな錯覚をおぼえました」

「むふふふ。板に彫る錦絵じゃ出せない味ってモンがあったろう」

「狩野派や住吉、板谷といった御用絵師たちよりも奥深く、情緒にあふれていました」

「ほめてもナンにもやんないぞ」

「木曾街道の絵の勉強になりますし、海のむこうの絵の描き方をご教示ください」

「江戸の仕事場にゃ蘭画の粉本がたんとあるから、いくらでも参考にしろ」

英泉は礼をいってから、北斎の顔色をうかがった。

「あのう……浦賀での蟄居も長くなりました。そろそろ江戸へ戻られてはどうです」

「そのことか」。北斎は間をおいてから吐きすてるようにいった。

「あの忌々しい孫がおとなしくしてくれるなら、話は別なんだがな」

孫の永仁は、いったん父親の重信のもとへ戻された。

「上州高崎から奥州、いわばところ払いにしたんだが、いつの間にか舞い戻ってきやがって」

その後は博奕に女遊びにいっそうの拍車がかかってしまった。

「惚れた女と所帯をもって魚屋をやりたいと殊勝なことをいうから、北渓に口利きしてもらったのに」

ちなみに北渓は大名御用達の鮮魚商、だから魚屋の画名を使っている。北斎は悪たれ孫のため、高弟に頼みこんで四谷の表店に堂々たる魚屋をもたせてやったのだ。

「だが、その首尾ときちゃ、英泉もご存知のとおりよ」

「…………」

魚屋は半年、もたなかった。なにをどう商いしたのか、永仁は眼を剝くような借金をこさえた末、女房を置き去りにして遁走してしまった。身に染みこんだ遊蕩がおさまるわけはなく、賭場の借り、酒場のツケだって莫大な額だ。おまけに、客筋の女房や娘にまで手をだしていたことが露見した。その後始末を、すべて七十代半ばの北斎が負ったのだ——。

「有象無象が押しかけ、絵どころではなかったとおききしております」

「ワシがせっせと肉筆画をやってるわけは、英泉ならわかるだろう」

「はあ……御大の直筆画なら、相当の値で売れましょう」

「それでも、永仁の尻はぬぐいきれねぇ」

乞食小屋とも悪口をいわれる仕事場、季節に頓着せず洗濯もしない衣服、そのせいで北斎は極貧と勘違いされることが間々ある。だが、東都一の浮世絵師が貧しいわけがない。本宅の立派な構えしかり、度重なる引っ越しの費用しかり。高価な画材を惜しげもなく購（あがな）い、東西の名画を集められるのは、画狂老人卍こと葛飾北斎の高名あらばこそ、なのだ。

「いやもう、ホンネをいえば江戸が恋しくてならんわい」

北斎は懐紙をとりだし、ごうごうと吹きつける潮風にまけぬ音声で洟（はな）をかんだ。

「あんまり風がつよいんで風邪でもひいてしもうたか」

北斎は涙目になっていた。それは、にわかな風邪のせいではなかろう。ろくでなしの孫ながら、それでも祖父は更生を願っている。英泉は老人の切ない想いを知り、しばらく黙りこくった。北斎が口をひらく。

「それに、江戸近郊もえらい凶作で、食う米もねえんだろ」

「おっしゃるとおりです」

「浦賀におれば、世話を焼いてくれる網元のおかげで食うもんにゃ困らねえぞ」

「大雨に冷害のあげくの大不作、天保の大飢饉といっています」

「もう五十年も前になるか、天明の飢饉の再現なんてゲンの悪いことをいうそうだな」

「中山道をあるいてみて、各地も厳しい状態だとわかりました」

「そうだ、英泉は木曾街道の風景を描いているんだった」

北斎はこういうと、また洟をかんだ。

「腹がへった。下手すると昼飯どきを逃しちまう」

うまい魚を食わす飯屋がある。そこで話の続きをしよう。北斎に誘われ、英泉は港をあとにした。


北斎は樽の腰掛けに尻をおろすと、奥にむかって慣れた調子で怒鳴った。

「飯だ、飯を二人前。魚は安くて、うめえのをみつくろってくれ」

漁港からすこし街中に入ったものの、磯の香はここにも流れこんでくる。飯屋は、すこし湿気(しけ)た土間に古びた飯台と腰掛けが並び、板張りの小上がりに綿のはみ出た座布団が散らかっていた。ざっかけない店には違いないが、どことなく温かみに満ちている。

「ご隠居、今日はずいぶん遅いね」

板場から、おやっとおもうほど若い男が顔をだした。昼飯の繁盛時が過ぎたからか、客は北斎と英泉しかいない。彼は初顔の英泉をみとめ、ちょこっと会釈してからいった。

「賄いの肴(さかな)しか残ってないんだ。赤魚の一夜干しに蟹の味噌汁、鰯のつみれ焼なんぞでいいかね」

「あん、それで充分だ。こっちには酒を一本、つけてやってくれ」

あいよ、男が板場にもどる。北斎は問わず語りになった。

「先年、ここの親父が急死してな。おふくろと店を切り盛りしてるんだ」

「御大のこと、ご隠居っていってましたね」

「おう、世話になってる網元には、遠縁のジジイだってことにしてもらっている」

「じゃ、こっちで絵は描いてらっしゃらないのですか」

「バカいうな。手足をもがれたとしても、口で絵筆をくわえてやらあ」

近いうちに網元の懇願で大漁旗にとりかかるという。北斎の絵心は決して萎えない。

「鯨と大蛸の大相撲、行事が鯛って図案はどうです?」

「余計な注進は無用だ。英泉の考えているのより何倍も凄いのにしてみせる」

英泉は苦笑し、飯台に両手をつき頭をさげる。北斎も笑ってから、急に声をひそめた。

「広重の東海道はいまも江戸でえれえ人気なのかい」

英泉がうなずくと、北斎は袖をまくって太い腕をだし、おもむろに組んだ。

「ありゃ、得体のしれねえ画を描きやがるな」

「御大は、広重と逢ったことがあるんですか」

いや。北斎はそっけなく頭(かぶり)をふる。英泉も東海道には大いに触発されつつ、いまだに広重と一面識もない。

「浦賀くんだりまで、わざわざやってくる本屋がけっこういる」。北斎はいった。

「だが、どいつも広重のことになると口をにごしやがるんでな」

「……………」

英泉はどう返事すべきか困った。少なくとも事実として——東海道は北斎の大傑作たる富嶽を人気で完全に凌駕している。

だが書肆は、このことを北斎に直言しづらいだろう。

英泉は、増上慢を地でいく春水の放言をおもいだした。

「コウ、北斎の富士の天下もたったの二年でお終えだ。代わって広重が風景画の公方様よ」

しかし、英泉は冨嶽の四十六枚の錦絵が、東海道の五十五枚に劣るとはツユともおもっていない。というより、奇想に大きく舵をとった富士と、凡庸を装いつつ旅情を醸す東海道では、闘う土俵がまったくちがう。

それは絵師としての才や資質とも深くかかわっているはずだ。

まさか、広重が百二十畳の大達磨絵を描くわけはなかろう。

反対に北斎が、みたままの風景を写すことなど絶対にしない。

「御大が、ぽっと出の広重ごときを気にされる必要はないでしょう」

英泉は己にいいきかせるようにこたえた。しかし、北斎は例の猛禽の表情になった。

「ワシは浦賀に引っこんでから、東海道の絵を何度も吟味してみた」

「ほう。で、御大はどう評価されました」

「誰でも描けそうにみえて、あんな絵はなかなかできはしねえ。そうだろ、英泉」

英泉は北斎を注視した。敬愛してやまない心の師に、東海道の絵に対する懼れや焦燥が生じているのか、それを見極めたかった。北斎はぎらついた眼になっている。

「みたまんまの風景でございます、広重なら、さらりといいそうだ」

ふっふふ。北斎は声にだして笑った。英泉はまだ彼の心情を探っている。北斎はそんな英泉に頓着せず話を継いだ。

「広重は浮世絵で発句をつくってやがるのかもしんねえぞ」

「それは、どういう意味ですか。確かに、あれは十七文字で実景を表現しますが」

北斎はずっと俳諧に凝っている。卍の号も最初はそのために用いたものだった。

「俳諧の味わいは絵になる。芭蕉の侘び寂びなんて水墨画そのものだ」

北斎は説明してくれた――いい句に接すると風景の絵が浮かぶ。

広重の東海道は反対に、情景をみて一句詠んでみたくなる絵といえば、いいだろうか。

「広重め、ここんところを、とことん考えて、ナンてことのない風景を工夫しやがった」

そこがワシとは全然違うところだ、と北斎は独白する。

「うるさい蝉の声やら池に飛びこむ蛙の句があるが、どれもナンてことねえ材料だろ」

「……ええ光景は平凡ですね……だけど絵が浮かぶだけでなく、蝉しぐれや蛙がぽちゃんと池に飛びこむ音まできこえてきます」

宗匠の非凡な感性は、凡人ならみすごす日常の風景をとらえ、名句に昇華させる。

「しかも、芭蕉の句は俗受けするからな。広重の野郎、そこまでよんでいやがったか」

広重は、東海道の景色をみたとおりに描いたのではない。世間受けする光景を求め、探しに探したすぇに五十五の風景を編みだしだ。北斎はこう睨んでいるのだ。

「実地に東海道をみてまわっても、あんな風景があるわけねぇや」

北斎がギロリと眼をむいたところで、中年女が塗りの剝げた膳をもってきた。

肉厚の金目鯛の干物はジュウと香ばしい脂を身ににじませ、湯気をあげたみそ汁の椀から真っ赤に色をかえた渡り蟹の足がのぞいている。小皿には錦絵を摺るときに活躍するばれんほどの大きさのつみれが重なっていた。酒もでた。北斎には湯呑みに水。

北斎は魚に食らいつき、英泉は猪口に独酌する。だが、どちらともなく眼をあわせた。

「大事なのは広重にホンモノの詩情があるかどうか、そこさ」

また北斎はふふっと笑い、蟹をつついた。

「ワシは度肝を抜いてやろうと意気ごむが、広重はねちねちと小細工ばかりよ」

ようやく、英泉は北斎に広重への憬れはないと実感できた。同時に、北斎が広重の才を認めていることも。

北斎はつみれを口に放りこみ、もぐもぐとやる。うまい、といって飯を頰ばった。

英泉も金目鯛の身をむしり、冷や酒を盃に注ぐ。

「英泉、お前は広重にどうやって対抗するつもりだ」

「…………」

「西村屋与八や小林新兵衛は浦賀までできたついでに、なんで保永堂の竹内孫八が木曾街道に起用したのかわからんと、首をひねっておったわ」

「御大、私が彼ら板元にみくびられているということですか」

「そうじゃあるまい。ただ英泉と風景画の組あわせの意味が解せんのだろ」

おまけに英泉は書肆どもを敵にまわしている。北斎、さも愉快そうに大笑いした。

「あの本、无名翁随筆（むめいおうずいひつ）だっけ。板元は金銀の勘定ばかりに熱心、絵の巧拙はちっともわかってなくて、馬糞と饅頭の区別もつかねえ。画工や作者を蔑（ないがし）ろにするな、と書いてたっけな」

北斎に一節まで披露され英泉はもて余してしまう。

「本当のことばかりだが、英泉が本屋どもに嫌われるのも当然だ」

「だからこそ木曾街道で新境地を開拓し、連中を刮目させるつもりです」

「その意気だ。美人画やベロ藍の団扇絵をしのぐ凄えのを描いてくれ」

北斎は箸をおくと、真顔になった。

「木曾街道をやるにあたって、与謝蕪村の句をよく読みこんでみろ」

「蕪村、ですか。えっと四、五十年前に亡くなった、絵と俳諧も達者なかたですよね」

「それだ、それ。蕪村の句は五、七、五の中にみえてくる色づかいが、とてつもなく豊かだ。きっと参考になる」

——春の海ひねもすのたりのたりかな。

北斎がつぶやいた句は、もちろん英泉も知っている。

「この句、ベロ藍を濃くしたり薄くしたり、染めの藍と混ぜたりして色づけしてあるだろ」

「確かに、海の青に空の青、春の気配の青……見事な色づかいです」

北斎はもう一句、そらんじた——葱買うて枯木の中を帰りけり。

「枯木の幹や枝に葱、家路の土の色が浮かぶ。しかも風景の奥に人の営みがみえるじゃねえか。蕪村ってのは色づかいの名人だぜ」

北斎は大胆な策で世間をあッといわせる。広重は凡庸を装いつつ周密(しゅうみつ)に計算してみせた。ならば、英泉は蕪村そこのけ、色の魔術で勝負すればいい。

「ありがとうございます。風景画にどう詩情をこめるか思案していたところです」

浦賀に逃避した御大を慰めようときたのに、反対に、また大きな示唆をもらっている。

——ご恩は、かならず木曾街道の絵でお返ししなければ。

板場から若い亭主が小鉢をもってあらわれた。

「ご隠居、このへんで採れる羽葉海苔(はばのり)の佃煮だ。こさえたばかりだから、まだ熱いよ」

英泉と北斎は顔をあげ、揃って小鉢に箸をのばした。

三

行燈の焰のゆらめきが弱くなってきた。そろそろ油が尽きるのだろう。

英泉は眼鏡をはずす。瞼を指でもみながら、ふと曲亭馬琴の近況をおもう。この所作は眼病に悩む馬琴お馴染みのものだ。

——馬琴師匠は先だって右の眼の明りを失ったばかりか、ご子息も病がちだ。

それでも馬琴の執筆欲はいっかな翳りをみせない。

北斎しかり。再び富士を題材に、今度は墨一色の版本『富嶽百景』を世に問うている。

この画本の奥付には、七十五歳になる北斎の壮絶な宣言がなされていた。

「七十歳まえの絵は取るにたらぬものばかり。七十三にして、ようやく鳥獣虫魚の骨格や草木の生え方の要領をつかんだ。努力を重ねれば八十で摂理をさとり、九十で奥義を見極められよう。そして百歳にして、それらを超越したところを知ることができるはず」

英泉も北斎の檄文にふれ、おのずと情熱をたぎらせるのだった。

——北斎御大、馬琴師匠とも鬼だ。オレも、なまっちょろいことはいってられん。

英泉はいま、木曾街道の試し摺りに細かな指示書きを加えている。

「兄上、そろそろ油が切れるころかと」。茜が油さしを片手に障子をあけた。

「いいところへきてくれた。よろしくたのむ」

浦賀の名物は魚油、安価だが臭いうえに激しくけぶる。おまけに照度が足りない。行燈の魚油を嘗めて悦にいってるのは愛猫のクロくらいだ。

「灯りに銭をケチると、ろくな絵は描けねえぞ」

北斎がいうとおり。英泉も高くはつくが抜群に明るい菜種油をつかっている。

「この油で米がどれだけ買えることやら。でも兄上のお仕事ですから仕方ありません」

「皮肉はいうな。それより、もう遅いから寝ていいぞ」

英泉は明るさを取り戻した行燈を引き寄せる。

色あざやかな試し摺りがいっそう輝きをました。照明具は木曾街道の取材で京まで上がった際に知った丸行燈、遠州行燈ともいって、覆いを開閉して光の具合を調節できるのがありがたい。

茜も横にすわった。英泉の妹だけに、絵には一家言をもっている。

「これまでの兄上の作とは違っております。風景が何ごとかを語りかけてくるようです」

板橋と蕨の宿をとりもつ戸田川の渡し、人馬が同舟する一枚に黄色い声をあげた。

「まあ、なんとベロ藍の色調の美しいこと」

飛ぶ鷺のおかげで絵に奥行きができている。船頭の力いっぱいの棹さばき、対岸の人や馬まで細かく丁寧に扱う点などもみのがさない。

「舟にのっている人たちが、どんな話をしているか、つい考えてしまいますね」

「そうだろ。御大のように仰天させはしないが、なにかを語りかける絵にした」

「兄上、これはきっと話題になります」

「当たり前だ、誰が描いたとおもっている」

失礼しました、と妹は口に手をあてた。笑った眼尻には鴉の足跡がくっきり刻まれている。髪は染めているものの、かなり白いものが混じっているはずだ。

男やもめに行かず後家、兄妹きりの生活がすっかり板についてしまった。

「ニャオ、ウガッ」。クロがおれも家族だといわんばかりに、英泉の膝を前肢でぶつ。

英泉は空が白むまで、試し摺りの校正に余念がなかった。


右手には東叡山寛永寺の森がうっそうと繁っている。

左手にある池の中の島まで架けられた橋には、弁財天や大黒天に参拝する人の姿がみえた。

英泉は池之端を歩いている。

頬がゆるむのは、木曾街道の評判が書肆の間で高いからだ。

板元の保永堂こと竹内孫八は、開版早々、わざわざ根岸までやってきた。

「さすがは英泉先生、もの凄い反響です。いえ、試し摺りでこうなるのは、わかってはいたものの」

保永堂は相撲取りのような巨軀を、玄関さきで深々とまげてみせた。

「東海道も、最初はこれほど、ほめられはしませんでした」

保永堂は、名だたる板元、本屋に木曾街道の初摺りを配ったらしい。

「どこもかしこも、眼をみひらいていました。やつらの眼は節穴じゃありませんな」

「なんだか面映ゆい」。英泉はテレ隠しで鬢のあたりを掻いた。

「さっそく摺り増しの準備にかかるつもりです」

これだけいうと、保永堂はそそくさと帰ってしまった。

英泉は血が逆まくのを感じた。こめかみが熱くうずいている。クロがミャーとまとわりつく。英泉は愛猫をだきあげた。

「おい、いよいよオレの新しい旅がはじまるぞ」

庭を掃いていた茜が、困ったようなうれしいような様子で駆けこんできた。

「兄上、保永堂さんがこんなものを私に押しつけて帰っていかれました」

茜が手にしているのは、いつぞやと同じ青の袱紗だった。

「金子のようですので、お返ししようと思ったのに、あの方はえらい力で……」

気の早い祝儀——温和な風貌の板元だが、保永堂はなにごとも金銭づくの男らしい。

「かまわん、もらっておけ」。こちらも割り切ることにしよう。

英泉が不忍池を散策しているのは、この近くに新しい住まいを決めてきたからだ。

かれこれ二年ほど住んだ根岸の家は、もとの常盤と布施屋の一家へ。茜と黒猫をひきつれ、新居で絵師として巻き返す。

別荘の趣がある二階屋をみつけ手付金をうってきた。上野は近いものの繁華にすぎず周囲に緑が多い。遊ぼうとおもえば茶屋や待合の界隈が近いし、じっくり画想を練るなら森をそぞろ歩くこともできる土地だ。費用は保永堂のくれたカネをつかった。

しかも、まだ懐はあたたかい。今日は上野どころか浅草、いや吉原まで足をのばしてみようか。英泉の心は春の好日のようだった。

「あれ、英泉先生じゃないか」

寛永寺のほうからきた男が呼び止める。誰かとおもえば、蔦吉こと蔦屋吉蔵だ。

「みたよ、木曾街道」。蔦吉はニタニタ笑いをうかべた。

「あれはいい仕事だ。先生を見直しました」。蔦吉はいつものぞんざいな口調になった。

「先生、一時にくらべたらずいぶん若くなった。薄かった髪も盛り返してきたんじゃないか」

いい絵を描くと画工はいきいきしてくる。本屋はづけづけ、いいたいことをいう。

一方、英泉は笑顔をひっこめた。この板元とは、吉原の花魁たちの連作のような代表作を開版しているが、ベロ藍摺りでは煮え湯を呑まされた。

いずれにせよ、絵の本質よりも世評や売上げにことのほか敏感な本屋だ。

「ウチでもいい絵を描いてください」

「かまわないが、他からも風景画の注文がきているんだ」

「地本問屋の寄り合いで、川口屋宇兵衛や越後屋長八が、先生に広重の東都名所みたいな絵を描かせるって画策してたっけ」

「うむ、さすがに早耳だな。注文は受けた」

それどころか江崎屋吉兵衛からは、数年前に開版した風景画を、再摺りするという話がきている。

木曾街道が出たばかりというのに、早くも風景画の発注が殺到しているのだ。

「へんッ、広重の後追いはもうやめにしなよ」。蔦吉は指で鼻の下をごしごしやった。

「景色と美人、先生のお得意を一枚に封じ込めたような絵はどうです」

英泉はまじまじと蔦吉をみつめる。世評に聡い本屋も臆せず見返した。

「句をやる三日月連って金持ちと繋がりができてね。あいつらにカネをださせよう」

英泉はふっと息をぬき、うすく笑った。五十五枚の大作『契情道中双娽』と同じやりくちだ。このときは吉原の名うての妓楼がカネを拠出した。

「またオレに他人の褌で相撲をとらせるわけか」

「それは了見ちがいってもんですよ」。蔦吉はぐっと英泉に近寄った。

「吉原がわざわざ大枚を払ったのは、それだけ、先生の美人画に値打ちがあったってことなんだ」

——ならば、木曾街道を世に問うた今のオレに、文政の頃と同じ価値があるわけか。

「また相談にあがるから、よく考えといておくんなさい」

話を終えたとたん、蔦吉は急に仕事をおもいついたかのように、小走りで去った。

窓から吹きこむ風にあおられ、校正摺りがふわり、浮かんだ。

英泉は文鎮を置く。加賀藩の名物、高岡銅器でなかなか高価な逸品だ。持ち手のところが米俵にのった鼠、愛らしくも精巧にこさえてある。クロがそっと鼠に鼻先をよせた。

下谷池之端への転居は、布施屋の若い衆や根岸の弟子たちが手伝ってくれたおかげで、ことのほか、すんなりと片づいた。

英泉は二階の六畳を仕事場にしている。木曾街道の校正は岩村田と板鼻だ。宿場の順に開版していないので、こういう形となった。

信州は佐久、岩村田の絵は七人もの旅座頭たちが、くんずほぐれつ大喧嘩をしている。

ここでも英泉の絵筆は闊達（かったつ）そのものだった。

杖をふりあげ取っ組み合いするふたりの座頭。とめる三人は両人の腕、足、腰にくいさがる。野次りながら高みの見物をきめこむ座頭がいると思えば、彼らの足元には財布に小銭、煙管や傘が転がっている。騒動の間に財布をせしめようと、いざる男も――。

「クロ、お前の大嫌いな野良犬が座頭どもの乱痴気に尻尾をまいている」

　ここでも英泉は七人にどんッと近づき、個々の表情を見事に描きわけた。

　その迫力、なまなかではない。「野郎」「お前こそ」「やめろ」、と座頭たちひとり、ひとりの声がきこえてくる。物騒な画題のくせ、ぷッと笑いがおきる滑稽さも捨てがたい。

　しかも絵の脇役が効いている。遠くに山を置き、そこから手前にむけ田圃（たんぼ）、川を配す。草むらの土手、にょきッと一本の木。画面が窮屈にならないのは、そういった遠景の奥行きの工夫があるからだ。得意の青を効果的に使うことで、緑や黄、赤の濃淡がいきる。

「こんな構図、広重は決して東海道で描きはしなかった」

　己をほめてから、英泉はぺろりと舌をだす。

「といいつつ、御大の例の組上灯籠、浅草寺雷門の坊主の喧嘩から連想したんだがな」

　校正を終え英泉は伸びをした。クロも大あくびする。窓からの不忍池や東叡山が近い。いずれ、この風景も絵にすることになろう。ぴょこん、黒猫が窓の桟（さん）にとびのった。

「おい、上野山下に花鳥茶屋ができたそうだぞ」

　孔雀に大瑠璃（おおるり）、金糸雀（かなりあ）など珍なる鳥をあつめ、茶菓も供するという店だ。

「懐に忍ばせ、クロも連れていってやる。でも、金糸雀をとって喰ったりするなよ」

ニャーゴ、猫は英泉をみてから、首を回して残った校正摺りに金色の眼をやった。

板鼻の春の情景を描いた一枚だ。堰の流れに施した藍と春らしい艶やかな色目の競演、それこそ蕪村の名句を意識した作だった。

「早くこの校正も仕上げろというのか」。英泉はクロの喉を撫でてやる。

「構わんのだ。保永堂も少しは焦らしてやらねば、な」

四

階下から、茜が来客をつげている。

「仕事場まであがってもらってくれ」

英泉は声を大きくしてから、春の情景をうつした板鼻の校正摺りをもう一度、仔細に点検した。

「先生、お久しゅうございます」

階段をのぼってきたのは保永堂だった。

「なんだ、店主がわざわざ霊巌島からきてくれたのか。小僧を使わせればいいのに」

絵師と板元がなごやかに挨拶を交わし終えた——そんな頃合に、黒猫が放り投げられたかのごとく、二階から駆けおりてきた。茜が叱る。

「これクロ、お行儀の悪いことをしたら、ご飯に鰹節をかけてあげませんよ」

だが、階上をみあげる茜にきこえてきたのは英泉の絞りだすような声だ。

「兄上……なにがおこっているのですか」

いいしれぬ不穏、それが彼女の胸だけでなく家中をつつんだ。


保永堂竹内孫八は部屋に入るなり膝をつき、畳を大きな身体で覆うように頭をさげた。

「申し訳ございません」

「いったい、どうしたんだ？」

このやりとりから、英泉と保永堂のきまずい対峙がはじまった。

男ふたり、しかも板元の巨体のせいで手狭なはずの仕事場が、がらんどうのように空疎な空間になっていた。本屋は命乞いでもするかのように頭をたれている。

英泉はけわしい表情で虚空を睨みつけていた。

「とにかく、木曾街道は今回を限りにしていただきたく………」

保永堂は、せっかくの福相をしかめ、細い声になっていた。

一方の英泉は怒鳴りちらす。

「あれほど板元連中には評判がいいのに、なぜだ！」

「絵の出来は私も感心しております、しかし……」

「しかし、ナンなんだ！」

「玄人はほめても、思ったほど売れていません」

本屋のひとことで、嵩にかかっていた英泉が勢いをうしなった。

天保になり英泉作の錦絵の点数は減ってきている。要因として、女郎屋での鬱屈とその焼失による沈滞があった。だが世間というやつは露骨で、露出の減少で知名度は落ち、絵も売れなくなる。そんな絵師に注文はこない。

美人画と艶本で売った渓斎英泉は、ゆっくり昔の人になりつつある。

「売れないって、そんなにひどいのか」

英泉は吐息をつくようにしてたずねた。保永堂は彼の気落ちを敏感に察したようだ。弱り目の絵師をはげますのではなく、反対にそこをついてくる。

「あえて、数量は申しあげません。でも、人気の先生がたに比べたらあきらかに……」

天保にまきおこった風景画の大流行、文政の頃に張りあった連中だけでなく、新顔たちが続々と登場し名所旧跡を絵にしている。

「じゃ、オレはどうすればいいんだ」

彼らに負けたくはない。未練といわれようが、六十九枚を銘品といわせる自信はある。

「あんたは、絵の良し悪しより銭を選ぶというんだな」

「先生、いまさらなにをおっしゃいます」

保永堂は身体をおこした。眉を八の字にしてはいるものの、さっきまでの萎れた様子は失せている。いつもの温容とは、ほど遠い面がまえになってきた。

「本屋にとっていい絵とは、人気のある絵のことです」

「…………」

「題材や構図、色の具合が上出来でも、売れなきゃ駄作です」

借りてきた猫だった保永堂が、利に飢えた獅子の本性をみせた。

「英泉先生にはかなりの投資をいたしました」。板元はべろり、上唇をなめた。

「このままでは、とても元手を回収できません。はっきりいって大損なんです」

英泉は、飲み食い宿代の心配なく存分に堪能した木曾街道の旅をおもいうかべた。

「東海道のように、たんと利潤があがる絵なら続けていただきますが」

「絵筆を使う注文なら応じる。だが、商売は本屋が考えることじゃないのか」

英泉は精いっぱいの皮肉をきかせる。保永堂は彼を憐れむようにいった。

「ごもっともです。だからこそ、私は商人としての判断をいたしました」

英泉は唾をのみこむ。しかし、まだ一縷の望みを捨てきれない己がいる。

「でも、この板鼻が最後と本決まりというわけでもなかろう」

もう少し様子をみましょうといってはくれないか。英泉はこわばる顔をゆるめようとした。だが、頬や口もとは醜くゆがむばかり。片や、保永堂はつれなかった。

「いいえ、ご担当の分は板鼻の宿で最後。残りの絵はこちらで策をうちます」

耳に引っかかる、ものいいだ。ききとがめた英泉の肚にまたまた怒りがたちあがった。

「どういう意味だ。オレのあとを継ぐ絵師がいるのか！」

保永堂は怒声にもひるまない。突いても、びくともしなさそうな厚い胸板をそらせた。

「損したカネを挽回するため、歌川広重先生にお願いしました」

英泉の瞳で燃えさかった憤怒に屈辱の油がそそがれ、たちまち嫌悪の焔になった。

東海道五十三次之内の人気はうなぎのぼりだ。風景画の第一人者は一立斎広重とされ、すでに冨嶽三十六景の売れ行きをも凌駕してしまっている。

――名所絵は一に広重　二に北斎　三四がなければ五もおらぬ。

こんな戯れ歌を口にするものがいる。木曾街道で後続の一群から飛び出し、広重にひと泡ふかせてやるつもりだったのに。だが、この失態で追い抜くどころか落伍してしまう。英泉は激情にまかせ、金切り声をあげた。

「だったら、最初から広重に頼めばよかったんじゃないか！」

「当初、広重先生は東海道の二番煎じなどしたくないとおっしゃいまして」

おまけに広重は多忙だった。どれだけのカネを積んでも承知しない。

「で、次善の策でオレにあたったのか……冗談じゃない。人をコケにしやがって」

英泉の作は艶本も欠かさず集めている。美人画のかげに隠れていた風景画にも注目してきた。英泉を美人画と春画で終わらせたくない。

だから、ぜひ『東海道五十三次之内』をしのぐ傑作を。

あの日、はじめて訪ねてきた本屋のいったことが、嵐のように脳裏をかけめぐる。

英泉は手もとの絵筆なり絵皿を投げつけたい衝動にかられた。

そのとき、そろりと黒猫が二階にあがってきた。いきりたつ英泉の前で四肢を腹に折りこむ香箱座りをする。クロはじっと英泉をみつめた。まるで、取り乱すなといっているようなしぐさだ。愛猫に諌められ、英泉はなんとかおもい留まった。

保永堂は座布団をはずし、わざとらしく額を畳にこすりつける。

「短い期間でございましたが、先生の謦咳にふれられ、本屋冥利につきましたです」

この本屋が憎い。英泉は歯がみする。そして、いかにも彼らしく己の体裁に想いをはせた。書肆たちは、英泉のわがまま勝手で降板したと噂するだろう。落ち目の絵師のくせ、矜持ばかり高いから手にあまる。こんなことをいう問屋がでてくるに違いない。

――そして世間はオレがクビになったと、あざ嗤うに決まっている。

さらに英泉と広重が比べられる。当然、人気者の広重は喝采をもってむかえられるだろう。英泉は醜態にまみれ、名誉も地に堕ちる。そんなこと、とても耐えられぬ。

「ううぅ」。英泉は己の気位に押しつぶされそうになり、虚しくうめいた。

保永堂は、話がついたとばかりに立ちあがり、膝のあたりを払った。

「では、これで失礼させていただきます」

板鼻宿の校正摺りを片手にした本屋の大きな背に、英泉はなんとか最後の一矢を射る。

「広重ほどの人気者が、よくオレの後釜を承知したもんだな」

保永堂は首だけで振りかえった。普段の福相、愛想のいい顔にもどっている。

「はい、それはもう……英泉先生の後任なのは重責ながら、すでに版行された傑作にまけぬよう、心をこめて仕事をすると申しておられます」

英泉は敗北感にうちひしがれた。弱りきった絵師に、保永堂は置き土産の毒を吐いた。

「そうそう、広重先生はこうもおっしゃっておられます」

なんだ、と英泉は精気のない顔をむける。

「近いうちにぜひ一献を、と。中山道の様子もうかがっておきたいとのことです」

「帰れ、さっさと帰ってくれ」。英泉はかすれた声でいった。


後日、保永堂主人竹内孫八のもとに英泉から絵が届いた。

木曾街道六十九次の最後の作となる板鼻の宿、その肉筆画だ。

「春の景色の校正摺りはとっくに摺師へ回したのに」

英泉が添えた手紙には、整った美しい字体で「絵を差し替えてほしい。色目は肉筆のとおりで」と書かれている。

保永堂は面倒くさそうに絵をひらいたものの、たちまち「こ、これは」と刮目（かつもく）した。

うららかな光景は一変し、一面の雪景色になっている。

前の絵では、旅人たちはこぞって奥から手前にむかい、笑顔で春を満喫しながら歩をすすめていた。だが、この絵では人物のほとんどが方向を変え、画面の奥へ去っていく。皆、背を丸めており、表情は充分に窺いしることができよう。こちらへくるふたりも、深くうつむいている。小橋のうえで話を交わす男たちがいるが、なにを語りあっているのだろう。

だが、板鼻堰をとうとうと流れる水、そこに塗られたベロ藍のおかげで、画調は沈鬱に陥っていない。遠景の裾に珊瑚色、やや黄味のある桃色を配したのも効いている。静寂を基調にしながら、画面からは清廉で明るい光がはなたれていた。

絵師としての意地をみせた作だった。

「やはり渓斎英泉は、江戸の画工のなかでいちばんの色の使い手」

保永堂の膝元には、早くも広重が描いた下絵が数枚ひろげられている。中には彩色してあるものもある。つい、それらと比べてしまうのは人情というものだ。

「ひょっとして……早計だったのか」

はらり、本屋の手から英泉の手紙が落ちた。うまい具合に折り目がひらき、文末のことばがみえた。

——板鼻堰を含め、次回の刊行からは、渓斎英泉の署名を削りとっていただきたい。

一寸の虫同然に扱われた絵師の、五分の心意気であった。

五

ぱらぱらと自作の艶本をめくる手を休め、英泉は甘酒をうまそうに呑んだ。

たちまち為永春水が顔をしかめる。

「コウ、そんなモンによく喉を鳴らすね。女子や子どもじゃあるまいし」

「いやいや、真夏の甘酒ってのはオツなもんサ」

暑気払いになるし、精もつく。英泉はつけ加えた。春水はやれやれと首をふる。

「そんなら鰻か和中散にしなせえ。薬ならこの界隈にも売りにくる」

江戸の暑気払い、妙薬といえば和中散。定斎屋（じょうさいや）が小抽斗（こひきだし）の、たんとついた薬箱を振り分けに担って行商する。効能を誇示するため、頭に笠や手拭いをかぶらず、わざわざ炎天がさすところを選って歩くという念のいれようだ。

「ここんところ何年か、拙作で絵筆をふるってもらっている。来年あたりは……」

「もうあんたとの仕事には飽いた。来年は歌川国直にでも頼め」

「ちょっと、ちょっと！　甘酒の意趣返しが仕事の断り。いささか大人げないですぜ」

天保にはいり、英泉と春水が組んだ仕事は数をふやしていった。

もっとも教訓亭春水先生は、素人や半玄人の作家志望を募って代作させることが多い。

英泉も助太刀している。

英泉は男と女を肉欲ずくめで絵にしたが、春水の人情本は惚れた腫れた、くっついた別れた、信じた裏切られたをとめどもなく書き散らす。筋書きなんぞ、あってなきが如し。だが、人気者となった春水の戯作は内容にかかわらず売れた。

「世の中はバカばかり。おかげであんたの本も売れる。眼と鼻の先の聖観世音菩薩じゃなく大江戸馬鹿如来でも拝んでろ」

「コウ、世を拗ねる画工ほど扱いにくきモノはなし。オレっちの本が売れるおかげで画料が入るんだから、それをお忘れいただきたくないねェ」

ふたりは睨みあう。だが、すぐにどちらともなくワハハと噴きだした。

「これから、ちいと工夫のいる風景画にとりかかるつもりなんだ。板元も決まった」

「ふ〜ん、その絵の御趣向とやらを拝聴しようじゃござんせんか」

「板元は山本屋だ。それ以上はいわん。あんたに真似されると困るから」

夕暮れがちかい。ザーッとひと雨きてくれればいいものを、空を仰いでも雷雲の気配はない。英泉は春水の牙城、金龍山浅草寺がほど近い家でとぐろを巻いている。

五十がらみの男ふたり、もろ肌を脱ぎ、手拭いを首にまわしていた。英泉は長身であばら骨がうき、春水ときたら短軀に余分な肉がめだつ。酷暑にかまけてこのありさまだ。

「艶本も、これのあとは二年だか三年やってない。そろそろ次をやろうか」

英泉は『春情指人形』をとじ、表紙を指で弾いた。春水は汗でくもった眼鏡を褌の端でごしごし擦りながらいう。

「そりゃ枕文庫を斜め読みし、鼻くそをほじりながら書いたわけかい」。春水は辛辣だ。

「しかし、絵はあいかわらずいいね！」

風景から閨房まで、英泉は文政時代を彷彿させる絢爛な色づかいをしてみせた。

好色多淫の遊王、徳川家斉が将軍職を退いたのは天保八年（一八三七年）。同時に水野忠邦が台頭、家斉好みの頽廃をよしとせず綱紀粛正に前のめりとなっている。

英泉はそんな世情にささやかな反旗を翻してみせた。春水もその心意気をかってくれている。

「コウ、話を蒸し返すが英泉サン、やっぱり木曾街道をやってよかったぜ」

「終わったことを、とやかくいってくれるな」

「そうじゃねえって」。春水はやぶにらみの眼で必死に英泉をとらえた。

「あの二十四図だか、先生の絵は残りを描いた広重のよりずっと出来がいい」

このことは北斎にもいわれた。蔦吉、川口屋ら板元も同じ意見だった。

「英泉の絵の出来に、広重が真っ青になったって噂だぜ」

広重は策を練る時間があまりに少なかった、そんな声もある。

「あんなにチマチマした広重の絵じゃ、ドンと構えた英泉には及ばねえってことよ」

「ふん。それじゃ東海道とオレの木曾街道を比べたら、どうなんだ」

「そりゃ東海道だろう。ありゃ画狂老人の富士と双璧ってもんだ」

「いいたいことを抜かしやがる。胸くそが悪い」

「怒りなさんなって」。春水はめずらしく諭すようにいった。

「英泉が手になる木曾街道の色は傑作、東海道に負けちゃいねえ。色なら富士も含めて三つ巴さね」

「そうかい……」

英泉は己でも風景画のツボをおさえられたと確信している。春水も指摘したように、芯になる光景をぐぐッと胸ぐらをつかむように引きよせる。そうしながら近景、遠景を細かく描きこむ。こうして構図を決め、ベロ藍を活かすよう工夫をこらし彩色するのだ。

「広重に交代しても木曾街道は売れちゃいねえ。そういうこった」

春水、にッと笑った。

突然の降板、広重の代役、絵から英泉の名が消える……あれこれ波乱ばかりの木曾街道の連作は、保永堂が版権をほかの本屋に売り渡すという余波まで生んだ。

英泉は保永堂のその後をしらない。広重ともいまだに顔合わせしていない。

心の痛手は大きかったものの、板行された二十四枚だけでなく、幻になったすべての絵に心血をそそいだ自負があった。

――次の風景画では広重をうちまかす銘品を。

「コウ、ぼんやり宙をみつめて、どうなすった」

春水がぱちんッ、大きな音で手を打つ。英泉は物おもいから、われにかえった。

「北斎御大に絵をほめられたらうれしいが、あんたのヨイショじゃ値打ちも半減だ」

六

庭で茜が行水をつかっている。

みないでください、みるものか。そんな兄妹のやりとりを、黒猫が呆れてきいていた。

「クロ、お前もおいで。蚤とりしてあげます」

猫は水浴びなんてごめんだと、たちまち姿をくらましてしまった。

英泉は二階の仕事場にあがり、井戸で冷やした西瓜を喰らった。

ふっとおもい浮かぶものがあって、文机の抽斗をあける。

取り出したのは懐中手鏡だった。裏の艶本の仕事から表の美人画へ。ようやく贅沢の真似事ができるようになった頃に赤、緑、青色と妹たちにちなんだ手鏡を贈った。

青い手鏡はお紺が焼け死んだ際、一緒に炭と化した。英泉は末妹の七回忌のため、同じものを買った。あれから抽斗に突っこんだままにしていたのだが――。

英泉はそっと鏡をのぞきこむ。昔日、江戸の画工でいちばんの男前といわれた容貌だったが、ずいぶんと老けた。肌のはりは失せ、頬骨あたりにシミが浮き出ている。口もとがさがり、ほうれいの線もくっきり刻まれている。

顔を左右にふり、上目づかいをして、ためつすがめつ舐めるように己の顔をみた。

——もう、若い女子にモテることはあるまいて。

無念というより、それも仕方ないという気持ちになっている。もっとも常盤の子たち、ふたりの姪っ子は胸もふくらみ色気づく年頃、彼女らは粋でお洒落だといってはくれる。

「伯父さん、若い男にない渋さがあってステキだよ。変わった着物も似合ってる」

まんざら悪い気はしない。しかし五十男が色気ばかりでは情けない。子いわく、五十にして天命を知る。人間五十年、化天の内をくらぶれば夢幻の如くなり、とは謡曲の一節だ。

——そろそろ一世一代の大作をものしておきたい。大坂であった大塩平八郎の乱、与力だった男が、飢饉と腐敗で袋小路に突き当たった世に憤激の狼煙(のろし)をあげた。ときに齢四十五。

蛮社の獄では、高野長英や渡辺崋山が、外国船来航をきっかけとして幕府の対外政策を強烈に批判した。捕縛されたとき長英はまだ三十六歳、崋山が四十七だった。

ことに崋山は絵画にも秀で、英泉はその作を高くかっている、だからこそ、地本問屋の山本屋平吉の誘いは無碍(むげ)にできない。

「英泉先生、木曾街道の鬱憤をこの栄久堂で晴らしてみませんか」

山本屋は、かつて国貞に江戸八景を描かせた。広重に先だち、北斎の弟子の昇亭北寿を起用し東海道を連作で開版していた。なにより、山本屋は保永堂との合板で広重の『近江八景之内』を梓行している。英泉が腕を撫すのも当然だ。

「江戸や街道の名所、旧跡を画題にはしたくない」。英泉は地本問屋に打ち明けた。

「オレの胸の中にある風景を、これまでのオレの錦絵にない画法でやってみたい」

「先生がかつて類例のない美人画を描かれたように、新しい風景画ということですな」

「銘品になる自信が、ある。ただし栄久堂、オレの絵は売れないぞ」

山本屋、「それは困りました」と苦笑したものの、どんッと胸を叩いてくれた。

英泉は、ことさらじっくりと墨をすった。

墨石をとめる。

そこから、青を帯びた薄墨が葉牡丹の縁のような形になり広がっていく。

硯の地色を透かし光る水が、ゆっくり灰色から漆黒へと変化する。

きよい水が墨汁から逃げ惑うようにみえるときがあれば、抱擁され黒に色がわりするのを待ちわびているとおもうこともある。

今日の英泉は、溶けだした墨色を人生のあれこれに模した。

硯の海に満たされた水は、どれだけ抗(あらが)っても、結局は黒に染まるしかない。書肆の絵師を無視した意向であれ、突然の火難、世間まかせの人気の浮沈だろうが……襲ってくるものを避ける術がないのと同じだ。

――いやはや、オレの来(き)し方は運命というやつに翻弄されてばかりだからな。

しかし英泉は、迫りくる定めに反攻する熱をまだ失っていない。それが、熾(おきび)のようにあえかであっても、再び火を起こすことはできる。こう、つよく意識していた。

英泉は、また墨石をもつ。愛猫の毛艶よりも濃い色になるまで一心にすった。

「花鳥は本画の根本、それを改めて北斎御大からご教示いただくのも悪くはなかろう」

墨汁の準備をおえた英泉がひろげたのは、北斎の錦絵『桜花に鷹図』であった。

精気あふれる若鷹は満開の桜を背景に、炯々(こうこう)たるまなざしをまっ青な大空へむけている。構図、色合いとも華やかなだけでなく剛毅、そのくせ美しい画だ。

「とはいえ桜の盛りはあっという間。人生も然(しか)り。しっかりと獲物に狙いをさだめて生きよ」

御大の声がきこえてくる。それに応じ、英泉は画想をねった。

鷹の姿は北斎に範を求める。だが、英泉の鷹はまさに飛翔する寸前、片脚をあげた瞬間の躍動をとらえよう。空には、こげ茶色に白色を差した、ふくら雀が羽ばたいている。

――雀なんて小物だが、いまのオレにはこの程度の成果でもありがたい。

北斎が描いた、咲きほこる桜や鷹がつながれた豪奢な架木（ほこぎ）、立派な幔幕（まんまく）もいらない。

英泉はここでも冬景色をえらんだ。こんもり雪をかぶった松枝に鷹をとまらせる。このところ、好んで冬を選ぶのは、己の人生も冬にさしかかっている自覚があるからこそ。

「ならば、若鷹ではなく老鷹にしたほうがよかろうか」。英泉は苦笑してみせる。

だが、絵筆に墨をつけた彼は笑いをおさめた。

鷹と雀の輪郭はしっかり墨で線描する。

そして、いよいよここから試みがはじまるのだ。

「本画の情緒を錦絵にいかす、それがオレのささやかな野望だ」

うなずくと、彼は雪や松枝を描くため、絵筆の穂を根もとまで水差しにひたした。

「さて。まだ、あの画法をおぼえているかな」

前髪をあげてもいない頃、英泉は狩野栄川（かのうえいせん）につらなる絵師のもとで本画を学んでいた。

「没骨法（もっこつほう）は絵を描くにあたり線ではなく、面をもってあらわすのでござる」

遠い日の記憶をたどると、教授のしゃちほこばった声音（こわね）までよみがえった。

没骨法は対象を線画でかたどらず、水墨や絵具の広がり、濃淡、染み具合で表現する。

そうすることで、画題が立体として生き生きとたちあがり、手ざわりや雰囲気まで絵にできる。おまけに画調がやわらかでありながら、深々とした哀愁をもおびてくる。

だが、この画法はなかなかの筆づかいが必要だ。

英泉は絵皿に墨をうつし、すこし水をくわえた。まずは絵筆に薄墨をまんべんなく含ませた。つづいて、穂先にだけ硯の陸（おか）にたまった濃墨をつける。

筆を別のあたらしい絵皿にやって墨をなじませた。このときは、女子の乳首を弄ぶように、筆軸をゆっくり左右に回転させるのがコツといえようか。そうすることで、穂の最先端部の命毛（いのちげ）から順にのど、腰、腹、つけ根まで、いっぽんの筆にさまざまな濃淡が同居することになる。

「さて、次は筆づかい。これも、なにやら閨房の術に似てなくもない……」

筆を立てる。あるいは倒す。穂先、あるいは左右の半分だけを使う。それぞれに個性たっぷり、微妙に諧調のことなる色合いが表現されていく。

鷹のとまる太い老松の枝では色あいを濃く。降り積もり、枝の半分を覆いかくす雪は白灰にちかい淡さを。北斎得意のくっきりした画調とは違い、どこか曖昧さを秘めた色の変化がおもしろい。

「線ではなく面で絵をしたてていくとは、こういうことなんだ」

そういえば、教授は尊大なものいいをしていた。

「そも、絵師とは本画をたしなむ者をいうんですぞ。浮世絵のごとき当世の風俗を絵にする者は邪道で絵師にあらず、あれは画工でしかない」

――オレは生きるために春画に手を染め、狩野一門には戻れぬ画工となった。

だが、悔いはない。いや、公方や大名にとりたてられた奥絵師たちへの反骨心あらばこそ。類例のない絵をものしてきた自負がある。

——同世代の奥絵師の作に、情念うずまく凄まじき美人画があったか。

英泉は人生の終盤を意識しながらも、新たな画境に赴こうとしていた。

老いの先にあるのは死だ。極楽はたまた地獄、どちらかの門が待ちうけている。しかし、漫然と老け、死んでいくのが本望ではない。もう、ひと花を咲かそうという想いはつよい。

妻帯せず子もなく、池田家の血統は常盤の産んだ甥姪らにつながるだけとなった。

——とはいえ浮世絵を息子、娘とおもえばよかろう。

こやつらを後世に残すには、稀有の傑作をものするか、未曽有の人気を誇るしかないのだろうか。三十代半ばの美人画への評価は、義母への入りくんだ愛慕、己を鯉と心得えて龍にならんと渇望した成果だと信じている。放蕩者、偏屈といわれても笑ってすませられた。

本屋の求めに応じ、描き散らした絵もかなりある。おかげで、ずいぶん便利づかいされたものだ。開版した数ばかり多いが、いまでは音沙汰のない本屋はごまんといる。

——オレを軽んじた本屋ども、渓斎英泉の最後の咆哮をきかせてやる。

生きているかぎり季節はめぐり、歳月が過ぎていく。

陽と月のめぐりは不変のはずだが、一日が長いとおもえば、ひどく短く感じることもある。好事と難事は前触れなくあらわれ、一生という画紙に勝手な色をぬたくっていく。

天保が十年以上の歳時を重ねるうち、英泉のみならず周辺でもさまざまなことがおこった。江戸にもどった北斎は、深川にいたとおもったら、本所の石原片町さらに達磨横町へと居場所を移した。そして達磨横町で人生初の火事にあったのだ。

家財道具はもとより絵具、貴重な資料をすべて焼失するというありさまだった。

「こうもきれいさっぱり焼けちまうと、いっそ清々(すがすが)しいじゃねえか」

北斎がいうと、お栄は煤で汚れた頬をゆるめてみせる。

「おうさ、親父どの。生きてるだけでめっけもんってヤツだ」

馬琴はとうとう失明し自慢の息子も死んでしまった。それでも亡き息子の嫁、お路を脇におき口述筆記に余念がない。英泉は再び『南総里見八犬伝』の挿絵を担当した。

「この第九輯(しゅう)で大団円じゃ。眼はみえんが心には、ありありと挿絵がうかんでおる」

絵師は例によって柳川重信とふたり。しかし、英泉とはりあった重信は天保三年に亡くなり、門人が二世を名のっている。

「二世重信、先代ほども絵は描けぬ。英泉、いっそう頼んだぞ」

馬琴はなおも新作に挑む気概をみせていた。

そして、もうひとりの男、為永春水も有為転変の波にさらわれたのだった。

天保十二年、水野忠邦が主導する、天保の改革はその正体をあらわした。

春水は色恋を書き散らしたあげく、風俗紊乱のかどで咎められた。春水の人情本はすべて板木が削りとられるか打ち割られ、店頭にある分は焼き捨てられている。

吟味はあくる天保十三年になっても続き、春水は牢獄にいれられたままだ。

「見舞いの品は届けているものの、春水にはあえない。あいつ、元気にしているのか」

世間では噂していた――次は艶本二百作をこす、淫乱斎英泉が狙われるんじゃないか。

板元や本屋はもとより、茜に常盤、寅吉も心配してくれている。

浮世絵はたびたび取り締まられ、美人画や役者絵は描きづらい状況に追い込まれた。

錦の織物にたとえられた絵なのに、肝心の色数も厳しく制限されてしまった。

だからこそ、英泉は意地でも絢爛豪華な絵を描いてやろうと奮いたつ。

だが、己の繊細にすぎる神経はよく承知している。取り調べや入牢に気力ばかりか、体力がもちそうにないことも。

「召しとられたら、オレなんて、それまでかもしれないな」

だが、覚悟はとうにかたまっている。

――死ぬ間際までオレは浮世絵師でいたい。

そして、英泉には描かねばならぬ絵がまだあった。

英泉はここのところ、立てつづけて意欲作を発表している。

なかでも『美人東海道』は、ご改革を嘲笑するかのような、豪華で美しい色目の錦絵だ。しかも四十枚の連作だから、世間は驚きをもって迎えた。これは書肆の蔦屋吉蔵が、木曾街道の頃に画策したもので、三日月連という、俳諧をひねくる粋人たちにカネを出させている。

「前景に美人画、後景には東海道の風景画、空いたところに句を入れてやったぞ」

「英泉先生のお得意を揃え、一枚で二度も三度もおいしい贅沢な絵にしてくださった」

蔦吉はニンマリした。だが、英泉はそのうえをいくニタリでこたえる。

「このところ初代豊国や国貞、広重の絵をじっくり眺めるようになった」

「先生が若けりゃ、初代や三代目（国貞）の名を出すだけでご機嫌ななめだったのに」

「おもしろいぞ、いいなとおもった趣向は遠慮なく取りこむ。それが今のオレさ」

ほかの絵師への生臭いこだわりは薄れつつある。そのかわり技法や工夫、絵の裏にひそむ息づかいに眼をこらすようになった。

英泉は連作九番目の「大磯驛（おおいそえき）」をひらりと抜きとった。

「背景は広重の二、三の図柄、乳もあらわに行水する女は初代豊国を参考にした」

「ふ〜ん。いわれなきゃわかんないけどね」。蔦吉は英泉から絵をうけとった。

「それにしても、この娘は色っぽい。腋毛まで描いてるのがすてきにスケベだ」

「蔦吉、話をそらすな。あんたが持ちこんだ、美人と東海道の組み合わせ、画案自体が国貞の作のモノマネじゃないか」

「まあネ。だが、三代目の『美人東海道五十三次之内』は広重の東海道をすっくり拝借しているが、こっちは英泉先生ならではの風景と女だ。そこが、いいんだよ」

木曾街道が十ン年前か、書肆は遠い眼になった。英泉もうなずく。蔦吉は断言した。

「当時より色目がぐっと落ちついてきた。侘(わ)び、寂(さ)びって画調の風景になった」

「女の絵も文政の頃より、ずいぶんおとなしいだろ。オレの美人東海道にもう毒はないよ」

「スケベの英泉先生も齢(とし)のせいで、肚に蛇が棲む女はお手上げってことですかい」

こういわれて、英泉は否定も肯定もせず、あえかに笑った。本屋には、意味深長な顔色の真意がわからない。ただ、不思議げに絵師をみつめるだけだった。


英泉は勢いにのって、四幅対(ふくつい)の大作をしあげた。

春夏秋冬ごとに四人の美人を描きわけている。春は紺、夏に常盤。秋が寅吉、背後の帆舟から場は辰巳(たつみ)としれる。最後の雪の絵の女は茜の面立ちそのものだ。

「女子どもに残してやる財とてないんだから、せめて肉筆の絵でも」

しかも、各人とも今の様子ではなく、美人盛りの頃の姿にしてある。

「ただ、お前だけは生前の最後のおもかげを描いた」

英泉は、そっと亡き末妹の名をつぶやいた。

そういえば、元の若竹屋の焼け跡は、地所を増やしてまた遊郭になっている。安藤屋という名で、天井まで格子がとおった総籬、吉原の大店を意識した構えだった。

英泉はその店をすぎて三、四軒目の水茶屋にはいり、看板娘にたずねてみた。

「このあたりに、兄と妹でやっていた女郎屋があったはずだが」

だが、その女子は盆の縁を前掛けにあてがったまま首をふった。

「知らなぁい。それって、ずいぶん昔のことですかぁ」

英泉は苦笑しつつも、指おりかぞえてみる。惨事はつい昨日のことのように憶えているけれど、なるほど、あれは茶屋娘がよちよち歩きをはじめた頃だ……。

「すまんな、確かに大昔だった」。英泉は渋茶をすすってから、軽口をたたいた。

「あんたみたいなのが天保娘というんだろう。どうだ、大首絵にしてやろうか」

「お客さん、浮世絵を描くんですかぁ」。娘はわざとらしく眼をおおきくしてみせる。

「それなら、あたいは歌川貞秀とか芳虎がいい」

近ごろは貞国や国芳の弟子が人気ってことなんだな——茶屋をでた英泉は、懐手になり薄い胸板をまさぐりながらあるく。行儀の悪いかっこうだが、そんな所作でも英泉がうか。

絵師と呼ばれた先輩として「せいぜい、いい絵を描いてくれ」くらいは声がけしてやろ

もちろん貞秀、芳虎らの名は知っている。ふたりは英泉より二十歳近くも若い。人気

がつよくなってきた。それに、世間ウケする絵を追いかける気はさらさらない。

しかし、だからといって身の不幸と嘆きはしない。一代かぎりで充分、こういう想い

「オレは三代目や国芳とちがって弟子にも恵まれなかった」

すると、やさぐれた感じがでて妙に似合う。

「やつらは、やつらで人気街道をいけばいい。オレはひとり、別の道をあるく」

要は、渓斎英泉の晩期の絵をどう完成するかだ。

そのために、五十路に入ったジジイが、あらためて研究と試作を重ねている。

北斎でも広重でもない英泉だけの風景画。まずは、そこを突きつめていく。

天保十四年（一八四三年）閏九月、水野忠邦が老中職を解任された。

改革で火が消えていた繁華街はもとより、庶民は重荷がおりたかのように息をつき、

本屋に絵師、戯作者も喜色満面となった。

そして翌十五年の十二月早々、元号が弘化にかわる。

しかし、英泉は世事なんぞどこ吹く風と念願の絵に打ちこんだ。

その途上で描きあげたのが、かねて山本屋から依頼されていた錦絵だった。

校正摺りを手にして本屋はうなった。

「落款がなければ、先生の絵とはわかりますまい」

「それだと、余計に売りにくいか」

「そういう意味ではなく、五十半ばになられた先生の新境地ということです」

「ふふふ。あんたにもすこしは絵がわかるようだ」

「先生、あまりいじめないでください」。山本屋は肩をすくめた。

「本画の趣向を錦絵に、というのは玄人好み。これは版行することに意味があります」

薄雲のかかった月夜、船頭が小舟を操りおだやかな流れをのぼっていく。

橋には夜旅を急ぐ男。船と徒歩、手段は異なるものの、ふたりは絵の中景にひろがる山をめざしている。

空、雲、川、山、樹、森林……それぞれは濃淡のぼかしを駆使して描かれ、大判竪二枚続の掛物絵に、深遠かつ重厚な風情をあたえていた。ベロ藍の鮮烈な色目をおさえ、しっとりとみせたのも、ここちよい余韻をうんでいる。

絢爛豪華、奢侈をきわめた花魁の醍醐味、凄味とは一線を画した錦絵だった。

「月夜山水図、とでも名づけようか」

「けっこうですな。絶品にふさわしいお題です」

山本屋は満足そうにうなずく。英泉も満足げに微笑した。本屋はたずねる。世に対する心境ですか」

「流れに棹をさし川を下っていくのでなく、あえて上流へ船をやる。世に対する心境ですか」

「まあ、それはそれとして。むしろ、オレは月夜にとぼとぼ山道をいく旅人サ」

「絵のいちばん奥、地味めのベロ藍で影にしたのは、富士山とおみうけしました」

「……オレはいまだに池の鯉。死ぬまでに龍となり、富士の頂まで舞いあがりたい」

「もう一幅の絵は、このところお得意の雪模様。こちらは寂寞たる気品が薫る銘作です」

「そっちは、雪中山水図といこう。二作とも摺師には迷惑をかけてしまうな」

「この出来映えなら、摺師も一世一代の大仕事と胸をはりましょう」

今しも、英泉は新たな一枚に取りかかろうとしている。

――いよいよ、だ。この絵は納得がいくまで、何回でも挑もう。

七

暁烏のカア、ガアアアという声音が響けば、ほどなく鶏のときもきこえてくる。それを合図に、あれやこれやの小鳥たちが精いっぱいにさえずりだす。

英泉は朝の到来をしり、まずは寝床で手足を動かした。このところ、目覚めと誕生が似ているようにおもえてならない。昨夜、睡魔の到来にさからえず、身をまかせたときは、すーッと冥府の穴に吸いこまれるような按配だった。

だが、覚醒の際には、天からぼこッと生身が産みおとされたような感触がする。

英泉はこびりついた眼ヤニを、幽鬼のように細長い指の先でこそげながら画想を練りはじめた。毎朝の再生を実感したら、さっそく絵のことを考えている……。

それは二幅の大作で、ふたりの美人を聖観音と弁財天に模していた。

どれだけ反古紙が積ろうとも、英泉は一切の妥協を排し習作を描きつづけている。

英泉の日々は、その一色に染まっているといっても過言ではない。生活にはいりこんでくる夾雑物は姿をけし、食う寝る描くで構成されていた。

そして、この事実がいっそう、絵師を画業に打ちこませるのだった。

弘化は五年目の春まだきに、嘉永へと元号をゆずっていた。

「とうとう、オレも五十八歳か……」

先日、風呂で老いのきざしをみた。湯気がもやい、薄ぼんやりした灯りのもとでも、陰毛のほとんどが白くなっているのがわかる。

このところ、とみに便所は近いくせ、小便を出し切るまでがえらく長引く。

眼もしょぼつき、眼鏡がなければ正確に線がひけなくなってきた。

「兄上、今朝もお粥でよろしゅうございますか」

「面倒でない朝飯でいい。けど、粥なら卵をひとつ落としてくれ。精をつけんと」

茜は清元の弟子が目減りした昨今を好機と、日本橋にほどちかい坂本町で化粧品や小間物を扱う小さな店をはじめた。寅吉も、月に何日か手伝いにきている。茜が、かなりの銭を貯めこんでいたのには驚いた。しかし、小店でもあれば、英泉が先に逝ったとて妹はやっていけそうだ。

「兄上とクロも黙って坂本町についていきていただきます」

英泉は大八車に積まれた荷の間にちょこなんと座った。黒猫は彼の横で丸くなって引っ越しをすませた。池之端から南へ、日本橋をへて坂本町にいたる。

往来をゆく老いや若き、その表情や着物、商店の軒先でゆれる暖簾、置かれた品々。空をあおげば陽の光芒に雲がたなびく。車に揺られながらの光景は、見慣れたもののはずなのに、なぜか新鮮にうつった。

——老いて残りの命が少なくなっていけば、すべてが虚しくなるとおもいきや。反対に生きていることがうれしく、みるもの、きくことに小さな感慨をおぼえる。

——日ごとに死に近づくゆえ、名残り惜しいとか、未練という気持ちなのだろうか。さもありなん、と英泉はおもう。しかし、それだけではないのだ。

——焦りは、ある。だが、迷いはない。

畏敬する先達が百歳まで生きたい、ただただ一心に絵を描きたいと熱望する理由が、ようやく実感として理解できるようになってきた。

英泉は何枚かの下絵をたずさえ、浅草へと足をはこぶ。そこには北斎がいる。

「御大は八十九歳、今度の引っ越しが、えっと九十二回目、いや九十三回目でしたか」

北斎は仕事場で、いつものように布団にくるまったまま、英泉をむかえた。むっくりと起きあがろうとするのを、英泉が手をかすと、それを邪険に払いのける。

英泉は苦笑しつつも「御大、その意気です」と頼もしくおもった。

胡坐をかいた北斎は、苔むした巨岩のようだった。

「並みの画工だったら、この絵の出来ならとっくに判を押すところだ」

乾いてささくれだった分厚い唇、その端に唾が小さな泡となってへばりついている。

「だが、英泉が得心できんのは当然のこと」

お栄も首を突きだし微に入り細をうがつ。

「没骨法、すっかり英泉の筆に染みいったようだ。見事な美人画、これは名作になる」

英泉はお栄に一礼しつつも、いい添えた。

「でも御大、この作を錦絵にして売りだす気はありません」

あくまで一点モノの肉筆画で、と強調する。北斎はうなずきつつ、もう一度、しげしげと眼を凝らした。

「わかっとるわい。しかし、売らん絵ばかり描いておってもハリがなかろう」

北斎は羅漢や曹操、鬼に狐狸とさまざまな画題で肉筆画をものし、大いに気を吐いている。この勢いなら宿願どおりに画聖の名をほしいままにするだろう。

「信州は小布施に金持ちがおるから、そいつを紹介しよう」

「はあ……しかし御大、私も虎の絵やらを開版しており画料は手にしております」

「虎か。ありゃ迫力があった。ワシも感心した、『月夜山水図』と『雪中山水図』の雅趣の背景から、いきなり獣がぬーッとあらわれよったわ」

いいながら北斎は気づいたようだ。

「どことのう英泉のところの黒猫に似とるわい」

「クロも歳を経て、いよいよ化け猫になりそうです」

ワシも化け物あつかいされておるからな。独りごちつつ、絵と英泉を交互にみた。

「いい絵を描くようになった。だが還暦前じゃろ。まだまだ小僧っ子よ」

「御大、御意でございます！」

英泉は枯木のような身体を揺らし笑う。北斎もブハハハと部屋に響く笑い声で応じた。

哄笑をおさめた北斎は、膝のうえで両手を組むと、慈父が息子に諭すようにいった。

「聖観音と弁財天、おおいにけっこう。だが一枚でいいから花魁と芸者に模してみろ」

「御大、それは……」

「あの世で見守ってくれる、ふたりの母御たちも息子の美人画を見慣れておるんじゃないか」

英泉は北斎のもとから帰った早々、着替えもせず画紙にむかった。

——この絵が完成できたら、オレは瀧をのぼり登龍門にたどりつける。

「さて、花魁と芸者なら髪から簪、着物、内掛けすべてに贅をつくさねば」

もちろん、色目もありったけの絵具をつかってやろう。

英泉は焼筆をもった。初老の絵師に凄まじい精気が宿った。

まず、遊女姿の義母からとりかかった。これは大首絵、正面に花魁をすえる。

眼をとじれば、義母のおもかげが、ありありと立ちあがってきた。むっちりとして、子ども心にも濃艶さを感じさせた風貌は忘れようがない。

だが、義母は己の色香をことさらに隠そうとしていた。そんな義母の柔肌、白くて豊かな乳房にふれたことが、少年になろうという頃に一度だけあった。

「義母の胸には桔梗のかたちをした、あざやかな青色の痣があった……」

あの青は、まさしくベロ藍の色調にほかならない。いや、乳汁の黄をおびた白さもあいまって、ベロ藍よりも、さらに鮮烈だったような気さえしてくる。

「オレがひどくベロ藍に惹かれたのは、この追憶のせいだったのかもな」

英泉は己の胸のうちを覗いてみる。

義母に対しては、決して口にできないことをも含んだ、複雑な気持ちがあった。

だが、それは北斎の助言のおかげで、文政期の美人画となり昇華していったはず。英泉は、色香たっぷりで婀娜、毒気さえ孕んだ女子たちを絵にすることで我執や妄念を解放できたのだ。

――絵具屋でベロ藍と出逢ったとき、チラリとも青痣のことをおもわなかった。

このまま、英泉は黙然としていた。やがて「そういうことだったのか」と痩せて細くなった膝をうった。

義母のことをうっちゃっていたわけではない。青をめぐる旅は、はじめから終着地がわかっていたのだ。この、最初で最後の義母の絵のために、ひたすらベロ藍のつかい方を試してきたに違いあるまい。

「花魁には片肌を脱がせる。雪のように白い乳房に美しくて気高く、それでいて妖しくもある青痣を描こう」

義母の絵を完成させたら、可憐で少女のようだった生母のおもかげにとりかかる。生母には、雷光の夜の、つゆ草のようなはかない青にまつわる記憶がある。

「いつだっか、深川仲町の名代の料亭で、青い眼の三毛猫に出逢ったこともあった」

英泉は大きく息をすいこむと、ふたたび画紙にむかった。

どれほどの時がたったのか。陽が落ちてきた。

額に汗がにじむのは、心地よい興奮のためだけでない。ようやく梅雨があけようという時候もあろう。

描きかけの下絵に目礼をして立ち、障子をあける。庭というのも、おこがましいくらいの数坪の土地に、朝顔の鉢が行儀よくならんでいた。

「義母だけでなく、生みの母も朝顔をたんねんに世話していたものだ」

朝顔は本葉がしげり、蔓もいきおいよく竹の支柱にまきついている。塀のむこうの路地で、子どもがあかるい歓声をあげ駆けていく。そのあとを、母親らしい女が名を呼びながら追いかける。姿こそみえないが、親子のしあわせそうな様子は手にとるようにわかった。

――オレにも、あんな幼い日があった。

「朝顔の花が咲くまでに、ふたりの母の絵を仕上げてみせよう」

英泉はまぶしげに空をあおいで誓う。あしたの快晴を約束するかのような夕やけが、一天を染めあげている。

落陽の残光を浴び、絵師の長身痩軀が燃えたった。

終章 富士越龍

嘉永二年（一八四九年）の正月、あと数日で松の内もあける。

年賀の客はあらかた顔をみせた。書肆(しょし)や絵師、戯作者、俳諧の知人。弟子だけでも二百人をゆうに超えている。孫弟子までふくめたら、いかほどの門弟がいることか。

「どいつが誰だか、いちいち憶えてらんねえぞ」

画狂老人北斎は独りごちた。新年になってもいつもの弊衣、例によって布団にくるまったまま。大きな眼だけギョロリとさせている。

「今年でワシも九十だ」

百歳にしてまさに神妙ならんか。『富嶽百景』で高らかに吼えた気概は、いささかも衰えていない。だが、このところなにか物たりぬ。

「絵を描くこと以外、おもしろいことはのうなってきたわい」

食えばくったなり、屁もひればひったなり。絵具に布団があれば生活はこと足りる。

この正月は、なおさらにつまらなかった——あの男がいないからだ。

「英泉め、勝手に逝ってしまいやがって」

昨夏、英泉は死んだ。ふたりの美女を描きあげて昇天した。しかも、完成した絵の前でこときれていたのだ。画工冥利に尽きる、北斎は心底うらやましかった。

「しっかり落款は押してあったのだから、いかにも英泉らしい」

北斎工房の一員として、次々に艶本を量産していた頃も、絵のどこかに必ず英泉が描いたことを示す隠し印をつけていたものだ。北斎は笑って、知らぬふりをしてやった。

あのとき英泉は二十三、四歳だったたか。

男がみても、ほうと息がもれる色男ぶりだった。仕事場へは、昨晩の酒の残り香どころか、吉原だか深川だかの女子の脂粉の薫りをまぶしてあらわれたものだ。

「書肆や絵師仲間では生意気といわれていたくせ、ワシにだけは妙に懐きよって」

北斎には何人かの息子がいる。英泉もまた、そんな気にさせてならなかった。

「だからこそ、ときにはきつく叱ったりもした……もっぱら絵のことだったが」

北斎は在りし日の英泉の姿をおもいうかべ、ぷッと噴きだした。

「怒られると神妙になりよって。じゃが、その度に絵がうまくなっていった」

足を伸ばすと炬燵にあたった。すっかり冷えている。弟子なりお栄を呼びつけ、炭を入れかえてもらわねばならぬ。

だが北斎は、もうしばらく、このまま英泉に想いを馳せていたかった。

「銭を稼ぎたい。その次は一流と呼ばれたい。名を残したいともいっておったわ」

英泉は世間との間合いがうまくとれない。世俗を敵視しながら、凡俗に揺さぶられどおしだった。遊び人を気取り、悪ぶったり書肆に牙を剝いたりしたのも然り。

「でものう。英泉ってのは純で愛いヤツよ」

北斎はうつ伏せになった。布団から腕をのばし小さな葛籠をひきよせる。英泉の急死で、このところ本屋は旧版を急いで摺りなおしている。

北斎はその中から、これはという数枚を手にいれていた。

「あった、あった」

選りわけたうちの一枚は、髪に朱の縮緬の手絡を結んだ娘。恋しい男からの手紙を開封せんとしている。愛犬も娘の肩にのっかって文を覗きこむ。

「あやつの絵筆にかかれば、小娘もかように妖艶になりよるわい」

画面左上には、ひらいた『南総里見八犬伝』の絵が挿入してある。

「英泉め、馬琴のジジイとの仕事を紹介したら、えらくよろこんでおったな」

曲亭馬琴は英泉のあとを追うように息をひきとった。

訃報を知り、さすがの北斎も呆然としたものだ。英泉、馬琴を失い、心をゆるせるのは、もう娘しかいなくなってしまった。

かさこそと小さな音がするのは、障子に枯葉でもあたったのだろうか。それとも鼠が走ったか。北斎はしばし凝然としていたが、ようよう、もう一枚をとりあげた。

それは、雲龍の絵を施した豪華な内掛けをまとう花魁の後姿だ。

「斑入りの鼈甲の簪、更紗模様の着物のうえ、黒地に白い昇龍の内掛けときたか」

ちらりとみえる足の指先が艶めかしい。文政を席捲した英泉美人画らしさが詰めこんである。ことに龍は、英泉が好んで着物の柄につかった大事な絵柄だった。

「これほど凄味と色気のある女子なら、歌麿さんもほめるだろうよ」

ニタリ、画狂老人はなにやらおもいついたようだ。やおら、片手を褌のなかへしのばせる。だが、すぐ舌打ちした。気を取りなおし、また美人画をみやる。

英泉の描く女は肚に蛇が棲んでいる——国貞や国芳、重信ら好敵手たちは、唯一無比の英泉美人画を熱心に研究していたものだ。

「この美人画が海を渡れば、毛唐や南蛮人も強烈な色香に眼を剝くだろうて」

ベロ藍をはじめ色づかいは群を抜いている。木曾街道の二十四枚は天保を代表する風景画であった。晩年に新境地をひらいた山と雪の二幅も傑作だ。

そして最期の生母と義母の肉筆画。

まこと、一流というべき絵師であった。

「なのに、英泉はいっかな満足しておらんかったわ」

これが、あの生真面目な色男の不幸の元凶だった。

だが、北斎はそれでもいいとおもっている。

「ワシのことを富士やら龍とかいいよって。己はまだ鯉だと卑下しておった」

雲龍内掛けの花魁の絵をもつ手が震える。絵のうえに、ひと粒、ふた粒と涙がおちた。

「今日は、この年はじめての辰の日か」


画狂老人卍北斎は、絹本に白黒の淡彩を施した絵を描いた。

荘厳と気品が横溢する一枚であった。

手前に険阻な山岳、その奥に堂々たる霊峰富士がそびえる。富士の裾野から黒雲が巨峰を巻くようにして立ちあがっていた。

天空の雲居では、巨峰を眼下にして、一匹の龍が身をくねらせ昇っていく。

「富士越龍図——英泉、お前はまちがいなく立派な龍だ」

北斎はしずかに筆をおき、瞑目した。

あとがき

浮世絵を前にして、のけぞったのは渓斎英泉の美人画が初めてだった。

むっちりと妖艶、婀娜っぽいだけでなく、内面に蛇が棲んでいる——英泉は、こんな女を描きつづけた。

彼女たちの魅力は「うつくしい」「かわいい」「艶っぽい」で収まりきらない。「グラマラス」「クール」「コケティッシュ」などを持ちだしてもニュアンスにはなるが、とても全体像をあらわせない。

上目づかいの視線はどこを、だれをみすえているのだろう。

受け口ぎみの唇をすこしひらいた、愁いの表情からは頽廃のムードがふんぷんと漂う。立ち姿では、老松の枝のように身体をくねらせている。アンバランスな構図は、シンメトリーに慣れてしまった私たちに、奇妙な新鮮さばかりか、いささかの不安をも抱かせてしまう。

おまけに英泉は、好んで、えらく肉厚の手足を描いた。それはフェティッシュなうえ、素足にいたってはオルガスムをイメージさせるかのように、指先はぐいッと反りかえっている。

英泉の美人画は凄艶なパワーを放ってやまない。

一枚の美人画から、いくつものストーリーが立ちあがってくるではないか。

英泉の美人画は江戸の人たちから熱狂的に受け入れられた。

彼は文化文政を代表する浮世絵師となった。

二百年ちかくたって、私もまた英泉の浮世絵に魅了されたわけだ。

英泉が紡いだ錦のように豪奢な女は、菱川師宣から鈴木春信、鳥居清長、鳥文斎栄之とつづく美人画の系譜から大きくはみ出し、喜多川歌麿にもまけない強烈なオリジナリティーを醸している。

ただ知名度で歌麿、東洲斎写楽、葛飾北斎、歌川広重ら四天王というべき面々におよばぬのは認めなければいけない。だが十傑をあげるなら、英泉は指おって名をかぞえるに値する絵師であろう。

彼の美人画が海をわたり、ジャポニスムに傾倒する画家に注目されたことも特記しておきたい。

とりわけ、フィンセント・ファン・ゴッホは、一八八六年刊行の「パリ・イリュストレ」誌に掲載された英泉の『雲龍内掛の花魁』にはげしく感応した。さっそく模写し『日本趣味　花魁』（『渓斎英泉』と改題）となり、同じ美人画を『タンギー爺さん』のバックにも描いている。

ゴッホは情念の画家、キャンバスにクロムイエローを炸裂させた。英泉もまた色使いの魔術師というべき絵師だ。彼はビビッドなベロ藍（プルシアンブルー）をテーマカラーに据えている。

東西の色彩の雄がパリで結びついたことは、英泉びいきの私にとってもうれしいエピソードとなった。英泉だって、冥途で大いに胸をはったのではなかろうか。

そんな英泉は、偉才と異彩ぶりゆえ、何度か漫画や小説、戯曲などに取り上げられている。

ところが淫蕩三昧、ヘラヘラした「チャラ男」を割り当てられることが多い。

理由はいくつかある。まずは、自著『无名翁随筆（むめいおうずいひつ）』で放蕩児めいたプロフィールを残したこと。江戸で最多、二百以上ともいわれる春画を量産したのも大きい。果ては、淫売宿の主人になる奇行まで。そこに、あの美人画が重なっていく……。北斎の娘お栄との恋仲もお約束だ。

ただ、私はそういった、英泉の役回りにどうしても満足できなかった。

かくも濃艶で蠱惑にみちた美人を描いた男が、おちゃらけた三枚目、スケベオヤジ「だけ」であってほしくない。自著での露悪や韜晦の記述は、たっぷり眉に唾をして読み解くべき。淫蕩にはしったとしても、私の興味は「なぜ酒色に溺れたのか」にそそがれた。

女郎屋稼業への転身だって、遊女の腰へ手をまわして悦にいっていたわけではあるまい。

むしろ、堕ちていった英泉のデカダンスとニヒリズムに着目したい。

類例のない、艶やかで凄味たっぷりの女を描いた絵師――渓斎英泉のやむにやまれぬ衝動、果てなき渇望をつきとめたいと躍起になった。

英泉には二人の母がいる。

夭逝した生母、少年期から思春期の彼を育てた義母の存在は、英泉を絵師たらしめるテーマとなった。母性は豊穣や慈愛をシンボライズするだけでなく、禁断のセクシャリティーという一面もある。英泉は、濃艶な美人画で理想の女性像を追究しながら、胸中にくすぶる厄介な想いをもぶつけていたのではないか。しかも、母への渇仰はいやされることなく彼の生涯を覆った。

英泉の人生の有為転変ぶりも、作家としては舌なめずりしたくなるほど波乱に富んでいる。

六歳で生母を失い、二十歳で父と義母を亡くしたうえ、讒言をうけ武家を捨てねばならなかった。そこに、腹ちがいの幼い妹三人を養うという重荷が肩にのしかかってくる。艶本、春画に手を染めたのは生きるための方策でもあったのだろう。

やがて英泉は美人画で一世を風靡した。

だが、それまでに十数年もの苦節を経験している。

メインストリームに躍りでてからも紆余曲折はつづく。たびたびの火難、淫売宿の亭主に収まるという奇矯におよんだ。曲亭馬琴のご指名を受け、あの『南総里見八犬伝』などで挿絵を担当したことも忘れてはいけない。一方では、意欲満々で臨んだ木曾街道シリーズの途中降板、人気絶頂の広重と交代させられるという屈辱を味わっている。どうやら、最晩年は化粧品屋を営んでいたようだ。

それでも新たな青色、ベロ藍の先駆者となり、風景画にも情緒あふれる新境地をひらいてみせた。

英泉の軌跡は栄光と失意、再生の繰り返しにほかならない。

英泉の画業に、もっとも影響を与えたのが画狂老人卍こと北斎だった。

若くして北斎に私淑することで、英泉は絵師の立ち位置を確立できた。北斎工房では艶本を代作し、名をなした後も北斎の絵にインスパイアされた作品を数多く残している。
英泉にとっての北斎は慈父という側面が強い。北斎もまた英泉をよく可愛がり、節目ごとに導いてくれている。母性のみならず父性への憧憬も、英泉を創作へと駆りたてるモチベーションとなった。

しかし、英泉にとって北斎は偉容をほこる富士山だった。偉大すぎる師、それゆえの葛藤は壮絶だったろう。英泉は北斎を超えようとのたうちまわった。ここにも彼の宿命と懊悩がある。

英泉らしいといえば、たいした反骨ぶりを発揮している。

私淑こそすれ、浮世絵界の大派閥の北斎一門には加わらず、対抗する歌川一党にも背を向けた。とりわけ、同時代を生き、人気で先行した歌川国貞へのライバル心は苦笑をさそうほど強烈だった。

トレンドになびく俗人、ビジネス第一の本屋への反発もなまなかではない。そのくせ、世の動向や書肆の思惑に右往左往されられどおし……。だが、最後は知命の心境に達した。最盛期の美人画と後年の風景画でみせた、個性を貫き昇華させる強烈なプライド、これこそは英泉の真骨頂だろう。

英泉は嘉永元年（一八四八）、享年五十八で他界している。本作をものした私と同年齢だけになおさら感慨深い。

異端ともいうべき艶麗な美人画と出逢えたことで、私は一人の絵師にのめりこむことができた。苦吟を重ねたものの、彼の言動に自分を託しつつ、ようやく一冊の小説を仕上げられたのは、やはり英泉という強烈な個性があればこそだった。

まったく新しい渓斎英泉を描く——こんな企ても、きっと彼ならゆるしてくれよう。

平成三十年十二月六日

増田晶文（まさふみ）

文庫版あとがき

文庫版となった『絵師の魂 渓斎英泉』は私にとって愛着の深い作品だ。

英泉への思い入れは格別、北斎や英泉を取り巻く女たちも然り。

さらには、思いがけぬエピソードがあったことも大きい。


本作の単行本を上梓したのが二〇一九年一月。しばらくしてハガキを頂戴した。

差出人は大家というべき小説家からだ。

深いブルーのインクで綴られた慈愛あふれる文面に私は震えた。

「英泉への思い入れが濃く出ているので、一気に読ませる力があるのがいいです」

これは、すぐにお礼を述べねば。ちょっぴりビビりながら、でも己を鼓舞して（案外とシャイなのだ）お電話を差しあげた。

矍鑠（かくしゃく）というにふさわしい歯切れのいい声が響いた。

「あら、もう届いたの――私は評論家じゃないし、ヘタなことをいっちゃいけないんだけど、あなたのことが気になっていたから、お便りをださせてもらいました」

声の主は佐藤愛子さん。熱読した『血脈』をはじめ、腕まくりしたような筆致が痛快なエッセイばかりか、敬慕する北杜夫さんと親しかった人物とあらば、私がコチコチに緊張していたのは当然のことであった。

佐藤さんは、しどろもどろでまともに返事ができない私にいってくださった。

「やっとここまで来られたわね」

佐藤さんと初めてお逢いしたのは二〇一〇年の初秋。

週刊誌に〝川上宗薫の軌跡〟を寄稿するため、ご自宅にお邪魔した。佐藤さんと彼は「文藝首都」「半世界」の同人で盟友だ。旧知を語る口調は、寛容と辛辣が交錯しつつも親愛とユーモアに満ちていた。取材を終え雑談になったとき、私はつい小説を書きあぐねていると愚痴をこぼしてしまった――。

「あなた、小説をお書きになるのね。そりゃ一冊をモノするのは大変なことですよ」

苦笑まじりでおっしゃったのを昨日のことのように覚えている。

シルバーグレーの髪、薄くひいた口紅、艶やかでやわらかそうな肌。佐藤さんは美しい人だった。ふたりが向かい合ったリビングは深いブラウンを基調にしていて、白いレースのかかったローテーブルの上で麦茶のグラスが汗をかいている。

背の高い大きな窓から一望できる庭では木々の緑に残暑の陽光が反射していた。

この出逢いの後、私は小説や日本酒にかかわる本など数冊を上梓している。でも、何だかおそれ多くて佐藤さんに連絡できなかった。拙い作品をみせるわけにはいかないという妙に殊勝な気持ちも強かった。

初めて作品を献じたのは一六年の師走のこと。時代小説『稀代の本屋 蔦屋重三郎』だった。『絵師の魂』は、それからまた三年もかかっているのだから、さぞかし佐藤さんも呆れかえっていたことだろう。いやはや、さすがの私も忸怩たる気持ちだ。

（佐藤さんはその間に大ベストセラー『九十歳。何がめでたい』を発表している）

「北斎のことを書くといってたのは覚えています。それが、こういう形になったのね」

佐藤さんのご指摘どおり、英泉と北斎の私淑関係は本作の主軸のひとつになっている。英泉は北斎を霊峰富士、天に昇る龍に擬して画業の励みとした。しかも、英泉は北斎に父の姿をダブらせた。北斎もありったけの好意と厚意を英泉に注いでいる。

英泉と北斎の交流には、私の理想が投影されているのだと思う。両親が早くに離婚し母方で育てられたから、私には父親の記憶がまったくない。父のいないことに不自由や寂しさはなかったものの、やはり胸のうちに憧れの父子像が息づいていたのだろう。

そして、執筆中には意識しなかったのだけれど、佐藤愛子という作家の面影も――。

「あなたへの注文はたくさんあります」

私は直立不動の姿勢になった。まるで北斎へ下絵を差し出す英泉みたいに。

「けどね、それを納得してもらうには時間がかかるのよ。これから何冊も書かないとわかりません。そのためにも短編をやりなさい。短い文章で人間そのものに肉迫するんです。ストーリーを追うんじゃなく、人間の本性そのものを描きなさい」

佐藤さんは最後にこう締めくくった。

「作品の出来不出来は考えず、苦吟のどん底を這い廻って下さい」

通話が終わった後、私はしばらくスマホをみつめていた。

オッサンの季節を過ぎ、私は世間でいう、けっこういい齢になった。

だが、百寿になんなんとする佐藤さんからみれば小僧っ子も同然。

「七十歳まえの絵はとるにたらぬものばかり」

いみじくも北斎は吼えた。ならば、私がこれからの二十年で目指すべきは「努力を重ねれば八十で摂理をさとり」であろう。

英泉は還暦を前に逝ってしまった。異能の絵師が生きられなかった分も、というのはおこがましいけれど、心の師の叱咤と激励に応える気概はまだまだ残っている。

短編をモノせよという佐藤さんのご教示もいかさねばならない。

『絵師の魂 渓斎英泉』の文庫化に際し、私は英泉と同じく、改めて山裾から巨峰を仰ぎみている。

令和三年如月

増田晶文

解説

日野原健司（太田記念美術館主席学芸員）

渓斎英泉（一七九一〜一八四八）は、十九世紀前半、江戸っ子たちの人気を集めた浮世絵師である。日本史の教科書に必ず登場するような、喜多川歌麿や東洲斎写楽、葛飾北斎などと比べると、その知名度は必ずしも高くはない。しかしながら、浮世絵の歴史、なかでも美しい女性たちを題材とした美人画の歴史において、英泉は独特な存在感を放っている。

英泉の描く女性たちは、一言でいえば、癖が強い。鼻筋の通った面長の顔。まつ毛は濃く、目はつりあがり、まるで相手を睨みつけるような目力の強さ。ぽかんと開いた口元からは前歯が見えているうえ、笹紅という、下唇を玉虫色（緑色）にした強烈なメイクをしていることも多く、上品さや清楚さはあまり感じられない。首が短く、前かがみの猫背の姿勢であることも特徴で、すらりとしたプロポーションとは言い難い。

浮世絵ファンの中には、英泉の美人画を、「妖艶」「婀娜（あだ）」「頽廃的」と形容して、ことさら愛好する人も多いが、現代の一般的な感覚からすれば、美人であるとすんなり認めることは難しいだろう。しかし、英泉が画壇に躍り出た文政年間（一八一八～三〇）は、町人たちの経済活動が活発となり、江戸という大都市に暮らす庶民たちが娯楽や流行を牽引するような時代である。お高くとまった端麗で華美な女性よりも、ずけずけと物を言うが気持ちが通いやすい親近感のある女性の方が、好まれる基準となっていたのであろう。英泉は、そのような時代の空気を見事に切り取ったのである。

本書『絵師の魂　渓斎英泉』は、妖艶な美人画を生み出した英泉という浮世絵師に注目し、その半生、そして、絵師として、人間としての内面をえぐり出そうとした物語である。画壇で注目を集めた三十歳頃から亡くなるまでの約三十年間に生み出した作品、あるいは実際に身辺で起きた出来事などを丁寧に踏まえながらストーリーは展開している。まずは、英泉がどのような人物であったのか、史実として明らかになっていることを確認しておきたい。

英泉は、他の浮世絵師たちと比べると、その略歴がやや詳しく分かっている。なぜならば、さまざまな浮世絵師たちの略歴をまとめた『无名翁随筆』という書物を編纂し、そこで自らの半生を語っているからだ。

英泉は、寛政三年（一七九一）、池田茂晴という下級武士の息子として生まれ、名を義信、俗称を善次郎といった。六歳で母を、二十歳で父と継母を相次いで亡くし、幼い妹三人を養っていたが、讒言によって職を追われることとなる。そこで、喜多川歌麿亡き後に美人画の第一人者となった四歳年上の菊川英山に師事する形で、浮世絵師の道を志した。文化九年（一八一二）、二十二歳頃に画壇デビュー。本書の物語がスタートする文政四年（一八二一）、三十一歳頃には、独自の美人画の画風を確立し、「浮世四拾八手」や「浮世風俗美女競」などの美人大首絵で、すでに活躍していた歌川国貞に拮抗するほどの高い人気を得た。美人画以外にも風景画や花鳥画、戯作の挿絵など、幅広いジャンルを手掛け、天保六年（一八三五）頃には、風景画である「木曽海道六拾九次之内」全七十点のうち約三分の一を担当した。嘉永元年（一八四八）七月二十二日、五十八歳で亡くなっている。

さて、本書において、まず注目すべきが、英泉という男性の人物造形であろう。すらりとした長身で、白い肌に整った目鼻立ち。風変わりな黒い衣装もお洒落に着こなし、女性にモテモテ。かなりのイケメンとして描写されている。

英泉が実際にどのような風貌だったかは、はっきりと分かっていない。ただし、『日本奇人伝』という書物の中で、英泉と直接の面識があったであろう歌川国芳が、英泉の肖像画を描いている。制作時に英泉が亡くなっていたためか、高齢の姿ではなく、若々しい姿をしている。さっぱりとした縦縞の着物を身にまとい、温和な表情で盃を傾けているところを見ると、イケメンかどうかまでの判断はできないが、かなりの好青年ではあったようである。

さらに、本書の最も核となるのが、英泉の性格の描写である。英泉は、『无名翁随筆』の中で、自身の若い頃の放蕩無頼なエピソードをいくつか残している。作画の途中で行方知れずとなったので版元が探したところ、遊郭で酩酊して正体を失っていたとか、居候先の衣類を勝手に持ち出し、お金に換えて酒を飲んでいたなど、自己演出の意図もあるのだろうか、奇行の多い性格であったことを印象付けている。妖艶さが際立つ美人画を描いていることも、その風変わりなイメージに拍車をかけているようで、これまでの小説や漫画で英泉というキャラクターが登場すると、飄々としてどこか一癖ある性格として描かれることが多かったように思われる。

だが、本書では、英泉の遊び好きな面に触れながらも、絵師の仕事には真摯に取り組む真面目な面をしっかりと捉えている。しかも、高い野心を抱き、市中で評判となるヒット作を生み出しながらも、他者からの評価に不安を覚え、己自身の実力も疑って壁にぶつかってしまう。天才肌ではなく、悩み多き絵師としての姿がそこにある。

象徴的な場面として、春画にまつわるエピソードが挙げられるだろう。春画はほとんどの浮世絵師が手掛けていたことは確かだが、画号をそのまま絵の中に記すことはなく、匿名、もしくは春画専用の画号を用いるのが常であった。他の浮世絵と同じように表立って販売されるものではなく、あくまで裏の仕事だったのである。

物語では、『閨中紀聞　枕文庫』という、英泉が絵も文章も手掛けた春本が評判となった頃、英泉はかつて武士であった時の旧友に町で偶然に出会う。今や人気絵師に仲間入りしたという自負もあり、てっきり友人も羨望の眼差しで賞讃してくれるかと思いきや、低俗な春画を描いていることに眉をひそめられ、英泉の心は大いに傷つく。自分の仕事には絶対の自信があるにも関わらず、正当に評価されないことへの不満。一方で、春画が卑猥なものと蔑まれる現実も認識しており、絵師としての今の立場に不安を覚え出す。そこには英泉自身も意識していない、かつて武士であったことのプライドもあったのであろう。

読者の中には、芸術家たるもの、他人の目を気にすることなく、己の道を信じて突き進むのが理想だと考える人も多いのではなかろうか。確かに、本書で英泉が師匠と仰ぐ葛飾北斎は、己自身の仕事に迷うことなく、どのような困難な状況に追い込まれても、絵筆をとり続けた。それと比べると、心の浮き沈みの激しい英泉は、あまりに繊細過ぎる、打たれ弱い人物として映るかもしれない。

しかし、浮世絵師という仕事は、物語の中でも頻繁に触れられているが、一般大衆に娯楽を提供する人気商売であった。絵師が描きたいものを自由に描けるのではなく、版元が商品として成り立つかどうか企画を練り、算盤をはじきながら、制作を指揮する。絵師は売れ行きが良ければちやほやもされようが、話題とならなければ見向きもされない。現在の小説家の立場とそれほど変わらないと考えてもらっていいだろう。しかも一度人気を得れば安泰というわけでもなく、次のヒット作が求められ、年齢を重ねていけば、若い才能の登場に気を揉んでしまう。英泉の葛藤は、物づくりを志す者であるならば誰でも通過する悩みであり、本書ではその等身大で赤裸々な英泉像を、新たに生み出すことに挑んでいるのである。

英泉の人間味は、彼を取り巻く人物たちによって、さらに補強されている。まずなんといっても、英泉と深い結びつきのある女性たちの存在であろう。すなわち、生母と義母、三人の妹、恋人である深川芸者の寅吉である。史実としては、恋人の寅吉を除けば、母親や妹たちが実在したことは確かであるが、彼女たちの具体的な生き様はおろか、名前さえも明らかになっていない。

だが本書では、生母と義母に対する幼い頃の甘い記憶を、英泉が求める女性像、さらには青という色への渇望に結び付けている。また、茜、常盤、紺という、色に由来する名前を付けられた三人の妹たちは、それぞれに性格や生き様が異なり、英泉の心を支えることもあれば、頭を悩ませる厄介なトラブルを持ち込むこともある。彼女たちとの関係が、絵師としての、あるいは家族の一員としての英泉像に、厚みを持たせているのである。

さらに、英泉を語る上でもう一人忘れてはならない存在が、葛飾北斎であろう。北斎は英泉よりも三十一歳年上。物語の始まりでは、還暦を過ぎた六十二歳という年齢であった。曲亭馬琴が執筆した読本の挿絵や、人物や動植物、風景などのスケッチを集めた『北斎漫画』などによって、北斎の名前は全国に轟いており、英泉も若い頃から敬意の念を抱いていた。

英泉が史実としても北斎に私淑していたことは、『无名翁随筆』に「北斎翁の画風を慕ひ画則骨法を受て後一家をなす」と自ら記していることからも間違いないであろう。実際の作品を比較してみても、風景画や絵手本などにおける画題や構図、筆法などにさまざまな影響を確認することができる。

英泉と北斎が物語の中ではどのような交流を結んでいたか、詳しくは本書を読んでいただくとして、ここでは、英泉がストーリーの冒頭からこだわりを見せた、「青」の絵具のエピソードについて触れておこう。

北斎が七十歳を過ぎてから制作したあまりに有名な代表作、「冨嶽三十六景」が大ヒットとなった理由の一つに、「ベロ藍」と呼ばれる、鮮やかで透明感のある青い絵具の利用がある。しかし、本書の中でも触れられているように、ベロ藍は英泉の方が北斎より も一、二年早く団扇絵で用いて評判となったことは、史実としても確かである。

物語の中で、英泉は、ベロ藍によって自らの新境地を開拓しようとするが、北斎の評判の高さによって、その挑戦は頓挫してしまう。挫折を感じた英泉が、どのような感情を抱くことになるのか。筆者は、北斎との関係を丁寧に紡ぎ出すことで、絵師としての英泉の魂を浮き彫りにしようと試みているのだ。

最後に、物語のラストシーンに触れて締めくくることにしよう。物語の結末では、北斎がある一枚の絵を描いている。解説から読まれる人もいることだろうから、あえて題名は記さないが、有名な作品であるので、インターネットで調べてもらえれば、簡単にその画像を検索できるだろう。その作品は、北斎が亡くなる約三か月前に描かれたもので、九十歳まで生きた北斎がたどり着いた最後の境地として語られることが多い。しかしながら、本書ではその中に描かれているある生き物に対し、新しい解釈を与えている。もちろんその解釈は、物語として作者が空想したもので、学術的な根拠があるものではない。しかしながら、逆に正しい答えもない以上、一枚の絵画から自由に想像をめぐらせることは、作品を観賞する現代の私たちに許された楽しみであって然るべきだろう。

本書では、この北斎の絵の他にも、英泉の美人画や風景画、また、北斎や広重の代表作も多数登場する。本書を読み終わった後、ぜひ、それらの作品の画像も改めてご覧いただきたい。その背景にある英泉のさまざまな想い、すなわち、自信や挫折、羨望といった絵師の魂を重ね合わせることで、それらの作品は、これまでとは違った新しい「色」を、私たちに見せてくれることになるだろう。

＊本書は二〇一九年に当社より刊行した著作を文庫化したものです。

草思社文庫

絵師の魂 渓斎英泉

2021年4月8日　第1刷発行

著　者　増田晶文

発行者　藤田　博

発行所　株式会社 草思社

〒160-0022　東京都新宿区新宿1-10-1
電話　03(4580)7680(編集)
　　　03(4580)7676(営業)
　　　http://www.soshisha.com/

本文組版　株式会社 キャップス

本文印刷　株式会社 三陽社

付物印刷　株式会社 暁印刷

製本所　加藤製本 株式会社

本体表紙デザイン　間村俊一

2019, 2021© Masafumi Masuda

ISBN978-4-7942-2514-6　Printed in Japan

草思社文庫既刊

増田晶文

稀代の本屋　蔦屋重三郎

喜多川歌麿や東洲斎写楽を生みだした江戸随一の出版人蔦重。つねに「世をひっくり返す」作品を問いつづけた稀代の男の全生涯を、江戸の粋が息づく文体で生き生きと描きだす。書き下ろし時代小説。

増田晶文

うまい日本酒はどこにある？

日本酒は長期低迷から〝地酒ブーム〟で復活したようにみえるが、多数の地方蔵は未だ苦境にある。地方の酒蔵、メーカー、酒販店、居酒屋を訪ね歩き、「うまい日本酒」に全霊を傾ける人々に出会う。

増田晶文

増補版　うまい日本酒をつくる人たち

酒屋万流

多種多様のうまい日本酒を求めて全国各地の酒蔵を訪問。銘酒に懸けるつくり手の想いと技に触れて、極上の一献に舌鼓を打つ。日本酒の神髄を知る一冊。文庫版のみの新章を加え、各銘酒の写真を掲載。

草思社文庫既刊

増田晶文

吉本興業の正体

日本最古にして最強の芸能プロ・吉本興業。いまや六千人以上のタレントを有し、「大阪」から溢れ出して全国を制覇中。さらに異業種や海外市場にも浸食を始めてみたり——。ケッタイな会社の正体に迫る。

増田晶文

果てなき渇望

ボディビルに憑かれた人々

仕事も家族も犠牲にし、時に禁止薬物に手を出してまで、なぜ彼らは異形の巨軀にこだわるのか。果てのない渇望に呪縛された人間の意識の深淵に迫った傑作。文春ベスト・スポーツノンフィクション第1位。

髙橋秀実

ゴングまであと30秒

川崎の弱小ジムで世界制覇を目指す熱血会長と、サボる・手を抜く・言い訳するの三拍子揃った練習生たちが繰り広げる、笑いと感動の純情ジム物語。トレーナーだった著者の実体験を綴ったノンフィクション。